E. Lockhart

BAD GIRLS

E. Lockhart

BAD GIRLS

Aus dem amerikanischen Englisch
von Franziska Jaekel

Ravensburger Buchverlag

Bibliografische Information der Deutschen Nationalbibliothek:

Die Deutsche Nationalbibliothek verzeichnet diese Publikation in der Deutschen Nationalbibliografie. Detaillierte bibliografische Daten sind im Internet über *http://dnb.d-nb.de* abrufbar.

MIX
Papier aus verantwortungsvollen Quellen
FSC® C114500

1 2 3 4 5 E D C B A

Deutsche Erstausgabe

Die Originalausgabe erschien 2017
unter dem Titel »Genuine Fraud«
bei Delacorte Press, New York.
This translation was published by arrangement with
Random House Children's Books,
a division of Penguin Random House LLC
Übersetzung: Franziska Jaekel
Lektorat: Carla Felgentreff
Covergestaltung: Bettina Arlt, Favoritbüro,
unter Verwendung eines Fotos von © Aleshyn_Andrei/Shutterstock

Printed in Germany

ISBN 978-3-473- 40167-3
www.ravensburger.de

FÜR ALLE, DENEN BEIGEBRACHT WURDE,
DASS *LIEB* KLEIN UND STILL BEDEUTET:

HIER IST MEIN HERZ
MIT ALL SEINEN HÄSSLICHEN WIRREN
UND SEINEM HERRLICHEN ZORN.

Beginne hier!

18

DRITTE JUNIWOCHE 2017
CABO SAN LUCAS, MEXIKO

Es war ein verdammt tolles Hotel.

Die Minibar in Jules Zimmer war mit Kartoffelchips und vier verschiedenen Schokoladentafeln gefüllt. Das Bad hatte eine Whirlpoolwanne. Es gab endlosen Nachschub an weichen Handtüchern und Flüssigseife mit Gardenienduft. In der Lobby spielte ein älterer Herr jeden Nachmittag um sechzehn Uhr Gershwin auf einem Konzertflügel. Man konnte Hautbehandlungen mit heißer Tonerde buchen, wenn man nichts dagegen hatte, sich von Fremden anfassen zu lassen. Jules Haut roch jeden Tag nach Chlor.

Das Playa Grande Resort Hotel in Baja hatte weiße Vorhänge, weiße Fliesen, weiße Teppiche und quoll förmlich über vor üppigen weißen Blüten. Die Belegschaft wirkte in ihrer weißen Baumwollkleidung wie Pflegepersonal. Jule war nun schon seit fast vier Wochen allein in dem Hotel. Sie war achtzehn Jahre alt.

An diesem Morgen joggte sie im Fitnessbereich des Playa Grande. Sie trug maßgefertigte meergrüne Laufschuhe mit marineblauen Schnürsenkeln. Sie lief ohne Musik. Sie machte schon seit fast einer Stunde Intervalltraining, als eine Frau auf das Laufband neben ihrem trat.

Diese Frau war jünger als dreißig. Ihre schwarzen Haare waren zu einem strengen Pferdeschwanz zurückgebunden und mit Haarspray fixiert. Sie hatte lange Arme und einen straffen Oberkörper, hellbraune Haut und einen Hauch von Rouge auf den Wangen. Ihre Schuhe waren an den Fersen abgelaufen und voller alter Schlammspritzer.

Niemand sonst war im Fitnessbereich.

Jule verlangsamte ihren Schritt und bereitete sich darauf vor, von hier zu verschwinden. Sie war lieber ungestört und sowieso ziemlich fertig.

»Trainierst du?«, fragte die Frau. Sie deutete auf Jules Digitalanzeige. »Vielleicht für einen Marathon oder so?« Sie hatte einen mexikanisch-amerikanischen Akzent. Wahrscheinlich war sie New Yorkerin und in einer spanischsprachigen Gegend aufgewachsen.

»Ich habe in der Mittelschule Leichtathletik gemacht. Das ist alles.« Jule sprach gestelzt, was die Briten BBC-Englisch nannten.

Die Frau warf ihr einen durchdringenden Blick zu. »Ich mag deinen Akzent«, sagte sie. »Woher kommst du?«

»London. St. John's Wood.«

»New York.« Die Frau zeigte auf sich.

Jule trat vom Laufband, um ihre Oberschenkelmuskeln zu dehnen.

»Ich bin allein hier«, vertraute die Frau ihr kurz darauf an. »Bin gestern Abend angekommen. Ich habe das Hotel Last Minute gebucht. Bist du schon lange hier?«

»Es ist nie lange genug«, sagte Jule, »an einem Ort wie diesem.«

»Und was kannst du empfehlen? Im Playa Grande?«

Jule sprach nicht oft mit anderen Hotelgästen, aber sie sah kein Problem darin, zu antworten. »Sie sollten die Schnorchel-Tour machen«, erwiderte sie. »Ich habe eine echt riesige Muräne gesehen.«

»Im Ernst? Eine Muräne?«

»Der Tourleiter hat sie mit Fischinnereien angelockt, die er in einer Plastikmilchflasche dabeihatte. Die Muräne ist zwischen den Felsen hervorgeschwommen. Sie war über zwei Meter lang. Und hellgrün.«

Die Frau schauderte. »Ich mag keine Muränen.«

»Sie können das auch weglassen. Wenn Sie leicht zu erschrecken sind.«

Die Frau lachte. »Wie ist das Essen? Ich hab hier noch nichts probiert.«

»Dann lassen Sie sich den Schokokuchen nicht entgehen.«

»Zum Frühstück?«

»O ja. Sie servieren ihn auf besonderen Wunsch, wenn man danach fragt.«

»Gut zu wissen. Reist du allein?«

»Hören Sie, ich muss jetzt los«, sagte Jule. Das Gespräch wurde ihr zu persönlich. »Tschüss!« Sie ging zur Tür.

»Mein Vater ist ziemlich krank«, rief die Frau Jule hinterher. »Ich habe mich lange um ihn gekümmert.«

Ein Anflug von Mitgefühl. Jule blieb stehen und drehte sich um.

»Jeden Morgen und jeden Abend nach der Arbeit war ich bei ihm«, fuhr die Frau fort. »Jetzt ist er endlich in einem stabilen

Zustand und ich wollte unbedingt mal raus, hab überhaupt nicht über den Preis nachgedacht. Ich verpulvere hier eine Menge Geld, das ich nicht verpulvern sollte.«

»Was hat Ihr Vater denn?«

»MS«, antwortete die Frau. »Multiple Sklerose. Und Demenz. Er war immer das Familienoberhaupt. Ein echter Macho. Stark in all seinen Ansichten. Jetzt ist er nur noch ein verrenkter Körper in einem Bett. Oft weiß er nicht mal, wer er ist. Er fragt mich manchmal sogar, ob ich die Kellnerin bin.«

»O Mann.«

»Ich habe Angst, ihn zu verlieren, ertrage es gleichzeitig aber auch nicht, bei ihm zu sein. Und wenn er tot ist und ich eine Waise, wird es mir leidtun, dass ich diese Reise gemacht und ihn allein gelassen habe.« Die Frau hörte auf zu joggen und stellte die Füße rechts und links neben das Laufband. Sie wischte sich mit dem Handrücken über die Augen. »Entschuldige, das war zu privat.«

»Ist schon okay.«

»Geh nur. Duschen oder was auch immer. Vielleicht sehen wir uns später.«

Die Frau schob die Ärmel ihres Langarmshirts hoch und wandte sich der Digitalanzeige an ihrem Laufband zu. Eine Narbe lief an ihrem Unterarm entlang, unregelmäßig, wie von einem Messer verursacht und nicht durch eine Operation. Dahinter steckte irgendeine Geschichte.

»Hören Sie, spielen Sie gern Trivia?«, fragte Jule wider besseres Wissen.

Ein Lächeln. Weiße, aber schiefe Zähne. »Ich bin sogar sehr gut in Trivia.«

»Es wird jeden zweiten Abend unten in der Lounge gespielt«, sagte Jule. »Ist ziemlicher Blödsinn. Möchten Sie mal mitmachen?«

»Was für ein Blödsinn?«

»Schöner Blödsinn. Albern und laut.«

»Okay, ja, warum nicht.«

»Gut«, sagte Jule. »Das wird super. Sie werden froh sein, dass Sie sich den Urlaub gegönnt haben. Ich kenne mich gut aus mit Superhelden, Agentenfilmen, YouTube, Fitness, Geld, Make-up und viktorianischen Schriftstellern. Was ist mit Ihnen?«

»Viktorianische Schriftsteller? Wie Dickens?«

»Ja, wer auch immer.« Jule spürte, dass sie rot wurde. Plötzlich schien es eine merkwürdige Reihe von Dingen zu sein, für die man sich interessieren konnte.

»Ich liebe Dickens.«

»Ach, kommen Sie!«

»Doch!« Die Frau lächelte wieder. »Ich bin gut in Sachen Dickens, Kochen, Zeitgeschehen, Politik und … was noch … oh, und Katzen.«

»Na dann«, sagte Jule. »Um zwanzig Uhr geht's los. In der Lounge neben der Hauptlobby. Die Bar mit den Sofas.«

»Zwanzig Uhr. Alles klar.« Die Frau kam herüber und reichte ihr die Hand. »Wie war noch mal dein Name? Ich bin Noa.«

Jule schüttelte ihr die Hand. »Ich habe Ihnen meinen Namen noch nicht genannt«, sagte sie. »Aber ich bin Imogen.«

Jule West Williams sah gut genug aus. Sie konnte weder als *hässlich* bezeichnet werden noch im allgemeinen Sinn als *heiß*. Sie war klein, nur einen Meter fünfundfünfzig und hielt das Kinn immer erhoben. Ihre Frisur wirkte jungenhaft, mit blonden Strähnen vom Friseur, bei denen mittlerweile der dunkle Ansatz zu sehen war. Grüne Augen, blasse Haut, helle Sommersprossen. In den meisten ihrer Klamotten fiel ihr durchtrainierter Körper nicht auf. Jule hatte Muskeln, die sich in kräftigen Wölbungen an ihren Knochen auftürmten – als wäre sie von einem Comic-Zeichner entworfen worden –, besonders an den Beinen. Feste Bauchmuskeln lagen in ihrer Körpermitte unter einer Fettschicht versteckt. Sie aß gern Fleisch und Salz und Schokolade und Fett.

Jule glaubte, je mehr man beim Training schwitzte, desto weniger blutete man im Kampf.

Sie glaubte, dass man sein Herz am besten davor schützte, gebrochen zu werden, wenn man so tat, als hätte man keins.

Sie glaubte, dass die Art, wie man redete, oft wichtiger war, als das, was man zu sagen hatte.

Sie glaubte auch an Actionfilme, Krafttraining, die Wirkung von Make-up, Auswendiglernen, Gleichberechtigung und dass man durch YouTube-Videos Millionen Dinge lernen konnte, die man im College nie beigebracht bekam.

Wenn sie jemandem vertraute, erzählte sie, dass sie ein Leichtathletik-Stipendium gehabt hatte und ein Jahr in Stanford gewesen war. »Ich wurde angeworben«, erklärte sie den Leuten, die sie mochte. »Stanford ist erste Liga. Ich habe Schulgeld, Bücher und all das bezahlt bekommen.«

Was ist passiert?

Jule würde mit den Schultern zucken. »Ich wollte Viktorianische Literatur studieren und Soziologie, aber der Cheftrainer war ein Perverser«, würde sie sagen. »Hat alle Mädchen begrapscht. Als er sich an mich ranmachen wollte, habe ich ihn da hingetreten, wo es richtig wehtut, und es jedem erzählt, der es hören wollte. Professoren, Studenten, der *Stanford Daily*. Ich habe es bis zur Spitze des dämlichen Elfenbeinturms hinaufgebrüllt, aber ihr wisst ja, was mit Athleten passiert, die Märchen über ihre Trainer erzählen.«

Sie würde ihre Finger verschränken und den Blick senken. »Die anderen Mädchen im Team haben es abgestritten«, würde sie sagen. »Sie behaupteten, es wäre gelogen und dass der Perverse nie eine angefasst hätte. Sie wollten nicht, dass ihre Eltern davon erfuhren, und sie hatten Angst, ihre Stipendien zu verlieren. Das ist das Ende der Geschichte. Der Trainer hat seinen Job behalten. Ich habe das Team verlassen. Was bedeutete, dass ich keine finanzielle Unterstützung mehr bekam. So macht man aus einer glatten Einserkandidatin eine Studienabbrecherin.«

Nachdem sie den Fitnessbereich verlassen hatte, schwamm Jule eine Meile im Playa Grande Pool und verbrachte den restlichen Vormittag wie so oft in der Businesslounge lümmelnd, wo sie sich Spanisch-Lernvideos ansah. Sie hatte immer noch ihren Badeanzug an, trug dazu aber ihre meergrünen Laufschuhe. Sie hatte knallpinken Lippenstift aufgelegt und etwas silbernen Eyeliner. Der Badeanzug war ein metallisch glänzender Einteiler mit einem goldenen Reifen unter der Brust und einem tiefen Ausschnitt. Ein echter Marvel-Universe-Look.

Die Lounge war klimatisiert. Sonst kam niemand hierher. Jule legte die Füße hoch, trug Kopfhörer und trank Cola light.

Nach zwei Stunden Spanisch aß sie ein Snickers zu Mittag und sah sich Musikvideos an. Sie tanzte in ihrem Koffeinrausch umher und sang vor einer Reihe Drehstühle in der menschenleeren Lounge. Das Leben war einfach herrlich heute. Sie mochte diese traurige Frau, die vor ihrem kranken Vater weggelaufen war, die Frau mit der interessanten Narbe und dem überraschenden Buchgeschmack.

Sie würden die Trivia-Runde rocken.

Jule trank noch eine Cola light. Sie kontrollierte ihr Make-up und boxte ihrem Spiegelbild im reflektierenden Glas der Loungescheibe zu. Dann lachte sie laut auf, denn sie sah gleichzeitig dämlich und fantastisch aus. Und die ganze Zeit dröhnte der Beat in ihren Ohren.

Der Barkeeper am Pool, Donovan, war ein Einheimischer. Er war kräftig gebaut, aber ein sanfter Kerl. Zumindest konnte man das vermuten, so wie er den Gästen immer zuzwinkerte. Er sprach Englisch mit einem Akzent, der für Baja ungewöhnlich war, und er kannte Jules Lieblingsgetränk: Cola light mit einem Schuss Vanillesirup.

An manchen Nachmittagen fragte er Jule nach ihrer Kindheit in London. Jule übte ihr Spanisch. Während sie sich unterhielten, schauten sie sich Videos auf dem Bildschirm über der Bar an.

Heute, gegen drei am Nachmittag, setzte Jule sich auf den äußersten Barhocker, immer noch im Badeanzug. Donovan trug einen weißen Playa-Grande-Blazer und ein T-Shirt. In seinem Nacken wuchsen Stoppeln.

»Was ist das für ein Film?«, fragte sie ihn und blickte zum Fernseher auf.

»*Hulk.*«

»Welcher Hulk?«

»Keine Ahnung.«

»Du hast die DVD eingelegt. Wie kannst du es da nicht wissen?«

»Ich wusste nicht mal, dass es zwei Hulks gibt.«

»Es gibt sogar drei. Warte, das nehme ich zurück. Es gibt noch viel mehr Hulks. Wenn man Fernsehsendungen, Comics und so dazuzählt.«

»Ich weiß nicht, welcher Hulk es ist, Ms Williams.«

Der Film lief eine Weile weiter. Donovan spülte Gläser und wischte den Tresen ab. Er machte einen Scotch mit Soda für eine Frau, die das Glas mit zum anderen Ende des Poolbereichs nahm.

»Es ist der zweitbeste Hulk«, sagte Jule, als sie Donovans Aufmerksamkeit zurückhatte. »Was heißt *Scotch* auf Spanisch?«

»*Escocés.*«

»*Escocés.* Und was ist eine gute Sorte?«

»Würdest du nie trinken.«

»Und wenn doch?«

»Macallan«, sagte Donovan mit einem Schulterzucken. »Soll ich dir eine Kostprobe einschenken?«

Er füllte fünf Schnapsgläser mit verschiedenen Marken erstklassigem Scotch. Er hielt ihr einen Vortrag über Scotch und Whiskey und warum man den einen bestellen sollte und den anderen nicht. Jule kostete von jedem Glas, trank aber nicht viel.

»Der hier riecht nach Achselhöhle«, erklärte sie ihm.

»Du bist verrückt.«

»Und der riecht nach Feuerzeugbenzin.«

Er beugte sich über das Glas und roch daran. »Kann sein.«

Sie deutete auf den dritten. »Hundepisse, aber von einem echt bösen Hund.«

Donovan lachte. »Wonach riechen die anderen?«, fragte er.

»Nach getrocknetem Blut«, sagte Jule. »Und nach dem Zeug, mit dem man Badezimmer sauber macht. Scheuerpulver.«

»Welcher schmeckt dir am besten?«

»Das getrocknete Blut«, erwiderte sie, tauchte den Finger in das Glas und kostete noch einmal. »Verrätst du mir, wie der heißt?«

»Das ist Macallan.« Donovan leerte die Gläser. »Oh, das hatte ich ganz vergessen: Eine Frau hat vorhin nach dir gefragt. Oder vielleicht auch nicht nach dir. Vielleicht hat sie was verwechselt.«

»Was für eine Frau?«

»Eine mexikanische Lady. Hat Spanisch gesprochen. Sie hat nach einem weißen amerikanischen Mädchen mit kurzen blonden Haaren gefragt, das allein unterwegs ist«, sagte Donovan. »Sie sprach von Sommersprossen.« Er fasste sich ins Gesicht. »Auf der Nase.«

»Was hast du ihr gesagt?«

»Ich sagte, es ist eine große Anlage. Eine Menge Amerikaner. Keine Ahnung, wer allein hier ist und wer nicht.«

»Ich bin keine Amerikanerin«, sagte Jule.

»Ich weiß. Also habe ich ihr gesagt, dass ich so jemanden nicht gesehen habe.«

»Das hast du gesagt?«

»Ja.«

»Aber du hast trotzdem an mich gedacht.«

Er musterte Jule eine endlose Minute lang. »Ich habe an dich gedacht«, sagte er schließlich. »Ich bin nicht dumm, Ms Williams.«

Noa wusste, dass Jule Amerikanerin war.

Das bedeutete, Noa war ein Cop. Oder etwas in der Art. Es konnte nicht anders sein.

Sie hatte Jule mit all dem Gerede nur eine Falle gestellt. Der dahinsiechende Vater, Dickens, eine Waise zu werden. Noa hatte genau gewusst, was sie sagen musste. Sie hatte diesen Köder ausgelegt – »mein Vater ist ziemlich krank« – und Jule hatte sofort angebissen.

Jules Wangen fühlten sich heiß an. Sie war einsam und schwach und verdammt dumm gewesen, auf Noas Worte hereinzufallen. Es war alles ein abgekartetes Spiel, damit sie Noa als Vertraute sah, nicht als Gegnerin.

Jule ging zurück auf ihr Zimmer und tat dabei so gelassen wie möglich.

Sowie sie die Tür hinter sich geschlossen hatte, schnappte sie sich ihre Wertsachen aus dem Safe. Sie zog eine Jeans und ein T-Shirt über und stopfte so viele Klamotten wie möglich in ihren kleinsten Koffer. Den Rest ließ sie zurück. Sie legte einhundert Dollar als Trinkgeld für Gloria aufs Bett, das Zimmermädchen, mit dem sie sich manchmal unterhalten hatte. Dann rollte sie den Koffer den Flur hinunter und klemmte ihn neben den Eisautomaten.

Zurück an der Poolbar, erzählte sie Donovan, wo sie den Koffer versteckt hatte. Sie schob zwanzig US-Dollar über den Tresen.

Bat um einen Gefallen.

Sie schob einen zweiten Zwanziger hinterher und gab ihm genaue Anweisungen.

Jule sah sich auf dem Mitarbeiterparkplatz um und fand das kleine blaue Auto des Barkeepers, unverschlossen. Sie stieg ein und legte sich hinter den Vordersitzen auf den Boden. Der Fußraum war übersät mit Plastiktüten und Kaffeebechern.

Sie musste eine Stunde warten, bevor Donovans Schicht an der Bar zu Ende war. Wenn sie Glück hatte, würde Noa nicht merken, dass etwas nicht stimmte, bis Jule für den Trivia-Abend viel zu spät dran war, vielleicht so bis halb neun. Dann würde sie wahrscheinlich zuerst Nachforschungen beim Flughafen-Shuttle und dem Taxiunternehmen anstellen, bevor sie an den Mitarbeiterparkplatz dachte.

Es war stickig und heiß im Wagen. Jule lauschte auf Schritte.

Ihre Schulter verkrampfte sich. Sie hatte Durst.

Donovan würde ihr doch helfen, oder?

Das würde er. Er hatte bereits für sie gelogen. Er hatte Noa erzählt, er kenne niemanden, der zu ihrer Beschreibung passte. Er hatte Jule gewarnt und ihr versprochen, ihren Koffer zu holen und sie in seinem Auto mitzunehmen. Sie hatte ihn sogar bezahlt.

Abgesehen davon waren Donovan und Jule Freunde.

Jule streckte die Beine aus, eins nach dem anderen, dann kauerte sie sich wieder hinter den Sitzen zusammen.

Sie überlegte, was sie anhatte, nahm ihre Ohrringe und ihren Jade-Ring ab und steckte sie in ihre Hosentasche. Sie zwang sich, ruhig zu atmen.

Schließlich hörte sie einen Koffer heranrollen. Der Kofferraum wurde zugeschlagen. Donovan schob sich hinter das Lenkrad, startete den Wagen und parkte aus. Jule blieb am Boden liegen, während er fuhr. Es gab nur wenige Straßenlaternen am Fahrbahnrand. Mexikanische Popmusik kam aus dem Radio.

»Wohin willst du?«, fragte Donovan schließlich.

»Irgendwo in die Stadt.«

»Dann fahr ich nach Hause.« Seine Stimme klang plötzlich raubtierhaft.

Mist. War es ein Fehler gewesen, in den Wagen zu steigen? War Donovan so ein Kerl, der glaubte, wenn ein Mädchen ihn um einen Gefallen bat, müsse es als Dank mit ihm rummachen?

»Vorher lässt du mich raus«, sagte sie scharf. »Ich komme schon zurecht.«

»Das musst du nicht in diesem Ton sagen«, erwiderte er. »Ich riskiere gerade meinen Kopf für dich.«

Stell dir Folgendes vor: ein hübsches Haus am Rand einer Stadt in Alabama. Eines Nachts wacht die achtjährige Jule in der Dunkelheit auf. Hat sie ein Geräusch gehört?

Sie ist sich nicht sicher. Es ist still im Haus. In ihrem dünnen rosafarbenen Nachthemd geht sie die Treppe hinunter.

Im Erdgeschoss packt sie die eiskalte Angst. Das Wohnzimmer ist verwüstet, überall liegen Bücher und Papiere verstreut. Im Arbeitszimmer sieht es noch schlimmer aus. Aktenschränke wurden umgekippt. Die Computer sind weg.

»Mama? Papa?« Klein Jule rennt wieder nach oben, um im Schlafzimmer ihrer Eltern nachzusehen.

Das Bett ist leer.

Jetzt fürchtet sie sich richtig. Sie reißt die Badezimmertür auf. Da sind sie auch nicht. Sie rennt nach draußen.

Der Garten ist von lauernden Bäumen umringt. Klein Jule hat den halben Weg zurückgelegt, als ihr bewusst wird, was sie dort sieht, im Lichtkreis einer Straßenlaterne.

Mama und Papa liegen mit dem Gesicht nach unten im Gras. Ihre Körper sind zusammengesackt und schlaff. Schwarze Blutlachen haben sich unter ihnen gebildet. Mama wurde in den Kopf geschossen. Sie muss sofort tot gewesen sein. Papa ist eindeutig auch tot, aber die einzigen Verletzungen, die Jule erkennen kann, sind an seinen Armen. Er muss verblutet sein. Er hält Mama umklammert, als hätte er in seinen letzten Momenten nur an sie gedacht.

Jule rennt zurück ins Haus, um die Polizei zu rufen. Die Leitung ist unterbrochen.

Sie kehrt in den Garten zurück, möchte ein Gebet sprechen, wenigstens irgendwie Abschied nehmen – aber die Leichen ihrer Eltern sind verschwunden. Ihr Mörder hat sie weggeschafft.

Jule erlaubt sich nicht, zu weinen. Sie sitzt den Rest der Nacht in diesem Lichtkreis der Straßenlaterne, während sich ihr Nachthemd mit langsam trocknendem Blut vollsaugt.

In den nächsten zwei Wochen ist Klein Jule allein in dem durchwühlten Haus. Sie bleibt stark. Sie kocht für sich und geht die Papiere durch, die zurückgelassen wurden, sucht nach Hinweisen. Während sie die Dokumente liest, setzt sie ein Leben aus Heldentum, Macht und geheimen Identitäten zusammen.

Eines Nachmittags, als sie auf dem Dachboden nach alten Fotos sucht, taucht eine Frau ganz in Schwarz auf.

Die Frau tritt vor, aber Klein Jule reagiert sofort. Sie wirft einen Brieföffner, schnell und mit voller Wucht. Die Frau fängt ihn mit der linken Hand. Klein Jule klettert auf einen Stapel Kisten, greift nach einem Dachbalken und zieht sich hoch. Sie läuft über den Balken und quetscht sich durch ein hohes Dachfester nach draußen. Panik hämmert dumpf in ihrer Brust.

Die Frau folgt ihr. Jule springt vom Dach in die Äste eines benachbarten Baums und bricht einen spitzen Zweig ab, um ihn als Waffe zu benutzen. Sie hält ihn zwischen den Zähnen, während sie nach unten klettert. Sie sprintet ins Unterholz, als die Frau ihr in den Knöchel schießt.

Der Schmerz ist unerträglich. Klein Jule ist sich sicher, dass der Mörder ihrer Eltern zurückgekommen ist, um sie ebenfalls zu erledigen – doch die Frau in Schwarz hilft ihr auf und kümmert sich um die Verletzung. Sie holt die Kugel heraus und behandelt die Wunde mit einem Antiseptikum.

Während die Frau den Knöchel verbindet, erklärt sie Jule, dass sie Leute rekrutiert. Sie hat Jule in den letzten zwei Wochen beobachtet. Jule ist nicht nur das Kind von zwei Menschen mit außergewöhnlichen Fähigkeiten, sie verfügt auch selbst über einen bemerkenswerten Verstand gepaart mit einem erbitterten Überlebensinstinkt. Die Frau möchte Jule trainieren und ihr helfen, Rache zu nehmen. Denn sie ist so etwas wie eine verloren geglaubte Tante. Sie kennt die Geheimnisse, die Jules Eltern vor ihrer geliebten und einzigen Tochter verborgen haben.

Nun beginnt eine höchst ungewöhnliche Ausbildung. Jule geht auf eine Spezial-Akademie, die in einer renovierten Villa in einer gewöhnlichen Straße in New York untergebracht ist. Sie lernt Überlebenstechniken, macht Rückwärtssaltos und schafft es, sich aus Handschellen und Zwangsjacken zu befreien. Sie trägt Hosen aus Leder und hat die Taschen voller technischer Spielereien. Unterrichtet werden Fremdsprachen, gesellschaftliche Konventionen, Literatur, Kampfsportarten, der Umgang mit Schusswaffen, wie man sich verkleidet, verschiedene Akzente, Methoden der Fälschung und die Feinheiten des Gesetzes. Die Ausbildung dauert zehn Jahre. Am Ende ist Jule zu einer Frau geworden, die man auf keinen Fall unterschätzen sollte, denn das wäre ein großer Fehler.

Das ist die Herkunftsgeschichte von Jule West Williams. Zu der Zeit, als sie im Playa Grande wohnte, mochte sie diese Geschichte lieber als alle anderen, die sie noch über sich erzählen konnte.

Donovan hielt an und öffnete die Fahrertür. Das Licht im Inneren des Wagens ging an.

»Wo sind wir?«, fragte Jule. Es war dunkel draußen.

»San José del Cabo.«

»Da, wo du wohnst?«

»Nicht ganz.«

Jule war erleichtert, aber die Gegend schien ziemlich abgelegen zu sein. Sollte es nicht wenigstens ein paar Straßenlaternen und Geschäfte geben, die für Touristen beleuchtet waren?

»Irgendwer in der Nähe?«, fragte sie.

»Ich habe in einer Seitengasse geparkt, damit niemand sieht, wie du aus meinem Auto steigst.«

Jule kletterte aus dem Wagen. Ihre Muskeln waren steif und ihr Gesicht fühlte sich ganz schmierig an. Die Gasse war von Mülltonnen gesäumt. Das einzige Licht kam aus ein paar Fenstern in der zweiten Etage.

»Danke fürs Mitnehmen. Machst du mir den Kofferraum auf?«

»Du hast gesagt, hundert amerikanische Dollar, wenn ich dich in die Stadt bringe.«

»Natürlich.« Jule zog ihre Geldbörse aus der Gesäßtasche und bezahlte.

»Aber jetzt ist es mehr«, fügte Donovan hinzu.

»Was?«

»Dreihundert mehr.«

»Ich dachte, wir wären Freunde.«

Er trat einen Schritt auf sie zu. »Ich habe dir Drinks gemacht, weil das mein Job ist. Ich habe so getan, als würde ich mich gern mit dir unterhalten, weil das mein Job ist. Denkst du, ich sehe nicht, wie du auf mich herabblickst? Der zweitbeste Hulk. Welcher Scotch. Wir sind keine Freunde, Ms Williams. Du hast mich die Hälfte der Zeit angelogen und ich habe dich die ganze Zeit angelogen.«

Sie roch den Alkohol, der auf sein T-Shirt gespritzt sein musste. Sein Atem traf sie heiß im Gesicht.

Jule hatte wirklich gedacht, dass er sie mochte. Sie hatten zusammen gelacht und sie hatte Kartoffelchips gratis von ihm bekommen.

»Wow«, sagte sie leise.

»Noch mal dreihundert«, wiederholte er.

War er ein kleiner Abzocker, der ein Mädchen mit einer Menge US-Dollar ausnehmen wollte? Oder war er ein mieser Schleimer, der glaubte, sie würde sich lieber an ihn schmiegen, als ihm die Dreihundert extra zu geben? Könnte Noa ihn bestochen haben?

Jule steckte die Geldbörse zurück in ihre Hosentasche. Sie zog am Riemen ihrer Tasche, bis sie vor ihrer Brust hing.

»Donovan?« Sie trat an ihn heran, ganz nah, und sah ihn mit großen Augen an.

Dann ließ sie ihren rechten Unterarm abrupt nach oben schnellen, kickte seinen Kopf nach hinten und trat ihm in die Weichteile. Er krümmte sich nach vorn. Sie griff nach seinen fettigen Haaren und riss seinen Kopf hoch, wirbelte ihn herum und brachte ihn aus dem Gleichgewicht.

Er stieß mit einem Ellbogen zu und rammte ihn Jule in die

Brust. Es tat weh, aber der zweite Hieb verfehlte sie, denn sie trat zur Seite, packte den Ellbogen und drehte ihn auf Donovans Rücken. Sein Arm war widerlich weich. Sie hielt ihn fest umklammert. Mit der freien Hand schnappte sie sich ihr Geld aus seinen raffgierigen Fingern.

Sie schob die Scheine in ihre Hosentasche und zerrte heftig an seinem Ellbogen, während sie auf der Suche nach seinem Handy seine Seitentaschen abtastete.

Nicht da. Dann in der Gesäßtasche.

Sie fand das Handy und schob es aus Mangel an Alternativen in ihren BH. Jetzt konnte er Noa nicht mehr anrufen und ihren Aufenthaltsort durchgeben, aber er hatte immer noch den Autoschlüssel in der linken Hand.

Donovan trat nach hinten aus und traf sie am Schienbein. Jule boxte ihn in die Halsbeuge und er taumelte nach vorn. Ein fester Stoß und Donovan stürzte zu Boden. Er wollte sich wieder aufrichten, aber Jule schnappte sich einen Metalldeckel von einer der Mülltonnen und ließ ihn zweimal auf seinen Kopf krachen, bis er auf einem Stapel Müllbeutel zusammenbrach. Er blutete an der Stirn und an einem Auge.

Jule zog sich aus seiner Reichweite zurück. Sie hielt immer noch den Deckel in der Hand.

»Lass den Schlüssel fallen.«

Stöhnend hob Donovan die linke Hand und warf den Schlüssel vor sich auf den Boden.

Jule schnappte sich den Schlüssel. Sie öffnete den Kofferraum, holte ihren Rollkoffer heraus und rannte die Straße hinunter, bevor Donovan sich aufrappeln konnte.

Sowie sie auf der Hauptstraße von San José del Cabo angekommen war, verlangsamte sie ihre Schritte und kontrollierte ihr T-Shirt. Es sah noch ganz sauber aus. Sie wischte sich gelassen über das Gesicht, falls dort etwas war – Dreck, Spucke, Blut. Sie zog eine Puderdose aus ihrer Tasche und prüfte ihr Äußeres, während sie weiterlief und den Spiegel gleichzeitig dazu benutzte, einen Blick über die Schulter zu werfen.

Niemand war hinter ihr.

Sie legte pinken Lippenstift auf, klappte die Puderdose wieder zu und wurde noch langsamer.

Es durfte nicht so aussehen, als würde sie vor irgendetwas weglaufen.

Die Luft war warm, Musik dröhnte aus den Bars. Vor den meisten Läden schlenderten Touristen umher – Weiße, Schwarze, Mexikaner, alle betrunken und laut. Billigurlauber.

Jule warf Donovans Schlüssel und Handy in eine Mülltonne. Sie hielt nach einem Taxi oder einem Supercabos-Bus Ausschau, entdeckte jedoch keins von beiden.

Na gut.

Sie musste untertauchen und sich umziehen, für den Fall, dass Donovan nach ihr suchte. Er würde sie verfolgen, falls er für Noa arbeitete. Oder falls er auf Rache aus war.

Stell dir vor, du wärst eine Filmfigur. Schatten huschen über deine glatte Haut, während du weitergehst. Blutergüsse bilden sich unter deiner Kleidung, aber deine Haare sitzen perfekt. Du bist mit technischen Spielereien bewaffnet, flache Metallteile, die unfassbare technologische und rabiate Kunststücke vollbringen können. Du hast Gifte und Gegengifte bei dir.

Du stehst im Mittelpunkt der Geschichte. Du und niemand sonst. Du hast diese interessante Herkunftsgeschichte, diese ungewöhnliche Ausbildung. Jetzt bist du skrupellos, du bist brillant, unerschrocken. Eine Zahl von Toten liegt hinter dir, denn du tust alles, was nötig ist, um zu überleben – aber das ist dein Alltag, sonst nichts.

Im Licht der mexikanischen Bars siehst du umwerfend aus. Nach einem Kampf sind deine Wagen gerötet. Und oh, deine Klamotten schmeicheln dir sehr.

Ja, es stimmt, dass du auf eine kriminelle Art gewalttätig bist. Sogar brutal. Aber das ist dein Job, und du besitzt so einzigartige Fähigkeiten, dass es sexy ist.

Jule hatte tonnenweise Filme gesehen. Sie wusste, dass Frauen kaum im Mittelpunkt solcher Geschichten standen. Stattdessen waren sie schmückendes Beiwerk, Begleiterin, Opfer oder Angebetete. Meistens existierten sie nur, um dem großartigen weißen hetero Helden auf seiner verfickten epischen Abenteuerreise zu helfen. Wenn es doch mal eine Heldin gab, wog sie sehr wenig, trug sehr wenig und hatte tolle Zähne.

Jule wusste, dass sie nicht wie diese Frauen aussah. Sie würde nie wie diese Frauen aussehen. Aber sie verkörperte alles, was diese Heldinnen ausmachte, in mancherlei Hinsicht sogar mehr.

Das wusste sie auch.

Sie kam an der dritten Cabo Bar vorbei und schlüpfte hinein. Drinnen standen Picknicktische, ausgestopfte Fische hingen an der Wand. Die Gäste waren hauptsächlich Amerikaner, die sich nach einem langen Angeltag die Kante gaben. Jule verdrückte sich rasch nach hinten, warf einen kurzen Blick über die Schulter und verschwand auf dem Herrenklo.

Es war leer. Sie versteckte sich in einer Kabine. Hier würde Donovan nie nach ihr suchen.

Der Toilettensitz war nass und gelblich verfärbt. Jule kramte in ihrem Koffer, bis sie eine schwarze Perücke gefunden hatte – eine glatte Bobfrisur mit Pony. Sie setzte die Perücke auf, wischte den Lippenstift ab, legte dunkles Lipgloss auf und puderte sich die Nase. Über ihr T-Shirt zog sie eine schwarze Strickjacke.

Ein Kerl kam herein und benutzte das Urinal. Jule stand ganz still und war froh, dass sie Jeans und schwere schwarze Stiefel trug. Nur ihre Füße und der untere Rand ihres Koffers waren durch den Spalt unten an der Kabinentür zu sehen.

Ein zweiter Kerl kam herein und betrat die Kabine neben ihr. Sie warf einen Blick auf seine Schuhe.

Es war Donovan.

Das waren seine schmutzigen weißen Crocs. Seine Playa-Grande-Hose. Jules Herz pochte in ihren Ohren.

Leise hob sie den Koffer vom Boden auf und hielt ihn hoch, damit er ihn nicht entdeckte. Sie blieb reglos stehen.

Donovan spülte und Jule hörte, wie er zum Waschbecken schlurfte. Er machte den Wasserhahn an.

Noch ein Kerl kam herein.

»Kann ich mir mal dein Handy borgen?«, fragte Donovan auf Englisch. »Ist nur ein kurzer Anruf.«

»Mann, hat dich jemand zusammengeschlagen?« Der andere Typ hatte einen amerikanischen Akzent. Kalifornien. »Du siehst aus, als hättest du ganz schön was abgekriegt.«

»Mir geht's gut«, sagte Donovan. »Ich brauche nur mal ein Handy.«

»Ich hab hier keine Freischaltung für Anrufe, nur Textnachrichten«, erwiderte der Typ. »Ich muss zu meinen Jungs zurück.«

»Ich will es nicht klauen«, sagte Donovan. »Ich muss nur –«

»Ich sagte Nein, okay? Aber ich wünsch dir was, Kumpel.« Der Typ ging, ohne das Klo benutzt zu haben.

Wollte Donovan telefonieren, weil er keinen Autoschlüssel mehr hatte und eine Mitfahrgelegenheit brauchte? Oder wollte er Noa anrufen?

Er atmete schwer, als hätte er Schmerzen. Er drehte nicht noch einmal den Wasserhahn auf.

Schließlich ging er.

Jule stellte den Koffer ab. Sie schüttelte die Hände aus, damit das Blut wieder zirkulierte, und streckte die Arme nach hinten. Noch in der Kabine zählte sie ihr Geld, sowohl Pesos als auch Dollar. Sie prüfte in ihrem Puderdosenspiegel, ob die Perücke richtig saß.

Als sie das sichere Gefühl hatte, dass Donovan wirklich weg war, verließ Jule das Herrenklo – selbstbewusst, das war keine große Sache – und machte sich auf den Weg zum Ausgang. Draußen drängte sie sich durch die Partymeute bis an eine Straßenecke und hatte Glück. Gerade fuhr ein Taxi vor. Sie sprang hinein und fragte nach dem Grand Solmar, einer Hotelanlage neben dem Playa Grande.

Am Grand Solmar bekam sie leicht das nächste Taxi. Sie bat den neuen Fahrer, sie zu einem billigen, einheimischen Hotel in der Stadt zu bringen. Er fuhr sie zum Cabo Inn.

Es war eine heruntergekommene Absteige. Dünne Wände,

schmutzige Farbe, Plastikmöbel, Plastikblumen auf dem Empfangstresen. Jule checkte unter falschem Namen ein und bezahlte in Pesos. Der Hotelangestellte fragte nicht nach ihrem Ausweis.

Oben im Zimmer kochte sie mit der kleinen Kaffeemaschine einen koffeinfreien Kaffee. Sie gab drei Stück Zucker dazu. Sie setzte sich auf die Bettkante.

Sollte sie wegrennen?

Nein.

Ja.

Nein.

Niemand wusste, wo sie war. Niemand auf der Welt. Diese Tatsache sollte sie glücklich machen. Schließlich war das ihr Ziel gewesen. Sie hatte verschwinden wollen.

Aber sie hatte Angst.

Sie sehnte sich nach Paolo. Sehnte sich nach Imogen.

Wünschte, sie könnte alles ungeschehen machen, was passiert war.

Könnte sie doch in der Zeit zurückreisen, dann würde sie ein besserer Mensch sein. Oder ein anderer Mensch. Sie würde mehr sie selbst sein. Oder vielleicht weniger sie selbst. Sie hatte keine Ahnung, denn sie wusste nicht mehr, welche Form ihr eigenes Ich hatte oder ob es eigentlich gar keine Jule gab, sondern nur eine Reihe Persönlichkeiten, für die sie sich in verschiedenen Situationen ausgab.

Waren alle Menschen so, ohne wahres Ich?

Oder ging es nur Jule so?

Sie wusste nicht, ob sie ihr eigenes verstümmeltes, fremdes Herz lieben konnte. Sie wünschte sich jemanden, der es für sie tat, der es unter ihren Rippen pochen sah und zu ihr sagte: *Ich kann dein wahres Ich sehen. Es ist da, und es ist außergewöhnlich und wertvoll. Ich liebe dich.*

Wie finster und dumm es war, sich verstümmelt und fremd zu fühlen, keine bestimmte Form zu haben, kein Ich zu haben, wenn das Leben noch vor einem lag. Jule hatte viele seltene Talente. Sie arbeitete hart und hatte wirklich verdammt viel zu bieten. Sie wusste das alles.

Also warum fühlte sie sich gleichzeitig so wertlos?

Sie wollte Imogen anrufen. Sie wünschte, sie könnte Immies tiefes Lachen hören und ihre nicht enden wollenden Sätze, die Geheimnisse ausschütteten. Sie wünschte, sie könnte zu Imogen sagen: *Ich habe Angst.* Und Immie würde sagen: *Aber du bist tapfer, Jule. Du bist der tapferste Mensch, den ich kenne.*

Sie wünschte, Paolo würde vorbeikommen, die Arme um sie legen und ihr sagen – wie er es einmal getan hatte –, was für ein großartiger Mensch sie sei.

Sie wünschte sich jemanden, der sie bedingungslos liebte, der ihr alles vergeben konnte. Oder noch besser jemanden, der alles schon wusste und sie dafür liebte.

Weder Paolo noch Immie waren dazu in der Lage.

Trotzdem erinnerte Jule sich an das Gefühl von Paolos Lippen auf ihren und an den Duft von Immies Jasmin-Parfüm.

Mit der schwarzen Perücke auf dem Kopf ging Jule nach unten ins Geschäftsbüro des Cabo Inn. Sie hatte sich eine Strategie überlegt. Das Büro war um diese Nachtzeit geschlossen, aber sie steckte dem Portier etwas Trinkgeld zu und er öffnete es für sie. Am Computer buchte sie einen Flug von San José del Cabo nach Los Angeles am nächsten Morgen. Sie benutzte ihren eigenen Namen und bezahlte mit ihrer normalen Kreditkarte, derselben, die sie im Playa Grande benutzt hatte.

Dann fragte sie den Portier, wo sie sich gegen Cash ein Auto besorgen könnte. Er sagte, es gäbe einen Händler, der auf einem Hinterhof arbeite und ihr am nächsten Morgen bestimmt etwas für US-Dollar verkaufen könne. Er schrieb ihr eine Adresse auf, Ortiz y Ejido, sagte er.

Noa hatte bestimmt ihre Kreditkartenzahlungen verfolgt. Sonst hätte sie Jule nie aufgespürt. Jetzt würde sie die Rechnung sehen und nach L.A. fliegen. Jule würde sich jedoch ein Auto kaufen und nach Cancún fahren. Von dort aus könnte sie sich vielleicht auf die Insel Culebra in Puerto Rico absetzen, wo es massenhaft Amerikaner gab, die nie irgendjemandem ihre Pässe zeigten.

Sie dankte dem Portier für die Information über den Autohändler.

»Sie werden sich nicht an unser Gespräch erinnern, richtig?«, sagte sie und schob ihm noch einen Zwanziger über den Tresen.

»Vielleicht«, sagte er.
»Nein, werden Sie nicht.« Sie legte einen Fünfziger dazu.
»Ich habe Sie nie gesehen«, sagte er.

Jule schlief schlecht. Sogar noch schlechter als sonst. Sie träumte vom Ertrinken in türkisfarbenem Wasser, träumte von streunenden Katzen, die über ihren Körper liefen, während sie schlief, träumte, von einer Schlange erwürgt zu werden. Jule wachte schreiend auf.

Sie trank Wasser. Nahm eine kalte Dusche.

Schlief weiter und wachte wieder schreiend auf.

Um fünf Uhr morgens stolperte sie ins Bad, spritzte sich Wasser ins Gesicht und schminkte ihre Augen. Warum auch nicht? Sie mochte Make-up. Sie hatte Zeit. Sie trug Concealer auf und Puder, fügte dunklen Lidschatten hinzu, dann Wimperntusche und einen fast schwarzen Lippenstift mit etwas Gloss darüber.

Sie rieb sich Gel ins Haar und zog sich an. Schwarze Jeans, Stiefel, dunkles T-Shirt. Zu warm für die mexikanische Hitze, aber praktisch. Sie packte ihren Koffer, trank eine Flasche Wasser und verließ das Zimmer.

Noa saß im Gang, mit dem Rücken an die Wand gelehnt, einen dampfenden Kaffeebecher in den Händen.

Wartete.

17

ENDE APRIL 2017
LONDON

Sieben Wochen vorher, Ende April, wachte Jule in einem Hostel am Stadtrand von London auf. Es gab acht Doppelstockbetten pro Zimmer: dünne Matratzen mit den vorgeschriebenen weißen Laken. Auf jedem Bett lag ein Schlafsack. Treckingrucksäcke lehnten an den Wänden. Ein schwacher Gestank nach Körperschweiß und Patschuli hing in der Luft.

Jule hatte in ihren Trainingsklamotten geschlafen. Sie hievte sich aus dem Bett, band ihre Schuhe zu und rannte acht Meilen durch den Vorort, vorbei an Pubs und Metzgereien, die im frühen Morgenlicht noch geschlossen hatten. Nach ihrer Rückkehr machte sie Unterarmstütze, Liegestütze, Ausfallschritte und Kniebeugen im Gemeinschaftsraum des Hostels.

Jule war unter der Dusche, bevor ihre Zimmergenossen aufwachten und das heiße Wasser verbrauchen konnten. Dann kletterte sie zurück in ihr oberes Bett und wickelte einen Schokoladen-Proteinriegel aus.

Es war immer noch dunkel im Zimmer. Sie schlug *Unser ge-*

meinsamer Freund auf und las im Licht ihres Handys. Es war ein dicker englischer Roman aus dem Viktorianischen Zeitalter, der von einer Waise erzählte. Charles Dickens hatte das Buch geschrieben. Ihre Freundin Imogen hatte es ihr gegeben.

Imogen Sokoloff war die beste Freundin, die Jule jemals gehabt hatte. Ihre Lieblingsbücher handelten alle von Waisen. Immie war auch eine Waise, geboren in Minnesota von einer Teenagerin, die starb, als Immie zwei Jahre alt war. Dann war sie von einem Paar adoptiert worden, das in einem Penthouse in New Yorks Upper East Side wohnte.

Patti und Gil Sokoloff waren zu dieser Zeit Ende dreißig. Sie konnten keine eigenen Kinder bekommen und Gil widmete sich im Zuge ihrer juristischen Arbeit schon lange dem ehrenamtlichen Rechtsbeistand für Pflegekinder. Nach einigen Jahren auf der Warteliste für ein Neugeborenes erklärten sich die Sokoloffs bereit, auch ein älteres Kind anzunehmen.

Sie verliebten sich sofort in die dicken Ärmchen und die Sommersprossennase dieser einen Zweijährigen. Sie nahmen sie zu sich, nannten sie Imogen und ließen ihren alten Namen in einem Aktenschrank zurück. Sie wurde fotografiert und gekitzelt. Patti kochte ihr heiße Makkaroni mit Butter und Käse. Als Klein Immie fünf Jahre alt war, schickten die Sokoloffs sie in die Greenbriar School, eine private Einrichtung in Manhattan. Dort trug sie eine Uniform in Grün und Weiß und lernte Französisch. An den Wochenenden spielte Klein Immie mit Lego, backte Plätzchen und ging ins Naturkundemuseum, wo ihr die Reptilienskelette am besten gefielen. Sie feierte alle jüdischen Festtage und hatte, als sie älter wurde, eine unorthodoxe Bat Mitzwa in den Wäldern im Hinterland.

Die Bat Mitzwa war ein Problem. Pattis Mutter und Gils Eltern betrachteten Imogen nicht als Jüdin, weil ihre leibliche Mutter es nicht gewesen war. Sie drängten auf einen offiziellen Glaubenswechsel, der die Zeremonie um ein Jahr verschoben hätte, doch stattdessen trat Patti aus der Familiensynagoge aus und schloss sich einer säkularen jüdischen Gemeinschaft an, die ihre Zeremonien an einem Rückzugsort in den Bergen abhielt. So wurde Imogen Sokoloff im Alter von dreizehn Jahren ihr Waisenstatus deutlicher bewusst als jemals zuvor, und sie begann Geschichten zu lesen, die ein Prüfstein für ihr Innenleben wurden. Zuerst nahm sie sich die Waisengeschichten vor, die sie in der Schule hatte lesen müssen. Davon gab es viele.

»Ich mag die Kleidung und Puddings und die Pferdekutschen«, erzählte sie Jule.

Damals im Sommer hatten die beiden in einem Haus zusammengewohnt, das Immie auf der Insel Martha's Vineyard gemietet hatte. An diesem Tag fuhren sie zu einer Farm, wo man sich selbst Blumen pflücken konnte.

»Ich mochte *Heidi* und Gott weiß was noch für Mist«, sagte Immie zu Jule. Sie beugte sich mit einer Gartenschere über ein paar Dahlien. »Aber später fand ich diese Bücher zum Kotzen. Die Heldinnen waren die ganze Zeit scheißfröhlich. Alles Musterbilder weiblicher Selbstaufopferung. So was wie ›Ich bin am Verhungern! Hier, iss mein einziges Brötchen!‹ oder ›Ich kann nicht laufen, ich bin gelähmt, aber ich sehe trotzdem die helle Seite des Lebens, ich bin glücklich und zufrieden!‹ *Sara, die kleine Prinzessin* und *Pollyanna* tischen dir nur einen Haufen Lügen auf, musst du wissen. Nachdem ich das erst mal begriffen hatte, hatte ich die Nase voll davon.«

Immie war fertig mit ihrem Blumenstrauß und kletterte auf den Holzzaun, um sich hinzusetzen. Jule pflückte immer noch Blumen.

»In der Highschool habe ich *Jane Eyre*, *Jahrmarkt der Eitelkeit*, *Große Erwartungen* und so weiter gelesen«, fuhr Immie fort. »Darin geht es um die exzentrischen Waisen, wenn man so will.«

»Du sprichst von den Büchern, die du mir gegeben hast«, fiel Jule wieder ein.

»Ja. Becky Sharp in *Jahrmarkt der Eitelkeit* ist zum Beispiel eine einzige Ehrgeiz-Maschine. Jane Eyre hat Wutanfälle und wirft sich auf den Boden. Pip in *Große Erwartungen* ist verblendet und geldgierig. Alle wünschen sich ein besseres Leben und streben danach, und alle handeln moralisch fragwürdig. Das macht sie so interessant.«

»Ich mag sie jetzt schon«, sagte Jule.

Wegen ihrer ausdrucksvollen Aufsätze über diese Charaktere war Immie am Vassar College angenommen worden. Abgesehen davon hatte sie eigentlich nicht viel für die Schule übrig, wie sie zugab. Sie mochte es nicht, wenn jemand ihr sagte, was sie zu tun hatte. Als die Professoren ihr auftrugen, die alten Griechen zu lesen, tat sie es nicht. Als ihre Freundin Brooke ihr vorschlug, Suzanne Collins zu lesen, tat sie es nicht. Und als ihre Mutter ihr sagte, sie sollte sich beim Lernen mehr anstrengen, brach Immie das College ab.

Natürlich war der Druck nicht der einzige Grund, warum Immie das Vassar verlassen hatte. Die Situation war hoffnungslos kompliziert. Doch Patti Sokoloffs Kontrollzwang war definitiv ein Auslöser.

»Meine Mutter glaubt an den amerikanischen Traum«, sagte Imogen. »Und sie möchte, dass ich auch daran glaube. Ihre Eltern wurden in Weißrussland geboren. Sie waren dieser Vorstellung total verfallen. Du weißt schon, dass es hier in den Vereinigten Staaten von Amerika jeder bis ganz nach oben schaffen kann. Egal von wie tief unten man kommt, eines Tages kann man das Land regieren, reich werden, eine Villa besitzen. Stimmt's?«

Dieses Gespräch fand etwas später im Sommer auf Martha's Vineyard statt. Jule und Immie waren am Moshup Beach. Unter ihnen war eine große Baumwolldecke ausgebreitet.

»Ist ein hübscher Traum«, sagte Jule und steckte sich einen Kartoffelchip in den Mund.

»Die Familie meines Dads glaubte auch daran«, fuhr Immie fort. »Seine Großeltern kamen aus Polen und sie wohnten in diesen Mietskasernen. Dann hatte sein Vater Erfolg und eröffnete einen Feinkostladen. Mein Dad wollte es sogar noch weiter bringen, wollte der Erste in der Familie sein, der aufs College ging, also hat er genau das getan. Er wurde dieser große Anwalt. Seine Eltern waren so stolz. Für sie schien es ganz einfach: Lass deine alte Heimat hinter dir und erfinde dein Leben neu. Und wenn du nicht selbst den amerikanischen Traum leben kannst, dann machen es eben deine Kinder für dich.«

Jule liebte es, Immie zuzuhören. Sie hatte noch nie jemanden kennengelernt, der so freiheraus redete. Gespräche mit Immie uferten oft aus, machten aber neugierig und nachdenklich. Sie schien sich überhaupt nicht zurückzuhalten oder ihre Sätze wohlüberlegt zu formulieren. Sie plapperte einfach drauflos, ein Redefluss, der abwechselnd Fragen aufwarf und verzweifelt nach Gehör verlangte.

»Das Land der unbegrenzten Möglichkeiten«, sagte Jule jetzt, nur um zu sehen, in welche Richtung Immie das führen würde.

»Genau daran glauben sie, aber ich denke nicht, dass das wirklich stimmt«, erwiderte Immie. »Man muss sich nur eine halbe Stunde lang die Nachrichten anschauen, dann wird einem schnell klar, dass es mehr Möglichkeiten für Weiße gibt. Und für Leute, die Englisch sprechen.«

»Und für Leute mit deinem Akzent.«

»Ostküste?«, fragte Immie. »Ja, kann sein. Und für nicht Behinderte. Oh, und für Männer! Männer, Männer, Männer! Männer laufen immer noch herum, als wären die Vereinigten Staaten eine riesige Bäckerei und die ganzen Torten nur für sie. Findest du nicht auch?«

»Ich lasse nicht zu, dass sie meine Torte bekommen«, sagte Jule. »Diese verdammte Torte gehört mir und nur ich esse sie.«

»Genau! Du verteidigst deine Torte«, sagte Immie. »Und es ist eine Schokoladentorte mit Schokoglasur und, sagen wir, fünf Schichten. Aber für mich ist das genau der springende Punkt – du kannst mich ruhig für dumm halten, doch ich will keine Torte. Vielleicht bin ich nicht mal hungrig. Ich will einfach nur *sein.* Existieren und genießen, was direkt vor mir ist. Ich weiß, was das für ein Luxus ist und dass ich wahrscheinlich ein Arschloch bin, weil ich diesen Luxus überhaupt habe, aber ich glaube auch, dass ich versuchen sollte, das zu würdigen, Leute! Lasst mich einfach dankbar sein, dass ich hier an diesem Strand liegen kann und nicht das Gefühl habe, als müsste ich die ganze Zeit nach etwas *streben.*«

»Ich glaube, du irrst dich, was den amerikanischen Traum betrifft«, sagte Jule.

»Nein, tue ich nicht. Warum?«

»Der amerikanische Traum ist was für Actionhelden.«

»Echt jetzt?«

»Amerikaner führen gern Kriege«, erklärte Jule. »Wir wollen die Gesetze ändern oder sie brechen. Wir lieben Einzelkämpfer. Wir sind ganz verrückt nach ihnen, stimmt's? Superhelden, die *Taken*-Filme und so was. Wir sind in den Westen gezogen und haben das Land den Menschen weggenommen, die dort vorher gelebt haben. Schlachten die sogenannten bösen Jungs ab und kämpfen gegen das System. Das ist der amerikanische Traum.«

»Erzähl das mal meiner Mom«, sagte Immie. »Sag: *Hallo! Immie möchte lieber Einzelkämpferin als führende Unternehmerin werden.* Du wirst schon sehen, wohin das führt.«

»Ich werde mit ihr reden.«

»Gut, das wird alle Probleme lösen.« Immie kicherte und drehte sich auf der Stranddecke um. Sie nahm ihre Sonnenbrille ab. »Sie hat Vorstellungen von mir, die überhaupt nicht passen. Als ich noch klein war, wäre es zum Beispiel eine Riesensache für mich gewesen, ein paar Freunde zu haben, die auch adoptiert wurden, damit ich mich nicht so allein oder anders oder so fühlen musste. Aber damals kam von ihr nur: ›Immie geht es gut, sie braucht das nicht, wir sind genau wie andere Familien!‹ Und dann, fünfhundert Jahre später, als ich in der neunten Klasse war, hat sie in irgendeiner Zeitschrift einen Artikel über adoptierte Kinder gelesen und entschieden, dass ich mich mit dieser Jolie anfreunden muss, die gerade an die Greenbriar gewechselt war.«

Jule wusste, wen sie meinte. Das Mädchen von der Geburtstagsparty und dem American Ballet Theatre.

»Meine Mom fantasierte davon, dass wir unzertrennlich werden würden, und ich habe es versucht, aber diese Tussi mochte mich einfach nicht«, fuhr Immie fort. »Sie hatte blaue Haare. Ließ immer raushängen, wie viel cooler sie war. Sie zog mich wegen der ganzen Sache mit den streunenden Katzen auf und weil ich *Heidi* las, und sie machte sich über die Musik lustig, die ich gern hörte. Aber meine Mom rief weiterhin ihre Mom an, und ihre Mom rief weiterhin meine Mom an, um Pläne für uns zu machen. Sie stellten sich diese Adoptierte-Kinder-Verbindung zwischen uns vor, die nie existiert hatte.« Imogen seufzte. »Es war zum Heulen. Aber dann zog Jolie nach Chicago und meine Mom beließ es dabei.«

»Jetzt hast du ja mich«, sagte Jule.

Immie streckte die Hand aus und berührte Jules Nacken. »Jetzt hab ich dich, was meine mentale Gesundheit deutlich verbessert.«

»Deutlich verbessert klingt gut.«

Immie öffnete die Kühltasche und nahm zwei Flaschen selbst gemachten Eistee heraus. Sie packte für den Strand immer etwas zu trinken ein. Jule mochte die Zitronenscheiben nicht, die darin schwammen, aber sie trank den Eistee trotzdem.

»Du siehst hübsch aus mit den kurzen Haaren«, sagte Immie und berührte noch einmal Jules Nacken.

In ihrem ersten Jahr am Vassar College hatte Imogen in den Winterferien auf der Suche nach ihren Adoptionsunterlagen Gil Sokoloffs Aktenschrank durchwühlt. Die Dokumente waren nicht schwer zu finden.

»Vermutlich dachte ich, wenn ich das lese, bekomme ich einen besseren Einblick in meine Identität«, sagte sie. »Als hätten die Namen mir eine Erklärung liefern können, warum ich auf dem College so schlecht war, oder als könnte ich mich dadurch auf eine Art geerdet fühlen, wie ich es nie getan hatte. Aber nein.«

An diesem Tag waren Immie und Jule nach Menemsha gefahren, ein Fischerdorf nicht weit entfernt von Immies Vineyard-Haus. Sie waren auf einen Steinpier hinausgelaufen, der sich weit ins Meer erstreckte. Möwen kreischten über ihnen. Wasser schwappte über ihre Füße. Sie waren etwa gleich groß, und als sie sich auf die Felsen setzten, waren ihre Beine vor ihnen sonnengebräunt und glänzten vor Sonnencreme.

»Es war total scheiße«, sagte Imogen. »Nirgendwo war der Vater vermerkt.«

»Wie lautet denn dein Geburtsname?«

Immie wurde rot und zog sich ihre Kapuze über das Gesicht. Sie hatte tiefe Grübchen und gleichmäßige Zähne. Unter ihren kurz geschnittenen blondierten Haaren schauten ihre kleinen Ohren hervor, eins davon hatte drei Piercings. Ihre Augenbrauen waren zu schmalen Linien gezupft.

»Das sage ich nicht«, erklärte sie Jule durch den Stoff. »Ich verstecke mich jetzt unter meiner Kapuze.«

»Komm schon. Du hast mit der Geschichte angefangen.«

»Du darfst nicht lachen, wenn ich es dir verrate.« Immie hob die Kapuze und sah Jule an. »Forrest hat gelacht und dann bin ich ausgeflippt. Ich habe ihm zwei Tage lang nicht verziehen, bis er mir Zitronencremepralinen mitgebracht hat.«

Forrest war Immies Freund. Er wohnte mit ihnen in dem Haus auf Martha's Vineyard.

»Forrest könnte echt mal Manieren lernen«, sagte Jule.

»Er hat nicht nachgedacht. Er musste einfach loslachen. Später tat es ihm total leid.« Immie verteidigte Forrest immer, nachdem sie ihn kritisiert hatte.

»Bitte sag mir deinen Geburtsnamen«, bat Jule. »Ich werde nicht lachen.«

»Versprochen?«

»Ich verspreche es.«

Immie flüsterte Jule ins Ohr: »Melody. Und dann Bacon. Melody Bacon.«

»Gibt es noch einen zweiten Vornamen?«, fragte Jule.

»Nee.«

Jule lachte nicht, sie lächelte nicht einmal. Sie legte beide Arme um Immie. Sie blickten aufs Meer hinaus.

»Fühlst du dich wie eine Melody?«

»Nein.« Immie wirkte nachdenklich. »Aber ich fühle mich auch nicht wie eine Imogen.«

Sie beobachteten ein Möwenpaar, das gerade auf einem Felsen in ihrer Nähe gelandet war.

»Woran ist deine Mutter gestorben?«, fragte Jule schließlich. »Stand das auch in den Unterlagen?«

»Ich hatte schon so eine Ahnung, bevor ich die Akte gelesen habe. Sie starb an einer Überdosis Meth.«

Jule ließ das sacken. Sie stellte sich ihre Freundin als Kleinkind in einer nassen Windel vor, das über die dreckige Bettwäsche krabbelt, unter der seine Mutter liegt, zugedröhnt und gleichgültig. Oder tot.

»Ich habe zwei Narben an meinem rechten Oberarm«, sagte Immie. »Ich hatte sie schon, als ich nach New York geholt wurde. Soweit ich weiß, habe ich sie schon immer. Ich habe nie daran gedacht, nachzufragen, aber die Krankenschwester am Vassar hat mir erklärt, dass es Brandmale sind. Wie von einer Zigarette.«

Jule wusste nicht, was sie sagen sollte. Sie wollte die Dinge für Baby Immie in Ordnung bringen, aber das hatten Patti und Gil Sokoloff schon vor langer Zeit getan.

»Meine Eltern sind auch tot«, sagte sie schließlich. Es war das erste Mal, dass sie es laut aussprach, obwohl Immie bereits wusste, dass sie bei ihrer Tante aufgewachsen war.

»Das dachte ich mir«, sagte Immie. »Aber ich dachte auch, dass du nicht darüber reden willst.«

»Will ich auch nicht«, sagte Jule. »Jedenfalls noch nicht.« Sie löste sich von Immie und beugte sich vor. »Ich weiß noch nicht, welche Geschichte ich darüber erzählen soll. Es ist nicht …« Ihr fehlten die Worte. Sie konnte nicht einfach drauflosplappern wie Immie, um sich selbst zu finden. »Die Geschichte will einfach keine Gestalt annehmen.«

Das stimmte. Zu dieser Zeit hatte Jule gerade erst damit begonnen, die Herkunftsgeschichte zu konstruieren, auf die sie sich später stützen würde, und sie konnte einfach nichts anderes erzählen.

»Alles gut«, sagte Imogen.

Sie griff in ihren Rucksack und holte eine dicke Tafel Vollmilchschokolade heraus. Sie wickelte sie halb aus und brach ein Stück für Jule und ein Stück für sich selbst ab. Jule lehnte sich wieder an den Felsen, ließ die Schokolade in ihrem Mund zergehen, während die Sonne ihr Gesicht wärmte. Immie verscheuchte die bettelnden Möwen und schimpfte ihnen nach.

In diesem Moment spürte Jule, dass sie Imogen vollkommen kannte. Alles zwischen ihnen war klar und so würde es immer bleiben.

Jetzt im Hostel legte Jule *Unser gemeinsamer Freund* zur Seite. Am Beginn der Geschichte kam eine Leiche in der Themse vor. Sie hatte diese Stelle nicht gern gelesen – die Beschreibung eines mit Wasser vollgesogenen toten Körpers. Jules Tage waren lang geworden, seit Imogen Sokoloff sich in genau diesem Fluss ertränkt hatte. Sie hatte ihre Taschen mit Steinen beschwert und war von der Westminster Bridge gesprungen, ihren Abschiedsbrief hatte sie im Brotkasten hinterlassen.

Jule dachte jeden Tag an Immie. Jede Stunde. Sie erinnerte sich daran, wie Immie ihr Gesicht immer hinter ihren Händen oder unter der Kapuze versteckt hatte, wenn sie sich ausgeliefert fühlte. An den hohen Kaugummiklang ihrer Stimme. Imogen drehte ihre Ringe an den Fingern. Sie hatte diese beiden Zigarettenbrandmale am Oberarm und eine Narbe an einer Hand von einem heißen Blech Cream-Cheese-Brownies. Sie konnte mit einem übergroßen schweren Messer ganz schnell Zwiebeln schneiden, was sie aus einem Kochvideo gelernt hatte. Sie duftete nach Jasmin und manchmal nach Kaffee mit Sahne und Zucker. Sie benutzte ein Spray mit Zitrusduft für ihre Haare.

Imogen Sokoloff war die Art von Mädchen, von der die Lehrer nie gedacht hätten, dass sie ihr volles Potenzial ausschöpfen würde. Die Art von Mädchen, die das College hinschmiss, aber ihre Lieblingsbücher mit Haftnotizen vollklebte. Immie weigerte sich, nach etwas Größerem zu streben oder auf etwas hinzuarbeiten, was andere als Erfolg definierten. Sie kämpfte darum, sich von Männern zu befreien, die sie beherrschen wollten, und von Frauen, die ihre ganze Aufmerksamkeit für sich beanspruchten. Sie weigerte sich beharrlich, auch nur einer einzigen Person ihre volle Zuneigung zu schenken, und zog es stattdessen vor, sich ein eigenes Heim nach ihren eigenen Bedingungen zu schaffen, in dem sie die Herrin war. Sie hatte das Geld ihrer Eltern akzeptiert, ihnen aber nicht die Kontrolle über ihre Identität überlassen. Und sie hatte die Vorteile ihres schönen Vermögens genutzt, um sich selbst neu zu erfinden, ein anderes Leben zu leben. Es war eine besondere Form von Mut, die oft mit Egoismus oder Faulheit verwechselt wird. Sie war die Art von Mädchen, die du wahrscheinlich nur für eine Privatschul-Blondine gehalten hättest, aber es wäre ein großer Fehler gewesen, nicht hinter die Fassade zu blicken.

Als das Hostel zum Leben erwachte und die Rucksacktouristen in den Waschraum torkelten, ging Jule nach draußen. Sie verbrachte den Tag wie so oft mit Weiterbildung. Sie lief ein paar Stunden durch die Gänge des British Museum, merkte sich die Namen der Gemälde und trank Cola light aus kleinen Flaschen. Sie stand eine Stunde lang in einem Buchladen, prägte sich eine Karte von Mexiko ein und lernte ein Kapitel aus einem Buch mit dem Titel *Vermögensverwaltung: Acht Grundprinzipien* auswendig.

Sie hätte gern Paolo angerufen, aber das konnte sie nicht.

Sie würde auch keinen Anruf entgegennehmen, außer den einen, auf den sie wartete.

Das Handy klingelte, als sie in der Nähe des Hostels aus der U-Bahn stieg. Es war Patti Sokoloff. Jule sah die Nummer und benutzte ihren typisch amerikanischen Akzent.

Patti war in London, wie sich herausstellte.

Das hatte Jule nicht erwartet.

Könnte Jule sich morgen mit ihr im Ivy zum Mittagessen treffen?

Natürlich. Jule sagte, wie überrascht sie war, von Patti zu hören. Direkt nach Immies Tod hatten sie einige Male miteinander telefoniert. Jule hatte mit der Polizei gesprochen und persönliche Sachen aus Immies Londoner Wohnung zurückgeschickt, während Patti sich in New York um Gil kümmern musste, aber all diese schwierigen Gespräche hatten vor ein paar Wochen aufgehört.

Patti hatte normalerweise eine hektische, geschwätzige Art, aber heute wirkte sie niedergeschlagen, ihre Stimme klang nicht so lebhaft wie sonst.

»Du solltest wissen«, sagte sie, »dass ich Gil verloren habe.«

Das war ein Schock. Jule dachte an Gil Sokoloffs aufgeschwemmtes graues Gesicht und an die lustigen kleinen Hunde, in die er so vernarrt gewesen war. Sie hatte ihn sehr gemocht. Sie hatte nicht gewusst, dass er tot war.

Patti erklärte ihr, dass Gil vor zwei Wochen an Herzversagen gestorben war. All die Jahre der Dialyse wegen seiner kranken Nieren und dann tötete ihn sein Herz. Vielleicht hatte er auch nach Immies Selbstmord nicht mehr weiterleben wollen, meinte Patti.

Sie redeten eine Weile über Gils Krankheit und wie wundervoll er gewesen war, und über Immie. Patti sprach davon, was für eine große Hilfe Jule gewesen war, wie gut sie sich um die Dinge in London gekümmert hatte, während die Sokoloffs New York nicht verlassen konnten.

»Ich weiß, so eine Reise scheint ziemlich ungewöhnlich für mich zu sein«, sagte Patti. »Aber nach all den Jahren, in denen ich Gil gepflegt habe, ertrage ich es nicht, allein im Apartment zu hocken. Es ist voll mit seinen Sachen, mit Immies Sachen. Ich wollte …« Ihr versagte die Stimme, und als sie weiterredete, klang sie gezwungen heiter. »Wie auch immer, meine Freundin Rebecca lebt in Hampshire und sie hat mir angeboten, in eins ihrer Gästecottages zu ziehen, um zur Ruhe zu kommen und mich zu erholen. Sie hat sogar darauf bestanden. Manche Freunde sind einfach so. Ich habe seit Jahren nicht mit Rebecca gesprochen, aber in dem Moment, als sie anrief – nachdem sie von Immie und Gil gehört hatte –, war alles sofort wieder wie früher. Kein Smalltalk. Es war alles aufrichtig. Wir waren zusammen auf der Greenbriar. Schulfreunde haben diese Erinnerungen, diese gemeinsame Vergangenheit, die sie miteinander verbindet, denke ich. Schau dir dich und Immie an. Ihr habt so hervorragend wieder zusammengefunden, nachdem ihr getrennt gewesen wart.«

»Das mit Gil tut mir unendlich leid«, sagte Jule. Und sie meinte es auch so.

»Er war schwer krank. So viele Tabletten.« Patti hielt inne, und als sie diesmal fortfuhr, klang ihre Stimme belegt. »Ich glaube, nach dem was mit Immie passiert ist, hatte er einfach keine Kraft mehr zu kämpfen. Er und Immie, sie waren meine Goldschätze.« Dann zwang sie sich wieder zu einer regen Heiterkeit. »Aber zurück zum eigentlichen Grund meines Anrufs. Du kommst doch zum Mittagessen, oder?«

»Ja, wie ich schon sagte. Natürlich.«

»Im Ivy, morgen um eins. Ich möchte dir für alles danken, was du nach Immies Tod für mich getan hast, und für Gil. Und ich habe sogar eine Überraschung für dich«, sagte Patti. »Etwas, das uns bestimmt beide aufmuntern wird. Also komm nicht zu spät.«

Als das Gespräch vorbei war, hielt Jule das Handy noch eine Weile an die Brust gedrückt.

Das Ivy fügte sich perfekt in die schräg zulaufende Straßenecke von London. Es schien wie für dieses Grundstück gemacht. Drinnen waren die Wände voller Porträts und buntem Glas. Es roch nach Geld: gebratenes Lamm und Gewächshauspflanzen. Jule trug ein tailliertes Kleid und Ballerinas. Zu ihrem Collegegirl-Make-up hatte sie roten Lippenstift aufgelegt.

Patti wartete bereits an einem Tisch auf sie und trank Wasser aus einem Weinglas. Als Jule sie vor fast einem Jahr zuletzt gesehen hatte, war Immies Mutter eine gepflegte Frau gewesen. Sie war Hautärztin, Mitte fünfzig und fit bis auf einen Bauchansatz. Ihre Haut hatte einen glänzenden rosa Schimmer gehabt, ihre Haare waren lang gewesen, dunkelbraun gefärbt und zu wallenden Locken frisiert. Jetzt waren ihre Haare am Ansatz grau und zu einem Bob geschnitten. Ihre Lippen wirkten geschwollen und sie hatte keinen Lippenstift benutzt. Wie die meisten Frauen aus der Upper East Side trug sie eine schmal geschnittene schwarze Hose und einen langen Kaschmircardigan – doch statt Absatzschuhen hatte sie dazu ein Paar hellblaue Laufschuhe angezogen. Jule hätte sie beinahe nicht erkannt.

Patti stand lächelnd auf, als Jule auf sie zukam. »Ich sehe verändert aus, ich weiß.«

»Nein, finde ich nicht«, log Jule. Sie küsste Patti auf die Wange.

»Ich bringe es einfach nicht mehr über mich«, sagte Patti. »Jeden Morgen so viel Zeit vor dem Spiegel, die unbequemen Schuhe. Das Zurechtmachen.«

Jule setzte sich hin.

»Ich habe mich immer für Gil zurechtgemacht«, fuhr Patti fort. »Und für Immie, als sie noch klein war. Sie sagte dann immer ›Mummy, mach dir Locken! Leg Glitzer auf!‹ Jetzt gibt es keinen Grund mehr dafür. Ich habe mir von der Arbeit freigenommen. Eines Tages dachte ich bei mir, ich brauche mir die Mühe doch gar nicht mehr zu machen. Ich verließ einfach so das Haus und es war eine unglaubliche Erleichterung, die ich gar nicht in Worte fassen kann. Ich weiß, dass es die Leute beunruhigt. Meine Freunde machen sich Sorgen. Aber ich denke, egal. Ich habe Imogen verloren. Ich habe Gil verloren. Jetzt gibt es nur noch mich.«

Jule wollte unbedingt das Richtige sagen, aber sie war nicht sicher, ob Mitgefühl oder Ablenkung angebracht waren. »Ich habe im College ein Buch darüber gelesen«, sagte sie.

»Worüber?«

»Wie man sich selbst im Alltag darstellt. Dieser Goffman geht davon aus, dass man in verschiedenen Situationen ein unterschiedliches Auftreten hat. Der Charakter ist nicht statisch. Es geht immer um Anpassung.«

»Du meinst, ich habe aufgehört, mich selbst darzustellen?«

»Oder Sie gehen jetzt einen anderen Weg. Es gibt verschiedene Versionen des eigenen Ichs.«

Patti nahm die Speisekarte, dann streckte sie den anderen Arm aus und berührte Jules Hand. »Du musst ans College zurück, Schätzchen. Du bist so klug.«

»Vielen Dank.«

Patti blickte Jule in die Augen. »Ich habe ein Gespür für Menschen, weißt du«, sagte sie. »Und du hast sehr viel Potenzial. Du bist wissbegierig und experimentierfreudig. Ich hoffe, du weißt, dass du alles werden kannst, was du willst.«

Der Kellner kam und nahm die Getränkebestellung auf. Eine zweite Bedienung brachte einen Brotkorb.

»Ich habe Ihnen Imogens Ringe mitgebracht«, sagte Jule, als das Gewusel vorbei war. »Ich hätte sie längst zurückschicken sollen, aber ich –«

»Ich verstehe schon«, sagte Patti. »Es war schwer, sie herzugeben.«

Jule nickte. Sie reichte ein in Seidenpapier gewickeltes Päckchen über den Tisch. Patti zupfte das Klebeband ab. Im Päckchen lagen sieben Ringe, jeder wie ein Tier geformt oder gearbeitet. Immie hatte sie gesammelt. Sie sahen witzig und ungewöhnlich aus, waren sorgfältig handgefertigt, alle hatte einen anderen Stil. Den achten trug Jule immer noch. Immie hatte ihn ihr geschenkt. Es war eine Jade-Schlange, die an ihrem rechten Ringfinger steckte.

Patti begann leise in ihre Serviette zu weinen.

Jule senkte den Blick auf die Ringe. Jeder hatte irgendwann an einem von Immies zerbrechlichen Fingern gesteckt. Immie hatte sonnengebräunt in diesem Juweliergeschäft auf Vineyard gestanden. »Ich hätte gern den ungewöhnlichsten Ring, den Sie verkaufen«, hatte sie zu dem Verkäufer gesagt. Und später: »Der ist für dich.« Sie hatte Jule den Schlangenring gegeben, und Jule hatte ihn bis jetzt nie abgelegt, obwohl sie ihn gar nicht mehr verdiente, ihn vielleicht sogar nie verdient hatte.

Jule würgte an einem Gefühl, das tief aus ihrem Bauch kam und ihren Hals hinaufstieg. »Entschuldigen Sie mich.« Sie stand auf und stolperte zur Damentoilette. Das Restaurant drehte sich um sie. Ihr wurde leicht schwarz vor Augen. Sie klammerte sich an die Lehne eines freien Stuhls, um sich Halt zu geben.

Sie würde sich übergeben müssen. Oder ohnmächtig werden. Oder beides. Hier im Ivy, umgeben von all diesen makellosen Menschen, wo sie gar nicht sein dürfte, blamierte sie die arme, arme Mutter einer Freundin, die sie nicht genug geliebt hatte – oder zu sehr.

Jule schaffte es zur Toilette und beugte sich über das Waschbecken.

Das Würgen hörte nicht auf. Ihre Kehle zog sich immer wieder zusammen.

Sie schloss sich in einer Kabine ein und stützte sich an der Wand ab. Ihre Schultern bebten. Sie würgte wieder, aber es kam nichts.

Sie blieb in der Kabine, bis der Brechreiz nachließ, zitternd und nach Atem ringend.

Zurück am Waschbecken, wischte sie sich das feuchte Gesicht mit einem Papierhandtuch ab. Sie betupfte ihre geschwollenen Augen mit den Fingern, die sie vorher in kaltes Wasser getaucht hatte.

Der rote Lippenstift steckte in der Tasche ihres Kleides. Jule legte ihn wie einen Schutzpanzer auf und ging zu Patti.

Als Jule an den Tisch zurückkehrte, hatte Patti sich wieder gefasst und sprach mit dem Kellner. »Als Vorspeise hätte ich gern die Rote Beete«, sagte sie zu ihm, während Jule sich hinsetzte. »Und danach den Schwertfisch, denke ich. Ist der Schwertfisch gut? Ja, okay.«

Jule bestellte einen Hamburger und grünen Salat.

Nachdem der Kellner gegangen war, entschuldigte Patti sich. »Tut mir leid. Es tut mir wirklich leid. Alles in Ordnung?«

»Sicher.«

»Ich muss dich vorwarnen, es kann sein, dass ich später noch einmal weine. Vielleicht sogar auf der Straße! Das weiß ich heutzutage nie. Ich bin anfällig dafür, jeden Moment loszuschluchzen.« Die Ringe und das Seidenpapier lagen nicht mehr auf dem Tisch. »Hör zu, Jule«, sagte Patti. »Du hast mir mal erzählt, dass deine Eltern dich enttäuscht haben. Erinnerst du dich noch?«

Jule erinnerte sich nicht. Sie dachte nicht mehr an ihre Eltern, überhaupt nicht mehr, höchstens an die aus der Heldengeschichte, die sie für sich selbst erschaffen hatte. Und sie dachte niemals an ihre Tante.

Jetzt blitzte die Herkunftsgeschichte wieder in ihrem Kopf auf: ihre Eltern im Vorgarten eines hübschen kleinen Hauses am Ende einer Sackgasse in dieser kleinen Stadt in Alabama. Sie lagen mit dem Gesicht nach unten in schwarzen Blutlachen, die ins Gras sickerten, beleuchtet von einer einzelnen Straßenlaterne. Ihre Mutter war in den Kopf geschossen worden. Ihr Vater war an Schusswunden an den Armen verblutet.

Sie fand diese Geschichte tröstlich. Sie war wunderschön. Ihre Eltern waren mutig gewesen. Das Mädchen wuchs gut ausgebildet und extrem leistungsfähig auf.

Aber sie wusste, dass sie diese Geschichte nicht mit Patti teilen konnte. Stattdessen sagte sie verhalten: »Habe ich das gesagt?«

»Ja, und als du es erzählt hast, dachte ich, dass ich bei Immie vielleicht auch versagt habe. Gil und ich haben kaum über ihre Adoption gesprochen, als sie noch klein war. Weder vor ihr noch unter uns. Ich wollte Immie als *mein* Baby sehen, verstehst du?

Sie war nicht von irgendwem, sondern von mir und Gil. Und es war besonders schwer, darüber zu reden, weil ihre leibliche Mutter eine Drogensüchtige gewesen war und es keine Familienangehörigen gab, die das Baby genommen hätten. Ich redete mir ein, dass ich sie vor Schmerzen bewahrte. Ich hatte keine Ahnung, wie sehr ich sie enttäuscht hatte, bis sie –« Patti versagte die Stimme.

»Imogen hat Sie geliebt«, sagte Jule.

»Sie war aus irgendeinem Grund verzweifelt. Und sie ist nicht zu mir gekommen.«

»Zu mir ist sie auch nicht gekommen.«

»Ich hätte sie so erziehen sollen, dass sie sich anderen Menschen öffnet, sich Hilfe holt, wenn sie Probleme hat.«

»Immie hat mir *alles* erzählt«, sagte Jule. »Ihre Geheimnisse, ihre Ängste, wie sie ihr Leben gestalten wollte. Sie hat mir ihren Geburtsnamen anvertraut. Wir haben Bücher getauscht und Klamotten. Ehrlich, ich stand Immie sehr nah, bevor sie starb, und ich glaube, sie war wahnsinnig glücklich, Sie zu haben.«

Patti stiegen Tränen in die Augen und sie nahm Jules Hand. »Sie war auch glücklich, dass sie dich hatte. Das dachte ich schon, als sie in der neunten Klasse an der Greenbriar zum ersten Mal mit dir aufgetaucht ist. Und ich weiß, dass sie dich mehr vergöttert haben muss als sonst jemanden in ihrem Leben, weil … Nun, aus diesem Grund wollte ich mich mit dir treffen. Unser Familienanwalt hat mir mitgeteilt, dass Immie dir ihr Geld hinterlassen hat.«

Jule wurde schwindelig. Sie legte ihre Gabel hin.

Immies Geld. Millionen.

Es bedeutete Sicherheit und Macht. Es bedeutete Flugtickets

und Autoschlüssel, aber noch wichtiger war, es bedeutete Ausbildung, immer genug Essen, Krankenvorsorge. Es bedeutete, dass niemand Nein sagen konnte. Niemand konnte sie mehr aufhalten und niemand konnte sie verletzen. Jule hätte nie wieder die Hilfe anderer nötig.

»Ich verstehe nicht viel von Finanzen«, fuhr Patti fort. »Das sollte ich, ich weiß. Ich habe einfach immer auf Gil vertraut und ich war froh, dass er sich darum gekümmert hat. Es langweilt mich zu Tode. Aber Immie verstand etwas davon und sie hat ein Testament hinterlassen. Sie hat es vor ihrem Tod an den Anwalt geschickt. Sie hat eine Menge Geld von ihrem Vater und mir bekommen, als sie achtzehn wurde. Bis dahin war es in treuhänderischer Verwaltung. Nach ihrem Geburtstag hat Gil den Papierkram erledigt und es auf sie überschreiben lassen.«

»Sie hat das Geld bekommen, als sie noch in der Highschool war?«

»Im Mai, bevor das College losging. Vielleicht war das ein Fehler. Wie auch immer, es ist nicht mehr zu ändern.« Dann fuhr Patti fort: »Sie konnte gut mit Geld umgehen. Sie lebte von den Zinsen und hat das Kapital nie angerührt, außer um die Wohnung in London zu kaufen. Deshalb musste sie auch nicht arbeiten. Und in ihrem Testament hat sie alles dir vermacht. Ein paar kleinere Summen hat sie der National Kidney Foundation gespendet – wegen Gils Krankheit – und der North Shore Animal League, aber ihr Letzter Wille war, dass du den Großteil des Geldes bekommst. Sie hat dem Anwalt eine E-Mail geschickt, in der sie ausdrücklich schreibt, dass sie dir helfen möchte, zurück ans College zu gehen.«

Jule war gerührt. Es ergab keinen Sinn, aber sie war es.

Patti lächelte. »Sie hat diese Welt verlassen und gibt dir die Möglichkeit weiterzustudieren. Das ist die gute Seite, die ich darin zu sehen versuche.«

»Wann hat sie das Testament geschrieben?«

»Ein paar Monate vor ihrem Tod. Sie hat es in San Francisco notariell beglaubigen lassen. Du musst nur ein paar Papiere unterschreiben.« Patti schob einen Umschlag über den Tisch. »Das Geld wird direkt auf dein Konto überwiesen. Und im Herbst kannst du wieder nach Stanford.«

Nachdem das Geld eingegangen war, hob Jule die gesamte Summe ab und eröffnete woanders ein neues Girokonto. Sie legte außerdem verschiedene neue Kreditkartenkonten an und vereinbarte, dass alle Rechnungen jeden Monat automatisch bezahlt wurden.

Dann ging sie shoppen. Sie kaufte falsche Wimpern, Foundation, Eyeliner, Rouge, Puder, Pinsel, drei verschiedene Lippenstifte, zwei Lidschatten und eine kleine, teure Schminktasche. Eine rote Perücke, ein schwarzes Kleid und ein Paar High Heels. Mehr wäre schön gewesen, aber zum Reisen brauchte sie leichtes Gepäck.

Sie kaufte ein Online-Flugticket nach Los Angeles, buchte sich ein Hotel in der Stadt und suchte nach Gebrauchtwagenhändlern im Raum Las Vegas. Von London nach L. A., dann mit dem Bus von L. A. nach Vegas. Von Vegas mit dem Auto nach Mexiko. Das war der Plan.

Jule ging die Dateien auf ihrem Laptop durch. Sie musste sicher sein, dass sie alle Kontonummern, Kundennummern, Passwörter, Kreditkartennummern und Codes auswendig kannte.

Sie prägte sich auch die Nummern ihres Passes und Führerscheins ein. Eines Nachts, lange nach Einbruch der Dunkelheit, warf sie den Laptop und ihr Handy in die Themse.

Zurück im Hostel, schrieb sie auf altmodischem Luftpostpapier einen aufrichtigen Dankesbrief an Patti Sokoloff und schickte ihn ab. Sie räumte ihr Fach leer und packte ihren Koffer. Ihr Ausweis und ihre Papiere waren ordentlich sortiert. Sie sorgte dafür, dass ihre Lotions und Haarpflegeprodukte in Reisegröße in einem verschließbaren Plastikbeutel verpackt waren.

Jule war noch nie in Vegas gewesen. Sie wollte sich auf der Toilette am Busbahnhof umziehen. Der Waschbeckenbereich wurde von einer weißen Frau Mitte fünfzig mit einem Einkaufstrolley in Beschlag genommen. Sie saß auf der Ablage und aß ein Sandwich, das in fettiges weißes Papier gewickelt war. Sie trug eine schmutzige schwarze Leggings über ihren schmalen Oberschenkeln. Ihr Haar war hochtoupiert, grau und blond. Es war richtig verfilzt. Ihre Schuhe standen auf dem Boden – blassrosa Vinylstilettos. Ihre nackten Füße, mit Pflastern an den Fersen, baumelten in der Luft.

Jule ging in die größte Kabine und wühlte in ihrem Koffer. Zum ersten Mal nach fast einem Jahr benutzte sie wieder ihre Creolen. Sie schlüpfte in das Kleid, das sie sich gekauft hatte – kurz und schwarz – und zog dazu Plateauschuhe aus Leder an. Sie setzte die rote Perücke auf. Sie war unnatürlich glatt, aber die Farbe passte gut zu ihren Sommersprossen. Jule nahm die Schminktasche, schloss ihren Koffer und ging zum Waschbecken.

Die Frau, die immer noch auf der Ablage saß, sagte nichts zur gewechselten Haarfarbe. Sie knüllte das Sandwichpapier zusammen und zündete sich eine Zigarette an.

Jule hatte ihre Kenntnisse über Make-up aus Online-Tutorials. Die meiste Zeit des Jahres trug sie ihr sogenanntes Collegegirl-Make-up: natürlicher Hautton, Rouge, pure Lippen, Wimperntusche. Jetzt benutzte sie falsche Wimpern, grünen

Lidschatten, schwarzen Eyeliner, Grundierung, Konturenpinsel, Augenbrauenstift, korallenfarbiges Lipgloss.

Das war nicht wirklich notwendig. Sie brauchte weder die Schminke noch das Kleid oder die Schuhe. Die Perücke reichte wahrscheinlich schon. Trotzdem war die Verwandlung eine gute Übung – das dachte sie jedenfalls. Und sie mochte es, in eine andere Rolle zu schlüpfen.

Als Jule mit ihren Augen fertig war, fragte die andere Frau: »Bist du eine Prostituierte?«

Jule antwortete nur aus Spaß mit ihrem schottischen Akzent. »Nein.«

»Ich meine, verkaufst du deinen Körper?«

»Nein.«

»Verkauf dich nicht. So traurig, ihr Mädchen.«

»Ich bin nicht so eine.«

»Es ist eine Schande, mehr sage ich ja nicht.«

Jule schwieg. Sie trug Highlighter auf den Wangen auf.

»Ich habe diesen Job gemacht«, fuhr die Frau fort. Sie rutschte von der Ablage und zwängte ihre ramponierten Füße in die Schuhe. »Keine Familie mehr und kein Geld. So habe ich angefangen und jetzt ist es nicht anders. Es ist kein Weg nach oben, auch nicht mit Typen, die es wert zu sein scheinen. Das solltest du wissen.«

Jule zog sich eine grüne Strickjacke über und nahm ihren Koffer. »Machen Sie sich keine Sorgen um mich. Mir geht es gut, wirklich.« Sie zog den Koffer hinter sich her und machte sich auf den Weg zur Tür – aber sie stolperte leicht in den ungewohnten Schuhen.

»Alles okay?«, fragte die Frau.

»Oh, klar.«

»Manchmal ist es schwer, eine Frau zu sein.«

»Ja, kann ziemlich ätzend sein, bis auf das Make-up«, sagte Jule. Sie schob sich durch die Tür, ohne sich noch einmal umzudrehen.

Nachdem sie den Koffer in einem Schließfach am Busbahnhof verstaut hatte, hängte Jule sich ihre Beuteltasche über die Schulter und nahm ein Taxi zum Las Vegas Strip. Sie war müde – sie hatte während der Busfahrt nicht schlafen können und hing immer noch in der Londoner Zeit fest.

Das Casino war von Neonlichtern, Kronleuchtern und den blinkenden Spielautomaten hell erleuchtet. Jule ging an Männern in Sporttrikots, Rentnern, Partygirls und einer großen Gruppe Bibliothekaren vorbei, die Konferenzausweise trugen. Zwei Stunden wanderte sie von Ort zu Ort, doch schließlich fand sie, wonach sie gesucht hatte.

Ein paar junge Frauen hatten sich um eine Reihe Batman-Spielautomaten versammelt und schienen lächerlich viel Spaß zu haben. Sie tranken violette Frozen Cocktails. Zwei von ihnen sahen asiatisch-amerikanisch aus, die beiden anderen waren weiße Amerikanerinnen. Es war eine Junggesellinnenparty und die Braut war perfekt, genau was Jule brauchte. Sie war blass und zierlich, mit kräftigen Schultern und zarten Sommersprossen – bestimmt nicht älter als dreiundzwanzig. Ihr hellbraunes Haar war zu einem Pferdeschwanz zusammengebunden und sie trug ein knallrosa Minikleid mit einer weißen Schärpe, auf der in Strasssteinchen stand: BRIDE TO BE. Von ihrer linken Schulter baumelte eine kleine türkisfarbene Tasche mit mehreren Reißverschlüssen. Ihre Freundinnen spielten an den Automaten, sie beugte sich hinüber, jubelte, genoss es, bewundert zu werden.

Jule ging zu der kleinen Schar hinüber und sprach sie in einem Südstaatenakzent an, wie er in Alabama gesprochen wurde. »'tschuldigung, hat eine von euch … na ja, mein Handy ist alle und ich muss meiner Freundin eine Nachricht schicken. Zuletzt hab ich sie an der Sushi-Bar gesehen, aber dann hab ich angefangen zu zocken und jetzt – Whoop! – sind drei Stunden um und sie ist weg.«

Die Junggesellinnen drehten sich um.

Jule lächelte. »Oh, macht ihr eine Brautparty?«

»Sie heiratet am Samstag!«, kreischte eine der Frauen und umklammerte die Braut.

»Hurra!«, sagte Jule. »Wie heißt du?«

»Shanna«, antwortete die Braut. Sie waren gleich groß, aber Shanna trug Ballerinas, deshalb überragte Jule sie in ihren Plateauschuhen ein wenig.

»Shanna Dixie, bald Shanna McFetrige!«, rief eine der Brautjungfern.

»Wahnsinn«, sagte Jule. »Hast du ein Kleid?«

»Natürlich«, erwiderte Shanna.

»Ist keine Vegas Hochzeit«, sagte eine Brautjungfer, »sondern eine kirchliche Trauung.«

»Woher kommt ihr alle?«, fragte Jule.

»Tacoma. Liegt in Washington. Kennst du es? In Vegas sind wir nur –«

»Sie haben das ganze Wochenende für mich geplant«, sagte Shanna. »Wir sind heute Morgen hergeflogen und waren beim Wellness und in einem Nagelstudio. Siehst du? Eine Gelschicht. Dann sind wir ins Casino und morgen schauen wir uns die weißen Tiger an.«

»Und was hast du für ein Kleid? Für die Hochzeit, meine ich.«

Shanna griff nach Jules Arm. »Es ist zum Sterben schön. Ich fühle mich wie eine Prinzessin, es ist so atemberaubend.«

»Kann ich es sehen? Auf deinem Handy? Du hast bestimmt ein Bild davon.« Jule hielt sich den Mund zu und senkte den Kopf ein wenig. »Ich stehe total auf Hochzeitskleider, weißt du. Seit ich ein kleines Mädchen war.«

»Klar, habe ich ein Bild«, sagte Shanna. Sie zog einen Reißverschluss an ihrer Handtasche auf und holte ein Handy mit einem goldfarbenen Gehäuse heraus. Das Futter der Tasche war rosa. Darin steckten eine Geldbörse aus dunkelbraunem Leder, zwei Tampons, ein Päckchen Kaugummi und ein Lippenstift.

»Zeig her«, sagte Jule. Sie drehte sich halb um, damit sie einen Blick auf Shannas Smartphone werfen konnte.

Shanna wischte durch die Fotos. Ein Hund. Die rostige Unterseite einer Spüle. Ein Baby. Noch mal dasselbe Baby. »Das ist mein Sohn, Declan. Er ist achtzehn Monate alt.« Ein paar Bäume an einem See. »Da ist es.«

Das Kleid war trägerlos und lang, an der Hüfte gerafft. Auf dem Bild führte Shanna es gerade in einem Brautladen vor, der voller weiterer weißer Kleider war.

Jule stieß Ahs und Ohs aus. »Zeigst du mir auch deinen Verlobten?«

»Na klar. Mit seinem Antrag hat er echt den Vogel abgeschossen«, sagte Shanna. »Er hat den Ring in einem Donut versteckt. Er studiert Jura. Ich werde nicht arbeiten müssen, es sei denn, ich möchte es.« Sie redete weiter. Redete, redete. Sie hielt das Handy hoch, um den Glücklichen zu zeigen, grinsend am Abhang.

»Irre süß«, sagte Jule. Ihre Hand wanderte zu Shannas Tasche.

Sie fischte die Geldbörse heraus und schob sie in ihre Beuteltasche. »Mein Freund Paolo reist mit 'nem Rucksack um die Welt«, fügte sie hinzu. »Im Moment ist er auf den Philippinen. Kannst du dir das vorstellen? Also bin ich mit meiner Freundin nach Vegas. Ich sollte mir auch einen Kerl suchen, der sich sesshaft machen will und nicht in der Weltgeschichte herumgondelt, oder? Falls ich heiraten will.«

»Wenn es das ist, was du willst«, sagte Shanna, »kannst du es definitiv haben. Du kannst alles haben, wenn du es dir fest vornimmst. Du musst beten und es dir genau vorstellen.«

»Visualisierung«, erklärte eine der Brautjungfern. »Wir haben bei diesem Workshop mitgemacht. Es funktioniert wirklich.«

»Hört mal«, sagte Jule. »Eigentlich bin ich zu euch rübergekommen, weil ich mal ein Handy benutzen müsste. Meins hat den Geist aufgegeben. Wäre das okay?«

Shanna reichte ihr das Handy und Jule schrieb eine Nachricht an eine beliebige Nummer. *Treffen um 22:15 Uhr an der Cheesecake Factory.* Sie gab Shanna das Handy zurück. »Danke. Du wirst bestimmt die allerschönste Braut sein.«

»Du auch, Süße«, sagte Shanna. »Schon bald.«

Die Brautjungfern winkten. Jule winkte auf dem Weg durch eine Reihe Spielautomaten zurück, bis sie zu den Fahrstühlen kam.

Sowie sich die Fahrstuhltüren hinter ihr geschlossen hatten und sie allein war, nahm Jule die Perücke vom Kopf. Sie streifte die Schuhe ab und holte eine Jogginghose und Vans aus ihrer Beuteltasche. Die Hose zog sie über das schwarze Kleid und schlüpfte in die Vans. Die Perücke und die Plateauschuhe wanderten in die Tasche. Sie warf sich gerade eine Kapuzenjacke über, als sich die Türen in der zehnten Etage des Hotels öffneten.

Jule stieg nicht aus. Während der Fahrstuhl wieder nach unten fuhr, nahm sie sich ein Make-up-Reinigungstuch und zupfte die falschen Wimpern ab. Sie wischte das Lipgloss weg. Dann öffnete sie Shannas Geldbörse, schnappte sich den Führerschein und ließ die Börse auf den Boden fallen.

Als sich die Türen erneut öffneten, war sie eine andere Person.

Nachdem Jule auf dem Las Vegas Strip an vier Casinos vorbeigekommen war und einen Blick in sechs Restaurants geworfen hatte, fand sie einen Laden, in dem sie einen Kaffee bestellen und mit einer einsamen Collegestudentin plaudern konnte, die gerade mit ihrer Nachtschicht begonnen hatte. Das Lokal war im Stil der fünfziger Jahre gehalten. Die Kellnerin war eine kleine Frau mit Sommersprossen und weichen brauen Locken. Sie trug ein Kleid mit Pünktchenmuster und eine Hausfrauen-Rüschenschürze. Als eine Horde betrunkener Kerle hereinplatzte und grölend nach Bier und Burgern verlangte, legte Jule etwas Bargeld auf den Tresen, um für ihre Bestellung zu bezahlen, und schlüpfte unbemerkt in die Küche. Sie schnappte sich den Rucksack von der Hakenleiste, der am femininsten aussah, und verließ das Lokal durch den Hinterausgang, der zum Personalgang des Casinos führte. Nachdem sie eine Treppe hinunter- und in eine Gasse hinausgerannt war, setzte sie den Rucksack auf und bahnte sich einen Weg durch eine Menschenmenge, die sich für eine Zaubershow angestellt hatte.

Ein paar Meter weiter durchstöberte sie den Rucksack. In der

Reißverschlusstasche war ein Pass. Er war auf eine Adelaide Belle Perry ausgestellt, Alter einundzwanzig.

Es war ein Glücksgriff. Jule war davon ausgegangen, dass es eine Weile dauern würde, an einen geeigneten Pass zu kommen. Trotzdem tat Adelaide ihr leid, und nachdem sie den Pass an sich genommen hatte, brachte sie den Rucksack in ein Fundbüro.

Zurück auf dem Strip, fand sie ein Perückengeschäft und zwei Klamottenläden. Sie stattete sich aus und wechselte die Casinos bis Tagesanbruch noch zweimal. Mit einer Blondhaarperücke und orangefarbenem Lippenstift klaute sie den Führerschein einer gewissen Dakota Pleasance, ein Meter achtundfünfzig. In einer schwarzen Perücke und einer silbernen Jacke ließ sie den Pass von Dorothea von Schnell aus Deutschland mitgehen, ein Meter einundsechzig.

Um acht Uhr morgens steckte Jule wieder in Jogginghose und Vans, ihr Gesicht war abgeschminkt. Sie nahm ein Taxi zum Hotel Rio und fuhr mit dem Fahrstuhl aufs Dach. Sie hatte von der VooDoo Lounge in der einundfünfzigsten Etage gelesen.

Wenn eine Schlacht vorbei ist, wenn er überlebt hat, um am nächsten Tag erneut zu kämpfen, zieht sich der großartige weiße hetero Actionheld irgendwo hoch über der Stadt zurück, an einen Ort mit Aussicht. Iron Man, Spider-Man, Batman, Wolverine, Jason Bourne, James Bond – sie alle tun es. Der Held starrt in die schmerzvolle und schöne Weite der flackernden Großstadtlichter. Er denkt über seine Mission nach, seine einzigartigen Talente, seine Stärke, sein außergewöhnliches, gewalttätiges Leben und über all die Opfer, die er dafür bringen muss.

Die VooDoo Lounge war so früh am Morgen nicht mehr als

eine Betondachfläche, auf der verstreut rote und schwarze Sofas standen. Die Sessel waren wie überdimensionale Hände geformt. Eine Treppe schwang sich über das Dach. Stammgäste konnten hinaufsteigen, um einen besseren Blick über den Vegas Strip unter ihnen zu haben. Es gab ein paar Käfige, in denen Showgirls tanzen konnten, doch im Moment war bis auf einen Hausmeister niemand hier. Er hob die Augenbrauen, als Jule hereinkam.

»Ich wollte mich nur mal umschauen«, erklärte sie ihm. »Ich bin harmlos, ich schwöre.«

»Was du nicht sagst«, brummte er. »Geh schon. Ich wische hier weiter.«

Jule ging die Treppe hinauf und sah über die Stadt. Sie dachte an all die Leben, die dort unten stattfanden. Leute, die Zahnpasta kauften, sich stritten, auf dem Nachhauseweg von der Arbeit noch schnell Eier besorgten. Sie verbrachten ihr Leben umgeben von all dem Glanz und Neonlicht und gingen unbekümmert davon aus, dass kleine hübsche Frauen harmlos waren.

Vor drei Jahren war Julietta West Williams fünfzehn Jahre alt. Sie war in einer Spielhalle – groß, klimatisiert und nagelneu. Sie sammelte Punkte in einer Kriegssimulation. Sie war ganz darin versunken, als zwei Jungs, die sie aus der Schule kannte, sich von hinten an sie heranschlichen und an ihre Brüste grapschten. Einer auf jeder Seite.

Julietta stieß einem von ihnen mit voller Wucht den Ellbogen in den weichen Bauch, wirbelte herum und trat dem anderen fest auf den Fuß. Dann rammte sie ihm das Knie in die Weichteile.

Es war das erste Mal, dass sie außerhalb ihres Kampfsporttrainings zuschlug. Das erste Mal, dass sie es tun musste.

Okay, sie hätte es nicht tun müssen. Sie wollte es. Sie genoss es.

Als der Kerl sich hustend nach vorn krümmte, drehte Jule sich zu dem anderen um und schlug ihm mit dem Handballen ins Gesicht. Sein Kopf flog nach hinten, sie riss ihn am T-Shirt zurück und schrie ihm in sein schmieriges Ohr: »Fass mich ja nicht noch mal an!«

Sie wollte die Angst im Gesicht des Jungen sehen, sie wollte sehen, wie sein Kumpel sich zu einer Bank in der Nähe schleppte. Diese beiden Jungs hatten in der Schule immer die größte Klappe und schreckten vor nichts zurück.

Ein pickelgesichtiger Mann, der in der Spielhalle arbeitete, kam herüber und packte Jule am Arm. »Hier drin wird nicht geprügelt, Miss. Ich fürchte, du musst jetzt gehen.«

»Fassen Sie meinen Arm an?«, fragte sie ihn. »Denn ich will nicht, dass Sie meinen Arm anfassen.«

Rasch ließ er sie los.

Er hatte Angst vor ihr.

Er war bestimmt fünfzehn Zentimeter größer als sie und mindestens drei Jahre älter. Er war ein erwachsener Mann und er hatte Angst vor ihr.

Es fühlte sich gut an.

Julietta verließ die Spielhalle. Es war ihr egal, ob die Jungs ihr folgen würden. Sie fühlte sich wie in einem Film. Sie hatte nicht gewusst, dass sie sich auf diese Art verteidigen konnte, dass sich ihre Stärke, die sie sich während des Trainings und im Kraftraum in der Schule erarbeitet hatte, auszahlen würde. Ihr wurde klar, dass sie sich einen Schutzpanzer aufgebaut hatte. Vielleicht war das auch ihre Absicht gewesen.

Sie sah noch genauso aus, wirkte wie alle anderen, aber nach diesem Vorfall betrachtete sie die Welt mit anderen Augen. Eine physisch starke Frau zu sein – das hatte etwas. Du kannst überall hingehen und alles tun, wenn du nicht leicht zu verletzen bist.

Ein paar Etagen weiter unten, auf dem Gang des Rio Hotels, fand Jule ein Zimmermädchen, das einen Wagen vor sich herschob. Vierzig Dollar Trinkgeld und Jule hatte ein Zimmer, in dem sie bis halb vier nachmittags schlafen konnte. Die Eincheckzeit war um sechzehn Uhr.

Nach einer weiteren Nacht Brieftaschenklauen und einem weiteren Tag Schlaf kaufte Jule ein unauffälliges Auto von einem schmierigen Kerl auf einem Parkplatz. Sie holte ihr Gepäck aus dem Schließfach am Busbahnhof und versteckte ihre extra Ausweise tief unter dem Filz, mit dem die Heckklappe ausgepolstert war.

Mit dem Pass von Adelaide Belle Perry fuhr sie über die Grenze nach Mexiko.

16

ENDE FEBRUAR 2017
LONDON

Drei Monate bevor Jule in Mexiko ankam, hockte Forrest Smith-Martin auf Jules Couch und knabberte Babykarotten mit seinen geraden, glänzenden Zähnen. Er wohnte schon seit fünf Nächten in ihrer Londoner Wohnung.

Forrest war Immies Exfreund. Er tat immer so, als würde er kein Wort von dem glauben, was Jule erzählte. Als sie sagte, dass sie Heidelbeeren mochte, zog er die Augenbrauen hoch, als zweifelte er daran. Als sie sagte, dass Immie nach Paris gefahren war, fragte er sie, wo genau Immie übernachtete. Er gab Jule das Gefühl, unzulänglich zu sein.

Mit seiner blassen und schlanken Erscheinung gehörte Forrest zur Kategorie der dürren Männer, die sich unwohl fühlten, wenn Frauen muskulöser waren als sie. Seine Gelenke schienen nur lose verbunden zu sein und das geflochtene Armband an seinem linken Handgelenk sah schmutzig aus. Er studierte Weltliteratur in Yale. Er erzählte den Leuten gern, dass er in Yale studierte, und kam in Unterhaltungen oft auf das Thema zu sprechen. Er trug eine kleine Brille, ließ sich einen Bart wachsen, der nicht wirklich sprießen wollte, und trug seine langen Haare immer zu einem Knoten gebunden. Er war zweiundzwanzig und arbeitete an seinem ersten Roman.

Im Moment las er ein Buch, das aus dem Französischen übersetzt war. Albert Camus. Er sprach es *Camuu* aus. Er lümmelte auf der Couch, sitzen konnte man das nicht nennen, und trug ein Sweatshirt und Boxershorts.

Forrest war wegen Immies Tod hier. Er wollte auf dem Ausklappsofa im Arbeitszimmer schlafen, um in der Nähe von Immies Sachen zu sein. Mehr als einmal ertappte Jule ihn dabei, wie er Immies Klamotten aus dem Wandschrank nahm und daran schnupperte. Ein paarmal hängte er sie an den Fensterrahmen. Er stöberte Imogens alte Bücher auf – frühe Ausgaben von *Jahrmarkt der Eitelkeit* und anderen viktorianischen Romanen – und stapelte sie neben seinem Bett, als müsste er sie sehen, bevor er einschlief. Dann ließ er die Klobrille oben.

Er und Jule kümmerten sich in London um alles, was mit Immies Tod zusammenhing. Gil und Patti konnten wegen Gils Gesundheitszustand nicht weg aus New York. Die Sokoloffs hatten es geschafft, den Selbstmord aus allen Zeitungen herauszuhalten. Sie wollten keine öffentliche Aufmerksamkeit und laut Polizei gab es keine Hinweise auf Fremdeinwirkung. Obwohl ihre Leiche nicht gefunden wurde, zweifelte niemand daran, was passiert war. Immie hatte einen Abschiedsbrief im Brotkasten hinterlassen.

Alle waren sich einig, dass sie depressiv gewesen sein musste. Es sprangen andauernd Leute in die Themse, sagte die Polizei. Wenn jemand noch zusätzliches Gewicht benutzte, bevor er sprang, wie Imogen es in ihrem Brief geschrieben hatte, war nicht vorherzusehen, wie lange es dauerte, die Leiche zu finden.

Jule setzte sich neben Forrest und schaltete den Fernseher ein. Es lief das Spätprogramm des BBC. Tagsüber hatten sie Immies Küche ausgeräumt und Dinge zusammengepackt, um die Patti sie gebeten hatte. Ein langwieriges und emotionales Projekt.

»Das Mädchen da sieht aus wie Immie«, sagte Forrest und deutete auf eine Schauspielerin auf dem Bildschirm.

Jule schüttelte den Kopf. »Finde ich nicht.«

»Doch«, sagte Forrest, »für mich jedenfalls.«

»Aber nicht aus der Nähe«, sagte Jule. »Sie hat nur dieselben kurzen Haare. Von Weitem denken die Leute auch, dass ich wie Immie aussehe.«

Er schaute sie an. »Du siehst nicht aus wie sie, Jule«, sagte er. »Imogen war Millionen Mal hübscher, als du es jemals sein wirst.«

Jule funkelte ihn an. »Ich wusste nicht, dass wir heute Abend so feindselig werden. Ich bin ziemlich müde. Können wir es einfach dabei belassen oder willst du dich wirklich streiten?«

Forrest beugte sich zu ihr und klappte seinen Camus zu. »Hat Imogen dir Geld geborgt?«, fragte er.

»Nein, hat sie nicht«, antwortete Jule wahrheitsgemäß.

»Wolltest du mit ihr schlafen?«

»Nein.«

»*Hast* du mit ihr geschlafen?«

»Nein.«

»Hatte sie einen neuen Freund?«

»Nein.«

»Irgendetwas verschweigst du mir.«

»Ich erzähle dir so einiges nicht«, sagte Jule. »Weil ich ein Recht auf Privatsphäre habe. Und meine Freundin gerade gestorben ist. Ich bin traurig und versuche, damit klarzukommen. Ist das okay für dich?«

»Nein«, sagte Forrest. »Ich will verstehen, was passiert ist.«

»Hör zu, es gibt Regeln für diese Wohnung. Du darfst bleiben, wenn du Jule nicht Millionen Fragen über Immies Privatleben stellst. Oder über Jules Privatleben. Dann kommen wir miteinander klar. Verstanden?«

Forrest platzte der Kragen. »Regeln für diese Wohnung? Wovon redest du, es gibt Regeln für diese Wohnung?«

»An jedem Ort gibt es Regeln. Wenn du an einen neuen Ort kommst, musst du sie herausfinden. Wenn du ein Gast bist, musst du die Verhaltensregeln lernen und dich anpassen. So einfach ist das.«

»Vielleicht machst *du* das so.«

»Das macht *jeder* so. Du achtest darauf, wie laut du reden darfst, wie du dich hinsetzen kannst, welche Gesprächsthemen okay sind und welche nicht. Das nennt man Höflichkeit.«

»Nee.« Forrest überkreuzte gemächlich die Beine. »Ich bin nicht so heuchlerisch. Ich tue einfach das, was mir richtig erscheint. Und weißt du was? Das war noch nie ein Problem, bis jetzt.«

»Weil du du bist.«

»Was soll *das* jetzt wieder bedeuten?«

»Du bist ein Kerl. Du hattest schon immer Geld, du bist weiß, du hast wirklich gute Zähne, du studierst in Yale. Die Liste ist endlos.«

»Und?«

»Andere Leute passen sich *dir* an, Arschloch. Du glaubst, es gibt keine Anpassung, aber du bist nur scheißblind, Forrest. Es ist überall um dich herum, die ganze Zeit.«

»Das ist ein Argument«, sagte er. »Okay, da stimme ich dir zu.«

»Danke.«

»Aber wenn du in jeder neuen Situation, auf die du dich einlässt, immer diesen ganzen Irrsinn im Kopf hast, stimmt etwas ernsthaft nicht mit dir, Jule.«

»Meine Freundin ist tot«, erwiderte sie. »Das stimmt nicht mit mir.«

Immie hatte Forrest ihre Geheimnisse nie anvertraut. Sie hatte sie Jule anvertraut.

Jule hatte diese Tatsache schon früh erkannt, noch bevor Immie ihr ihren Geburtsnamen verraten hatte und bevor Brooke Lannon im Haus auf Vineyard aufgetaucht war.

Es war der vierte Juli, nicht lange, nachdem Jule eingezogen war. Immie hatte ein Rezept für Pizzateig gefunden, den man draußen auf dem Grill backen konnte. Sie hantierte in der Küche mit der Hefe herum. Sie hatte Freunde eingeladen, Sommerleute, die sie vor ein paar Tagen auf einem Bauernmarkt kennengelernt hatte. Sie kamen zum Essen vorbei. Alles lief gut, aber dann wollten sie schon früh wieder gehen.

»Lasst uns zum Feuerwerk in die Stadt fahren«, sagten sie. »Das sollten wir nicht verpassen. Beeilen wir uns.«

Jule wusste, dass Imogen Menschenmengen hasste. Sie konnte nicht über die Köpfe der Leute schauen. Es war immer zu laut.

Forrest schien das egal zu sein. Er stieg einfach zu den Sommerleuten ins Auto, holte sich vorher aber noch eine Schachtel Cookies aus der Vorratskammer.

Jule fuhr nicht mit. Sie und Immie ließen das Geschirr für die Reinigungskraft stehen und zogen sich ihre Badesachen an. Jule hob die Abdeckung vom Whirlpool und Immie brachte hohe Gläser mit Mineralwasser und Zitronenscheiben mit.

Eine Weile saßen sie schweigend da. Der Abend war kühl geworden, Dampf stieg aus dem Wasser auf.

»Gefällt es dir hier?«, fragte Immie schließlich. »In meinem Haus? Mit mir?«

Ja, es gefiel Jule und das sagte sie auch. Als Immie sie erwartungsvoll ansah, fügte sie hinzu: »Ich habe jeden Tag Zeit, mir den Himmel anzuschauen und mein Essen zu genießen. Es gibt genug Platz, sich auszustrecken. Keine Arbeit, keine Erwartungen, keine Erwachsenen.«

»Wir sind die Erwachsenen«, sagte Immie und legte den Kopf zurück. »Das nehme ich zumindest an. Du und ich und Forrest, wir sind die verdammten Erwachsenen. Und deshalb fühlt es sich so gut an. Ups!« Sie hatte ihr Wasser versehentlich in den Whirlpool gekippt. Nun jagte sie drei langsam sinkenden Zitronenscheiben nach, bis sie sie gefangen hatte.

»Es freut mich, dass es dir hier gefällt«, sagte Immie, als sie die letzte Zitronenscheibe herausfischte, »weil es mit Forrest hier zum Teil etwas … einsam ist. Ich kann es nicht erklären. Vielleicht liegt es daran, dass er diesen Roman schreibt oder weil er älter ist als ich. Mit dir ist es jedenfalls schöner hier.«

»Wie hast du ihn kennengelernt?«

»Ich war mit seiner Cousine für einen Sommerkurs in London, und eines Tages, als ich mir im Black Dog einen Kaffee geholt habe, erkannte ich ihn von Instagram wieder. Wir haben uns unterhalten. Er war für einen Monat auf Vineyard, um an seinem Buch zu arbeiten. Er kannte niemanden. Das war's eigentlich schon.« Immie ließ die Hände über die Wasseroberfläche gleiten. »Was ist mit dir? Triffst du dich mit jemandem?«

»Ich hatte ein paar Beziehungen in Stanford laufen«, sagte Jule. »Aber die Jungs sind immer noch in Kalifornien.«

»*Ein paar* Beziehungen?«

»Drei.«

»Drei sind eine Menge, Jule!«

Jule zuckte mit den Schultern. »Ich konnte mich nicht entscheiden.«

»Als ich neu auf dem College war«, erzählte Immie, »lud mich Vivian Abromowitz zu einer Party der Students of Color Union ein. Ich habe dir doch schon von Vivian erzählt, oder? Jedenfalls ist ihre Mom Amerikanerin mit chinesischen Wurzeln, ihr Dad koreanischer Jude. Sie wollte unbedingt auf diese Party, wegen eines Typen, in den sie verknallt war. Ich war ein wenig nervös, der einzige weiße Gast zu sein, aber es lief ganz gut. Der heikle Teil war eher, dass alle so politisch eingestellt und total ambitioniert waren. Sie redeten über Protestkundgebungen und philosophische Werke und diese Harlem-Renaissance-Filmreihe. Auf einer Party! Ich so, und wann tanzen wir? Und sie so, nie. Gibt es in Stanford solche Partys? Ohne Bier, nur mit Intellektuellenkram?«

»In Stanford gibt es Studentenverbindungen.«

»Okay, dann vielleicht nicht. Wie auch immer, dieser große dunkle Kerl mit den Dreads, wirklich süß, sagte so was wie: ›Du warst auf der Greenbriar und hast James Baldwin nicht gelesen? Was ist mit Toni Morrison? Und du solltest unbedingt Ta-Nehisi Coates lesen.‹ Und ich: ›Hallo? Ich bin ganz neu am College. Ich habe noch gar nichts gelesen!‹ Vivian stand neben mir und meinte: ›Brooke hat mir gerade eine Nachricht geschickt, dass es noch eine Party mit einem DJ gibt und dass die Rugby-Mannschaft dort ist. Wollen wir da hin?‹ Natürlich wollte ich zu einer Party, wo getanzt wurde. Also gingen wir.« Immie tauchte mit dem Kopf unter und kam wieder hoch.

»Was ist aus dem herablassenden Typen geworden?«

Immie lachte. »Isaac Tupperman. Wegen ihm erzähle ich dir diese Geschichte. Ich war fast zwei Monate mit ihm zusammen. Deshalb kann ich mich auch an die Namen seiner Lieblingsschriftsteller erinnern.«

»Er war dein Freund?«

»Ja. Er hat mir Gedichte geschrieben und an mein Fahrrad gesteckt. Er ist nachts vorbeigekommen, um mir zu sagen, dass er mich vermisst. Aber unsere Beziehung war ziemlich vorbelastet. Er ist in der Bronx aufgewachsen und war an der Stuy, und er –«

»Stuy?«

»Eine staatliche Schule für kluge Kinder in New York. Er hatte eine Menge Vorstellungen von mir – was ich sein sollte, was ich studieren sollte, was mir wichtig sein sollte. Er wollte der unglaubliche ältere Kerl sein, der mich erleuchtete. Und ich war geschmeichelt und irgendwie voller Bewunderung, andererseits aber auch manchmal ganz schön gelangweilt.«

»Also war er wie Forrest.«

»Was? Nein! Ich war so glücklich, als ich Forrest kennengelernt habe, weil er das Gegenteil von Isaac ist.« Immie sagte das mit einer Entschiedenheit, als wäre es absolut wahr. »Isaac mochte mich, weil ich so ignorant war und weil das bedeutete, dass er mir etwas beibringen konnte. Dadurch fühlte er sich wie ein Mann. Und er wusste eine Menge Dinge, die ich nie gelernt oder erlebt hatte und so. Andererseits – und das ist die Ironie daran – war er total angepisst von meiner Ignoranz. Und am Ende, nachdem er mit mir Schluss gemacht hatte und ich traurig und am Boden zerstört war, kam ich nach Vineyard und dachte mir eines Tages: *Fick dich, Mr Isaac. Ich bin gar nicht so ignorant.*

Ich weiß nur Dinge über Dinge, die du als unwichtig und nutzlos ablehnst. Ergibt das einen Sinn? Ich meine, ich kannte mich mit *Isaacs Kram* nicht aus. Und ich wusste natürlich, dass Isaacs Kram wichtig ist. Doch während der ganzen Zeit, die ich mit ihm verbracht habe, fühlte ich mich einfach nur dumm und leer. Die Tatsache, dass ich seine Lebenserfahrung nicht besonders gut verstehen konnte und dass er mir ein Jahr voraushatte, in dem er sich voll auf sein Studium und die Literaturzeitschrift konzentrierte, bedeutete, dass er die ganze Zeit der tolle Typ war und ich nur mit großen Augen zu ihm aufblicken konnte. Deshalb stand er auf mich. *Und* deshalb verachtete er mich. Dann kam diese Woche, in der ich dachte, ich sei schwanger«, fuhr Immie fort. »Stell dir das vor, Jule. Ich bin adoptiert. Und nun war ich schwanger mit einem Kind, das ich vielleicht zur Adoption freigeben musste. Oder abtreiben. Der Vater des Kindes war ein Kerl, den meine Eltern einmal getroffen und als Partygänger abgeschrieben hatten – wegen seiner Hautfarbe und der Frisur, die er bei ihrer einzigen Begegnung hatte –, und ich hatte keine Ahnung, was ich tun sollte. Also habe ich die ganze Woche geschwänzt und Abtreibungsgeschichten im Internet gelesen. Dann habe ich doch noch meine Periode bekommen und Isaac eine Nachricht geschickt. Er hat alles stehen und liegen gelassen, ist zu mir ins Wohnheim gekommen – und hat mit mir Schluss gemacht.« Immie hielt sich die Hände vors Gesicht. »Ich hatte noch nie solche Angst wie in dieser einen Woche«, fügte sie hinzu. »Als ich dachte, ich hätte ein Baby in mir.«

Als Forrest an diesem Abend vom Feuerwerk zurückkam, war Imogen schon ins Bett gegangen. Jule war noch wach und sah auf der Wohnzimmercouch fern. Sie ging zu ihm, als er den Kühlschrank durchstöberte und sich ein Bier und ein vom Grillen übrig gebliebenes Schweinekotelett nahm.

»Weißt du, wie man kocht?«, fragte sie ihn.

»Ich kann Nudeln kochen. Und Tomatensoße aufwärmen.«

»Imogen kann wirklich gut kochen.«

»Ja, schön für uns, nicht wahr?«

»Sie ackert richtig in der Küche. Sie bringt sich alles selbst bei, schaut sich Videos an und holt sich Kochbücher aus der Bibliothek.«

»Tut sie das?«, sagte Forrest unbekümmert. »Sag mal, ist noch Crumble übrig? Das ist jetzt echt überlebensnotwenig.«

»Hab ich schon aufgegessen«, sagte Jule.

»Du Glückskind«, erwiderte er. »Na ja, okay. Ich arbeite noch ein bisschen an meinem Buch. Nachts funktioniert mein Hirn am besten.«

Eines Abends, als Forrest schon eine Woche bei Jule in London wohnte, brachte er ihnen Eintrittskarten für *Ein Wintermärchen* der Royal Shakespeare Company mit. Damit hatten sie etwas zu tun. Sie mussten mal raus aus der Wohnung.

Sie nahmen die Jubilee Line zur Central Line nach St. Paul's und liefen von dort zum Theater. Es regnete. Weil das Stück erst in einer Stunde beginnen sollte, suchten sie sich einen Pub und bestellten Fish and Chips. Die Gaststube war dunkel und an den Wänden hingen Spiegel. Sie aßen an der Bar.

Forrest redete eine Menge über Bücher. Jule fragte ihn nach dem Camus, den er gerade las, *L'étranger*. Sie ließ sich von ihm die Handlung erklären, in der es um einen Kerl mit einer toten Mutter ging, der einen anderen Kerl umbringt und dafür ins Gefängnis kommt.

»Ist es ein Kriminalroman?«

»Ganz und gar nicht«, sagte Forrest. »Kriminalromane halten sich an den Status quo. Erst am Ende wird alles aufgeklärt. Die Ordnung ist wiederhergestellt. Aber Ordnung existiert nicht wirklich, stimmt's? Es ist ein künstliches Konstrukt. Das ganze Genre der Kriminalromane untermauert die Vorherrschaft der westlichen Vorstellung von Kausalität. In *L'étranger* hingegen weiß der Leser von Anfang an, was passiert. Nichts muss herausgefunden werden, weil die menschliche Existenz letztlich bedeutungslos ist.«

»Oh, es klingt so heiß, wenn du französische Wörter benutzt«, sagte Jule, streckte den Arm nach seinem Teller aus und nahm sich ein Pommes. »Denkst du.«

Als die Rechnung kam, zückte Forrest seine Kreditkarte. »Geht auf mich, dank Gabe Martin.«

»Dein Dad?«

»Ja, er bezahlt die Rechnungen auf diesem Baby«, Forrest tippte auf die Karte, »bis ich fünfundzwanzig bin. So kann ich an meinem Roman arbeiten.«

»Glückspilz.« Jule schnappte sich die Karte. Sie prägte sich die Nummer ein, drehte sie um und merkte sich auch den Code auf der Rückseite. »Du siehst die Abrechnungen nicht mal?«

Forrest lachte, holte sich die Karte zurück und schob sie über den Tresen. »Nee, die gehen nach Connecticut. Aber ich versuche, mir dieses Privileg immer bewusst zu machen und nicht als selbstverständlich hinzunehmen.«

Während sie im Nieselregen zum Barbican Centre liefen, hielt Forrest einen Regenschirm über ihre Köpfe. Er hatte eins der Programmhefte besorgt, die man in den Theatern Londons kaufen konnte, die voller Fotos waren und die Entstehungsgeschichte der Inszenierungen zeigten. Sie setzten sich in die Dunkelheit.

Während der Pause lehnte sich Jule an eine Wand in der Lobby und beobachtete das Menschengedränge. Sie lauschte auf die Akzente der Theaterbesucher: London, Yorkshire, Liverpool, Boston, typisch Amerikanisch, Kalifornien. Südafrika. Wieder London.

Verdammt.

Paolo Vallarta-Bellstone war hier.

In diesem Moment. Gegenüber von Jule in der Lobby.

Er stach regelrecht aus der farblosen Menge heraus. Er trug ein rotes T-Shirt unter einem Sakko und blau-gelbe Laufschuhe. Der Hosensaum seiner Jeans war ausgefranst. Paolo hatte eine philippinische Mutter und einen weißen gemischtamerikanischen Vater. So hatte er seine Eltern jedenfalls beschrieben. Er hatte schwarze Haare – kürzer geschnitten als bei ihrer letzten Begegnung – und sanft geschwungene Augenbrauen. Runde Wangen, braune Augen und volle rote Lippen, fast schon prall. Gerade Zähne. Paolo war jemand, der nur mit einem Rucksack durch die ganze Welt reiste, der sich auf Karussellfahrten und in Wachsfigurenkabinetten mit Fremden unterhielt. Er plauderte ohne Überheblichkeit. Er mochte die Menschen und dachte immer das Beste von ihnen. Im Moment naschte er Swedish Fish aus einer kleinen gelben Tüte.

Jule wandte sich ab. Es gefiel ihr nicht, wie glücklich sie sich fühlte. Es gefiel ihr nicht, wie schön er war.

Nein. Sie wollte Paolo Vallarta-Bellstone nicht sehen.

Sie durfte ihn nicht sehen. Weder jetzt noch jemals sonst.

Abrupt verließ sie die Lobby und ging zurück in den Zuschauerraum. Die Doppeltüren schlossen sich hinter ihr. Es waren nicht viele Leute hier. Nur die Platzanweiser und ein paar ältere Paare, die ihre Plätze gar nicht verlassen hatten. Sie musste hier so schnell wie möglich raus, ohne Paolo zu begegnen. Sie schnappte sich ihre Jacke. Sie würde nicht auf Forrest warten.

Gab es irgendwo einen Seitenausgang?

Mit ihrer Jacke über dem Arm rannte sie den Gang entlang – und da war er. Direkt vor ihr. Sie blieb stehen. Jetzt konnte sie ihm nicht mehr aus dem Weg gehen.

Paolo winkte mit seiner Swedish-Fish-Tüte. »Imogen!« Er lief ihr im Gang entgegen und küsste sie auf die Wange. Die Zuckerwolke in seinem Atem brachte sie zum Husten. »Ich freu mich total, dich zu sehen!«

»Hallo«, sagte sie kühl. »Ich dachte, du bist in Thailand?«

»Die Pläne haben sich verschoben«, sagte Paolo. »Wir haben alles nach hinten verlegt.« Er trat zurück, als wollte er sie bewundern. »Du musst das hübscheste Mädchen in ganz London sein. Wow!«

»Danke.«

»Das meine ich ernst. Aber es heißt natürlich Frau und nicht Mädchen. Entschuldige. Laufen dir die Typen nach, so mit heraushängender Zunge? Wie hast du es geschafft, noch hübscher zu werden, seit ich dich das letzte Mal gesehen habe? Das ist echt erschreckend. Ich rede zu viel, weil ich nervös bin.«

Jule spürte, wie ihr warm wurde.

»Komm mit«, sagte er. »Ich bestelle uns Tee. Oder Kaffee. Was du möchtest. Ich vermisse dich.«

»Ich vermisse dich auch.« Das hatte sie gar nicht sagen wollen. Die Worte sprudelten einfach aus ihr heraus und sie waren wahr.

Paolo griff nach ihrer Hand, berührte aber nur ihre Finger. Er war schon immer so selbstsicher gewesen. Obwohl sie ihn zurückgewiesen hatte, wusste er, dass sie es nicht so gemeint hatte. Er war äußerst behutsam und vorsichtig und sich dennoch seiner Sache absolut sicher. Er berührte sie, als wären sie beide froh darüber, sich berühren zu können, als wüsste er, dass sie sich nicht oft von jemandem berühren ließ. Fingerspitze an Fingerspitze führte er Jule zurück in die Lobby.

»Ich habe nur nicht angerufen, weil du mir gesagt hast, dass ich dich nicht anrufen soll«, sagte Paolo und ließ ihre Hand los, als sie sich in der Getränkeschlange anstellten. »Ich wollte dich die ganze Zeit anrufen. Jeden Tag. Ich starrte auf mein Handy, doch dann ließ ich es bleiben, weil ich nicht nerven wollte. Ich bin so froh, dass ich dir über den Weg gelaufen bin. Gott, bist du hübsch.«

Jule mochte es, wie sich sein T-Shirt über sein Schlüsselbein spannte, wie sich seine Handgelenke unter dem Stoff seines Sakkos bewegten. Er biss sich immer auf die Unterlippe, wenn er nervös war. Sein Gesicht wölbte sich weich unter dem Schwarz seiner Wimpern. Sie wollte, dass er das Erste war, was sie am Morgen sah. Sie hatte das Gefühl, wenn sie morgens als Erstes Paolo Vallarta-Bellstone sehen würde, wäre alles gut.

»Willst du immer noch nicht nach Hause nach New York zurück?«, fragte er.

»Ich will nie mehr nach Hause zurück«, sagte Jule. Wie so vieles, was sie sich zu ihm sagen hörte, entsprach das der Wahrheit. Ihre Augen füllten sich.

»Ich will auch nicht nach Hause«, sagte er. Paolos Vater war ein Immobilienmogul, der vor ein paar Monaten wegen Insidergeschäften verurteilt worden war. Es war überall in den Nachrichten gewesen. »Meine Mom hat meinen Dad verlassen, nachdem sie herausgefunden hatte, was er abzog. Jetzt wohnt sie bei ihrer Schwester und pendelt von New Jersey aus zur Arbeit. Alles wird vom Geld zerstört, es dreht sich nur noch um Scheidungsanwälte und Rechtsanwälte und Vermittler. Würg!«

»Tut mir leid.«

»Ist nur hässlich. Der Bruder meines Dads ist ein absoluter Rassist, was die Scheidung betrifft. Du würdest nicht glauben, was aus seinem Mund kommt. Meine Mom reagiert deshalb total giftig. Sie hat ein Recht darauf, aber nur mit ihr zu telefonieren ist schon die reinste Hölle. Ich glaube nicht, dass es noch irgendetwas gibt, für das es sich lohnt zurückzukehren.«

»Was willst du machen?«

»Noch eine Weile herumreisen. Mein Kumpel ist in ein paar Wochen wieder startklar, dann ziehen wir mit dem Rucksack durch Thailand, Kambodscha und Vietnam, derselbe Plan wie vorher. Im Anschluss geht's nach Hong Kong und danach besuchen wir meine Grandma auf den Philippinen.« Er nahm wieder Jules Hand und ließ seine Finger sanft über ihre Handfläche wandern. »Du trägst gar nicht deine Ringe.«

Ihre Nägel waren in einem zarten Rosa lackiert.

»Nur den einen.« Jule zeigte ihm die andere Hand, an der die

Jade-Schlange steckte. »Die anderen gehörten alle einer Freundin von mir. Ich hatte sie mir nur geborgt.«

»Ich dachte, es wären deine.«

»Nein. Ja. Nein.« Jule seufzte.

»Und welche Freundin meinst du?«

»Sie hat Selbstmord begangen, ist noch gar nicht so lange her. Wir haben uns gestritten und sie war sauer auf mich, als sie starb.« Jule sagte die Wahrheit und sie log. In Paolos Nähe wurde sie immer ganz konfus. Sie wusste, dass sie nicht mit ihm reden sollte. Sie konnte spüren, wie sich die Geschichten, die sie sich selbst erzählte, mit den Geschichten vermischten, die sie anderen erzählte. Wie sie sich überlappten, wie sich ihre Schattierungen veränderten. Heute Abend konnte sie nicht einmal sagen, wie die Geschichten hießen, was sie damit meinte und was nicht.

Paolo drückte ihre Hand. »Das tut mir leid.«

»Glaubst du, dass ein Mensch so schlecht ist wie seine schlimmsten Taten?«, platzte es aus ihr heraus.

»Was?«

»Glaubst du, dass ein Mensch so schlecht ist wie seine schlimmsten Taten?«

»Du meinst, ob deine Freundin in die Hölle kommt, weil sie sich selbst umgebracht hat?«

»Nein.« Das hatte Jule überhaupt nicht gemeint. »Ich meine, definieren uns unsere schlimmsten Taten unser ganzes Leben lang? Oder glaubst du, der Mensch ist besser als das Allerschlimmste, was er jemals getan hat?«

Paolo überlegte. »Na ja, nehmen wir König Leontes aus *Ein Wintermärchen.* Er versucht, seinen Freund zu vergiften, er wirft seine eigene Frau ins Gefängnis und er setzt sein Baby in der Wildnis aus. Also ist er ein absolut schlechter Mensch. Stimmt's?«

»Stimmt.«

»Aber am Ende … hast du es schon mal gesehen?«

»Nein.«

»Am Ende tut es ihm leid. Es tut ihm wirklich unendlich leid und das reicht schon aus. Alle vergeben ihm. Shakespeare schenkt Leontes Erlösung, obwohl er all diese schrecklichen Dinge getan hat.«

Jule wollte Paolo alles erzählen.

Sie wollte ihm ihre Vergangenheit anvertrauen – in ihrer Hässlichkeit und Schönheit, ihrer Zügellosigkeit und Komplexität. Sie könnte erlöst werden.

Sie brachte kein Wort heraus.

»Oooh«, sagte Paolo gedehnt. »Wir reden gar nicht über das Stück, oder?«

Jule schüttelte den Kopf.

»Ich bin nicht sauer auf dich, Imogen«, sagte Paolo. »Ich bin verrückt nach dir.« Er hob die Hand und berührte ihre Wange. Dann fuhr er mit dem Daumen sanft über ihre Unterlippe. »Ich bin sicher, dass deine Freundin auch nicht mehr böse auf dich ist, was auch immer passiert ist, als sie noch lebte. Du bist ein großartiger Mensch. Ich weiß das.«

Sie waren vorn in der Schlange angekommen.

»Zwei Tee bitte«, sagte Jule zu der Frau an der Theke. Ihre Augen liefen über, obwohl sie nicht weinte. Sie musste aufhören, so emotional zu sein.

»Das scheint mir eher ein Gespräch für ein Abendessen zu sein«, sagte Paolo. Er bezahlte den Tee. »Möchtest du nach dem

Stück vielleicht noch essen gehen? Wie wär's mit Bagels? Ich kenne einen Pub, wo es echte New Yorker Bagels gibt.«

Jule wusste, dass sie Nein sagen sollte, aber sie nickte.

»Also Bagels, gut. Aber jetzt lass uns erst mal über heitere Dinge reden«, sagte Paolo. Sie trugen ihre Pappbecher zu einem kleinen Stand mit Milch und Teelöffeln hinüber. »Ich nehme zwei Stück Zucker und einen großen Schuss Sahne. Und wie trinkst du deinen Tee?«

»Mit Zitrone«, sagte Jule. »Ich brauche etwa vier Zitronenscheiben für einen Tee.«

»Okay, heitere, ablenkende Dinge«, sagte Paolo, als sie zu einem Tisch gingen. »Soll ich was von mir erzählen?«

»Ich glaube nicht, dass dich irgendjemand davon abhalten könnte.«

Er lachte. »Mit acht Jahren habe ich mir den Knöchel gebrochen, als ich vom Autodach meines Onkels gesprungen bin. Ich hatte einen Hund namens Twister und einen Hamster, der hieß St. George. Als kleiner Junge wollte ich Detektiv werden. Mir war einmal total schlecht, weil ich zu viele Kirschen auf einmal gegessen hatte. Und ich war mit niemandem mehr aus, seit du mir gesagt hast, dass ich dich nicht anrufen soll.«

Gegen ihren Willen musste sie lächeln. »Lügner.«

»Mit keiner einzigen Frau. Und heute bin ich mit Artie Thatcher hier.«

»Der Freund deines Vaters?«

»Bei ihm wohne ich. Er meinte, man hätte London nicht gesehen, wenn man die RSC nicht gesehen hat. Und du?«

Jule wurde zurück in die Realität katapultiert.

Sie war mit Forrest hier.

Es war dumm gewesen, unvorstellbar dumm, sich von Paolo mitreißen zu lassen.

Sie hatte das Theater verlassen wollen. Doch dann hatte er ihre Wange mit seinen Lippen gestreift. Er hatte ihre Finger berührt. Er hatte ihre Hände bemerkt und gesagt, Gott, wie hübsch sie sei. Er hatte gesagt, dass er sie am liebsten jeden Tag angerufen hätte.

Jule hatte Paolo so sehr vermisst.

Aber Forrest war hier.

Sie durften sich nicht treffen. Paolo durfte Forrest auf keinen Fall begegnen.

»Hör mal, ich muss –«

Forrest tauchte an ihrem Ellbogen auf. Gelangweilt und lässig. »Du hast einen Freund gefunden«, sagte er zu Jule. Er betonte es, als würde er mit einem Welpen reden.

Sie mussten sofort gehen. Jule stand auf. »Ich fühle mich nicht gut«, sagte sie. »Mir ist irgendwie schwindelig. Und schlecht. Kannst du mich nach Hause bringen?« Sie griff nach Forrests Handgelenk und zog ihn mit sich zu den Türen der Lobby.

»Vor einer Minute ging es dir noch gut«, sagte er, während er hinter ihr herlief.

»War schön, dich zu sehen«, rief sie Paolo zu. »Mach's gut!«

Sie hatte gehofft, Paolo würde sitzen bleiben, aber er stand auf und folgte Jule und Forrest.

»Ich bin Paolo Vallarta-Bellstone«, sagte er und lächelte Forrest im Gehen an. »Ein Freund von Imogen.«

»Wir müssen gehen«, sagte Jule.

»Forrest Smith-Martin«, erwiderte Forrest. »Dann hast du es schon gehört?«

»Lass uns *gehen*«, sagte Jule. »*Sofort.*«

»Was gehört?«, fragte Paolo. Er hielt mit ihnen Schritt, während Jule Forrest nach draußen zerrte.

»Sorry, sorry«, sagte Jule. »Irgendwas stimmt nicht mit mir. Ruf ein Taxi. Bitte.«

Sie waren jetzt draußen, es regnete in Strömen. Das Barbican Centre hatte lange Gehwege, die zur Straße führten. Jule zog Forrest zum Straßenrand.

Paolo blieb unter dem Vordach des Gebäudes stehen, weil er nicht nass werden wollte.

Jule winkte ein Taxi heran. Stieg ein. Gab die Adresse der Wohnung in St. John's Wood an.

Dann atmete sie tief durch und ordnete ihre Gedanken. Sie legte sich zurecht, was sie Forrest erzählen würde.

»Meine Jacke liegt noch auf meinem Platz«, beschwerte er sich. »Bist du krank?«

»Nein, nicht wirklich.«

»Was sollte das dann? Warum müssen wir nach Hause?«

»Dieser Typ hat mich belästigt.«

»Paolo?«

»Ja. Er ruft mich andauernd an. Sogar mehrmals am Tag. Schickt Textnachrichten. E-Mails. Ich glaube, er verfolgt mich.«

»Du hast echt schräge Beziehungen.«

»Es ist keine Beziehung. Er akzeptiert einfach kein Nein als Antwort. Deshalb musste ich da weg.«

»Paolo irgendwas Bellstone, richtig?«, fragte Forrest. »Heißt er nicht so?«

»Ja.«

»Ist er mit Stuart Bellstone verwandt?«

»Keine Ahnung.«

»Aber das ist doch sein Nachname? Bellstone?« Forrest hatte sein Handy herausgeholt. »Auf Wikipedia steht … Ja, der Sohn von Stuart Bellstone, der D-und-G-Immobilienskandal, bla, bla, sein Sohn ist Paolo Vallarta-Bellstone.«

»Kann schon sein«, sagte Jule. »Ich denke so wenig wie möglich über ihn nach.«

»Bellstone, echt witzig«, sagte Forrest. »Hat Imogen ihn gekannt?«

»Ja. Nein.« Sie war durcheinander.

»Was denn nun?«

»Ihre Familien kennen sich. Wir sind ihm über den Weg gelaufen, als wir nach London kamen.«

»Und jetzt stalkt er dich?«

»Ja.«

»Und es ist dir nie in den Sinn gekommen, dass es vielleicht sinnvoll wäre, diesen Stalker Bellstone für die Ermittlungen zu Immies Verschwinden der Polizei gegenüber zu erwähnen?«

»Er hat damit nichts zu tun.«

»Könnte er aber. Es gibt eine Menge Dinge, die nicht zusammenpassen.«

»Immie hat Selbstmord begangen, mehr steckt nicht dahinter«, brauste Jule auf. »Sie hatte Depressionen, sie hat dich nicht mehr geliebt und sie hat auch mich nicht genug geliebt, um am Leben zu bleiben. Hör auf, so zu tun, als könnte irgendetwas anderes passiert sein.«

Forrest biss sich auf die Lippe und sie fuhren schweigend weiter. Nach ein oder zwei Minuten warf Jule ihm einen Seitenblick zu und sah, dass er weinte.

Am nächsten Morgen war Forrest fort. Er lag einfach nicht mehr auf dem ausklappbaren Sofa. Seine Tasche stand nicht im Wandschrank auf dem Flur. Seine fusseligen Männer-Sweatshirts lagen nicht im Zimmer verstreut. Sein Laptop war weg, genau wie seine französischen Romane. Er hatte sein schmutziges Geschirr in der Spüle zurückgelassen.

Jule würde ihn nicht vermissen. Sie wollte ihn nie wiedersehen. Aber sie hatte auch nicht gewollt, dass er ging, ohne ihr den Grund zu nennen.

Was hatte Paolo gestern Abend zu ihm gesagt? »Ein Freund von Imogen.« und »Was gehört?« und seinen Namen. Das war alles.

Er hatte nicht gehört, wie Paolo Jule *Imogen* genannt hatte. Oder doch?

Nein.

Vielleicht.

Nein.

Wollte Forrest wirklich, dass gegen Paolo ermittelt wurde? Glaubte er, dass Imogen gestalkt und ermordet wurde? Glaubte er, dass Imogen eine romantische Beziehung mit Paolo gehabt hatte? Glaubte er, dass Jule log?

Jule packte ihre Sachen und machte sich auf den Weg zu einem Hostel, von dem sie mal gelesen hatte und das am anderen Ende der Stadt lag.

15

DRITTE FEBRUARWOCHE 2017
LONDON

Acht Tage bevor Jule zum Hostel aufbrach, rief sie von der Londoner Wohnung aus auf Forrests Handy an. Ihre Hände zitterten. Sie saß in der Küche auf der Anrichte neben dem Brotkasten und ließ die Füße baumeln. Es war sehr früh am Morgen. Sie wollte dieses Telefonat hinter sich bringen.

»Hey, Jule«, sagte er. »Ist Imogen zurück?«

»Nein, ist sie nicht.«

»Oh.« Es entstand eine Pause. »Warum rufst du mich dann an?« Die Geringschätzung in Forrests Tonfall war förmlich greifbar.

»Ich habe schlechte Nachrichten«, sagte Jule. »Es tut mir leid.«

»Worum geht's?«

»Wo bist du?«

»Im Zeitungsladen.«

»Du solltest nach draußen gehen.«

»Okay.«

Jule wartete, während er hinausging.

»Worum geht's denn nun?«, fragte er.

»Ich habe einen Brief gefunden, in der Wohnung. Von Imogen.«

»Was für einen Brief?«

»Er war im Brotkasten. Ich lese ihn dir vor.« Jule hielt den Brief zwischen den Fingern. Er war in Immies Handschrift mit großen geschwungenen Buchstaben geschrieben, ihren typischen Formulierungen und ihren Lieblingswörtern.

Hey Jule,

wenn du das liest, habe ich eine Überdosis Schlaftabletten genommen. Dann habe ich mir ein Taxi gerufen und bin zur Westminster Bridge gefahren.
Ich habe Steine in meinen Taschen. Viele Steine. Ich habe sie die ganze Woche lang gesammelt. Und ich bin ertrunken. Der Fluss hat mich zu sich genommen und ich fühle mich erleichtert.
Ich bin sicher, du wirst dich nach dem Grund fragen. Es ist schwer, darauf eine Antwort zu geben. Nichts ist richtig. Ich fühle mich nirgendwo zu Hause. Ich habe mich nie zu Hause gefühlt. Und ich glaube nicht, dass ich mich jemals so fühlen werde.
Forrest kann das nicht verstehen. Auch Brooke nicht. Aber du – ich glaube, du kannst es. Du kennst den Teil meines Ichs, den sonst niemand lieben kann. Wenn es überhaupt ein Ich gibt.

Immie

»O Gott! O Gott!«, wiederholte Forrest immer wieder.

Jule dachte an die wunderschöne Westminster Bridge mit den Steinbögen und dem grünen Geländer, an den breiten kalten Fluss, der unter ihr hindurchfloss. Sie dachte an Immies Leiche, umspült vom Stoff einer weißen Bluse, mit dem Gesicht im Wasser, in einer Lache Blut. Sie spürte Imogens Verlust ganz intensiv, mehr als Forrest jemals in der Lage wäre.

»Sie hat die Nachricht schon vor Tagen geschrieben«, sagte Jule, als Forrest schließlich schwieg. »Sie ist seit Mittwoch weg.«

»Du hast gesagt, sie wollte nach Paris.«

»Das dachte ich auch.«

»Vielleicht ist sie nicht gesprungen.«

»Sie hat einen Abschiedsbrief hinterlassen.«

»Aber warum? Warum sollte sie so etwas tun?«

»Sie hat sich nie zu Hause gefühlt. Du weißt, dass das stimmt. Sie hat es sogar in dem Brief geschrieben.« Jule schluckte. Dann sprach sie die Worte aus, von denen sie wusste, dass Forrest sie hören wollte. »Was, denkst du, sollen wir tun? Ich weiß es nicht. Du bist der Erste, dem ich das erzähle.«

»Ich komme«, sagte Forrest. »Ruf die Polizei an.«

Forrest kam zwei Stunden später in der Wohnung an. Er wirkte leer und aufgelöst. Er hatte sein Gepäck aus dem Hotel mitgebracht und erklärte, dass er auf dem Sofa im Arbeitszimmer schlafen würde, bis die Sache geklärt war. Jule könne das Schlafzimmer nehmen. Keiner von ihnen sollte jetzt allein sein.

Sie wollte ihn nicht in der Wohnung haben. Sie war traurig und verwundbar. Mit Forrest in der Nähe trug sie lieber ihren Schutzpanzer. Aber sie musste zugeben, dass er eine Krise gut bewältigen konnte. Er machte sich daran, Leute anzurufen oder ihnen Nachrichten zu schicken, und er redete mit einer unglaublichen Freundlichkeit, von der Jule nicht einmal gewusst hatte, dass er sie besaß. Die Sokoloffs, Bekannte von Martha's Vineyard, Immies Collegefreunde: Forrest nahm zu allen persönlich Kontakt auf und hakte sie dann sorgfältig auf einer Liste ab.

Jule rief die Londoner Polizei an. Polizisten kamen vorbei, waren ganz emsig, während Forrest Patti am Telefon hatte. Die Polizisten nahmen den Brief in Imogens Handschrift an sich, dann befragten sie Jule und Forrest.

Sie stimmten zu, dass es nicht so aussah, als sei Immie verreist. Ihre Koffer waren im Wandschrank verstaut, genau wie ihre Klamotten. Ihr Portemonnaie und ihre Kreditkarten steckten in einer Tasche, die sie gefunden hatten. Nur ihr Laptop war nicht in der Wohnung, außerdem fehlten ihr Führerschein und ihr Pass.

Forrest fragte einen der Polizisten, ob der Abschiedsbrief

gefälscht sein könnte. »Vielleicht wollte ein Kidnapper den Verdacht von sich ablenken«, sagte er. »Oder vielleicht wurde sie gezwungen, diese Nachricht zu schreiben. Haben Sie irgendeine Möglichkeit herauszufinden, ob sie dazu gezwungen wurde?«

»Forrest, der Brief war im Brotkasten«, sagte Jule sanft. »Immie hat ihn für mich in den Brotkasten gelegt.«

»Warum sollte Miss Sokoloff entführt werden?«, fragte der Polizist.

»Geld. Jemand könnte sie festhalten, um Lösegeld zu erpressen. Es ist seltsam, dass ihr Laptop weg ist. Sie könnte auch ermordet worden sein. Von jemandem, der sie gezwungen hat, diesen Brief zu schreiben.«

Die Polizisten hörten sich Forrests Theorien an. Sie wiesen ihn darauf hin, dass er selbst als Hauptverdächtiger infrage kam: ein Exfreund, der kürzlich in der Stadt aufgetaucht war, um nach Imogen zu suchen. Sie machten aber auch deutlich, dass sie nicht wirklich von einem Verbrechen ausgingen, egal welcher Art. Sie suchten nach Anzeichen für einen Kampf, fanden aber nichts.

Forrest meinte, Imogen könnte auch vor dem Apartment entführt worden sein, aber die Polizisten erinnerten ihn an den Brotkasten.

»Der Abschiedsbrief macht die Sache klar«, sagten sie.

Sie wollten wissen, ob das Immies Handschrift sei, und Jule bejahte das. Sie fragten Forrest und auch er antwortete mit Ja. Zumindest sah die Handschrift so aus.

Jule gab ihnen Imogens Handy, das sie sich extra für London angeschafft hatte. Es zeigte nur Anrufe bei einem Museum und E-Mails von ihren Eltern, Forrest, Vivian Abromowitz und ein paar weiteren Freunden, die Jule nicht identifizieren konnte. Die

Polizisten fragten nach Immies Bankunterlagen. Jule gab ihnen ein paar Seiten, die von dem verschwundenen Computer ausgedruckt worden waren. Sie lagen in einer Schreibtischschublade im Wohnzimmer.

Die Polizisten versprachen, den Fluss nach Immies Leiche abzusuchen, aber sie betonten auch, dass ein mit Steinen beschwerter Körper nicht so leicht wieder auftauchte. Wahrscheinlich hatte sie sich inzwischen von der Westminster Bridge wegbewegt.

Es könnte Tage oder Wochen dauern, wenn sie überhaupt gefunden wurde.

14

ENDE DEZEMBER 2016
LONDON

Acht Wochen vorher kam Jule in London an. Es war der Tag nach Weihnachten. Sie nahm ein Taxi zum Hotel, das sie gebucht hatte. Das englische Geld war zu groß, um ordentlich in ihr Portemonnaie zu passen. Das Taxi war irre teuer, aber das war ihr egal. Sie war finanziell abgesichert.

Das Hotel war ein altes und formelles Gebäude, das innen umgestaltet worden war. Ein Herr in einer karierten Jacke saß am Empfang. Er fand den Eintrag über die Reservierung und brachte Jule persönlich zu ihrem Zimmer. Er unterhielt sich mit ihr, während sich ein Page um ihr Gepäck kümmerte. Sie liebte die Art, wie er redete, als wäre er einem von Dickens' Romanen entsprungen.

An den Wänden der Suite hing schwarz-weiße Stofftapete. Schwere Brokatvorhänge verdeckten die Fenster. Das Bad hatte Fußbodenheizung. In die cremefarbenen Handtücher war ein feines Quadratmuster eingewebt. Die Lavendelseife war in braunes Papier gewickelt.

Jule bestellte über den Zimmerservice ein Steak. Als es kam, aß sie es komplett auf und trank zwei große Gläser Wasser dazu. Danach schlief sie achtzehn Stunden.

Als sie aufwachte, war sie voller Tatendrang.

Das war eine neue Stadt in einem fremden Land, die Stadt aus *Jahrmarkt der Eitelkeit* und *Große Erwartungen.* Es war Immies Stadt, aber jetzt würde sie Jule gehören – genau wie die Bücher, die Immie liebte, ein Teil von Jule geworden waren.

Sie zog die Vorhänge auf. London erstreckte sich unter ihr. Rote Busse und käferschwarze Taxis krochen durch den Verkehr auf den schmalen Straßen. Die Gebäude wirkten Hunderte von Jahren alt. Sie dachte an all die Leben, die dort unten geführt wurden, Menschen, die auf der linken Seite fuhren, Tee tranken und warmes Hefegebäck dazu aßen, während der Fernseher lief.

Jule hatte Schuldgefühle und Sorgen abgelegt, als hätte sie sich gehäutet. Sie betrachtete sich selbst als einsame Einzelkämpferin, als Superheldin im Ruhezustand, als Spionin. Sie war mutiger als alle anderen im Hotel, mutiger als alle anderen in London und mit Abstand mutiger als der Durchschnitt.

Im Sommer auf Martha's Vineyard hatte Immie Jule erzählt, dass sie eine Wohnung in London besaß. »Die Schlüssel habe ich hier. Wir könnten morgen los«, hatte sie gesagt und auf ihre Tasche geklopft.

Aber sie hatte die Wohnung nie wieder erwähnt.

Jetzt rief Jule den Gebäudemanager an, der sich um die Wohnungen kümmerte, und erklärte ihm, dass Immie in der Stadt sei. Könnte er veranlassen, dass die Wohnung sauber gemacht und gelüftet würde? Könnten ein paar Lebensmittel und frische Blumen besorgt werden? Ja, es würde alles arrangiert werden.

Als die Wohnung fertig war, ließ sich das Schloss mit Immies Schlüssel problemlos öffnen. Es war eine geräumige Wohnung mit einem Schlafzimmer und einem Arbeitszimmer in St. John's Wood, in der Nähe vieler Geschäfte. Sie lag in der oberen Etage eines Stadthauses und durch die Fenster hatte man einen herrlichen Blick auf Bäume. In den Schränken lagen weiche Handtücher und gestreifte Leinenbettwäsche. Es gab nur eine Badewanne, keine Dusche. Der Kühlschrank war winzig und die Küche kaum möbliert. Immie hatte die Wohnung eingerichtet, bevor sie kochen lernte. Aber das spielte keine Rolle.

Jule wusste, dass Imogen im Juni nach ihrem Highschoolabschluss einen Sommerkurs in London absolviert hatte. Während dieser Zeit hatte sie die Wohnung mit Unterstützung ihres Vermögensberaters erworben. Der Kauf war rasch abgewickelt worden, und Immie und ihre Freunde hatten auf dem Portobello

Road Market Antiquitäten und im Harrods Textilien besorgt. Immie hatte die Wohnungstür mit Sofortbildaufnahmen aus diesem Sommer vollgehängt – vielleicht fünfzig Stück. Die meisten zeigten sie und ihre Clique aus Mädchen und Jungs, die Arme umeinander gelegt, vor Sehenswürdigkeiten wie dem Tower of London oder Madame Tussauds.

Jule verstaute ihre Sachen in der Wohnung und nahm die Fotos ab. Sie warf sie in den Müll und brachte die Mülltüte nach unten.

In den folgenden Wochen kaufte Jule sich einen neuen Laptop und brachte die beiden alten zur Abfallentsorgung. Sie besuchte Museen und Restaurants, aß Steak in ruhigen Lokalen und Burger in belebten Pubs. Sie war charmant zu den Kellnern. Sie schwatzte mit Buchverkäufern und nannte ihnen Immies Namen. Sie redete mit Touristen – Leuten, die vorübergehend in der Stadt waren – und ging manchmal zum Essen mit ihnen aus oder begleitete sie ins Theater. Sie fühlte sich so, wie Immie sich ihrer Meinung nach fühlen würde: überall willkommen. Sie trainierte jeden Tag und aß nur Sachen, die sie mochte. Ansonsten lebte sie Immies Leben.

Am Anfang ihrer dritten Woche in London besuchte sie Madame Tussauds. Das Museum war eine berühmte Attraktion voller Bollywoodschauspieler, Mitglieder der königlichen Familie und Boy-Band-Stars mit Grübchen, alle aus Wachs geformt. Es war bevölkert von lauten amerikanischen Kindern und ihren gereizten Eltern.

Jule betrachtete die Wachsfigur von Charles Dickens, der mürrisch auf einem harten Holzstuhl saß, als jemand sie ansprach.

»Wenn er heute leben würde«, sagte Paolo Vallarta-Bellstone, »hätte er sich diesen scheußlichen Bart abrasiert.«

»Wenn er heute leben würde«, sagte Jule, »wäre er ein TV-Autor.«

»Erinnerst du dich an mich?«, fragte er. »Ich bin Paolo. Wir haben uns im Sommer auf Martha's Vineyard getroffen.« Er lächelte schüchtern. Er trug eine alte Jeans und ein orangefarbenes T-Shirt. Dazu ausgetretene Vans. Jule wusste, dass er Rucksacktourist war.

»Du trägst deine Haare anders«, fügte er hinzu. »Zuerst war ich nicht sicher, ob du es bist.«

Er sah gut aus. Jule hatte vergessen, wie gut er aussah. Sie hatte ihn einmal geküsst. Sein volles schwarzes Haar hing ihm ins Gesicht. Seine Wangen waren leicht sonnengebräunt und seine Lippen etwas spröde. Vielleicht kam er vom Skifahren.

»Ich erinnere mich an dich«, sagte sie. »Du kannst dich nicht zwischen Buttertoffee- und Karamellsoße entscheiden, auf Karussellfahrten wird dir schlecht und du möchtest vielleicht mal Arzt werden. Du spielst Golf, was ziemlich langweilig ist. Du reist durch die Welt, was interessant ist. Du verfolgst Mädchen in Museen und schleichst dich an sie heran, wenn sie vor einem berühmten Schriftsteller aus Wachs stehen bleiben.«

»Danke«, sagte Paolo, »trotz deines gemeinen Kommentars über Golf. Ich bin froh, dass du dich an mich erinnerst. Hast du etwas von ihm gelesen?« Er zeigte auf Dickens. »Ich sollte in der Schule, hab's aber bleiben lassen.«

»Ja.«

»Welches Buch hältst du für sein bestes?«

»*Große Erwartungen.*«

»Worum geht's da?« Paolo achtete nicht auf die Wachsfigur. Er musterte Jule aufmerksam. Er streckte die Hand aus und ließ sie über ihren Arm wandern, während sie antwortete. Es war eine sehr selbstsichere Geste, sie auf diese Weise zu berühren, nur Sekunden, nachdem er sich erneut vorgestellt hatte. Normalerweise ließ sie sich nicht von anderen anfassen, aber bei Paolo hatte sie kein Problem damit. Er war sehr behutsam.

»Es geht um einen Waisenjungen, der sich in ein reiches Mädchen verliebt«, erklärte sie ihm. »Ihr Name ist Estella. Und Estella wird ihr ganzes Leben lang darin ausgebildet, die Herzen der Männer zu brechen. Vielleicht hat sie nicht mal selbst ein Herz. Sie wird von einer durchgeknallten Lady großgezogen, die vorm Altar sitzen gelassen wurde.«

»Also bricht diese Estella das Herz des Jungen?«

»Viele Male. Mit Absicht. Estella weiß es einfach nicht besser. Herzen zu brechen ist die einzige Macht, die sie besitzt.«

Sie verließen Dickens und betraten einen anderen Bereich des Museums.

»Bist du allein hier?«, fragte Jule.

»Mit einem Freund meines Dads. Ich wohne ein paar Tage bei ihm. Er will mir die Stadt zeigen, nur dass er sich ständig hinsetzen muss. Artie Thatcher, kennst du ihn?«

»Nein.«

»Er hat Probleme mit dem Ischias. Er ruht sich gerade in der Teestube aus.«

»Und wie kommt es, dass du in London bist?«

»Ich bin mit dem Rucksack durch Spanien, Portugal, Frankreich, Deutschland, die Niederlande und zurück nach Frankreich. Dann bin ich hier gelandet. Ich war mit meinem Freund unterwegs, aber er ist über Weihnachten nach Hause gefahren. Mir war nicht danach, also bin ich hergekommen, um die Feiertage bei Artie zu verbringen. Und du?«

»Ich habe hier eine Wohnung.«

Paolo beugte sich näher und deutete einen dunklen Flur hinunter. »Hey, dahinten ist das Gruselkabinett. Gehst du mit mir rein? Ich brauche einen Beschützer.«

»Wovor?«

»Na vor den irre gruseligen Wachsfiguren«, sagte Paolo. »Es soll eine Art Gefängnis mit geflohenen Häftlingen sein. Ich hab's nachgelesen. Eine Menge Blut und Eingeweide.«

»Und da willst du rein?«

»Ich liebe Blut und Eingeweide. Nur nicht allein.« Er lächelte. »Kommst du mit und beschützt mich vor den Insassen der Irrenanstalt, Imogen?«

Sie standen jetzt vor der Tür des Gruselkabinetts.

»Klar«, sagte Jule. »Ich werde dich beschützen.«

Es hatte nie drei Beziehungen in Stanford gegeben.

Es hatte nirgendwo drei Beziehungen gegeben. Oder auch nur eine.

Jule brauchte keinen Freund. Sie war nicht mal sicher, ob sie Jungs mochte, ob sie überhaupt *irgendjemanden* mochte.

Sie wollte sich um zwanzig Uhr mit Paolo treffen. Sie putzte sich dreimal die Zähne und zog sich zweimal um. Sie sprühte sich mit Jasmin-Parfüm ein.

Als sie ihn am Karussell warten sah, wo sie sich verabredet hatten, hätte sie sich beinahe wieder umgedreht und wäre gegangen. Paolo sah einem Straßenkünstler zu. Seinen Schal hatte er sich gegen den Januarwind eng umgewickelt.

Jule ermahnte sich, dass sie keinem Menschen näherkommen sollte. Niemand war dieses Risiko wert. Sie sollte sofort gehen, sie war schon dabei zu gehen – doch da entdeckte Paolo sie und rannte auf sie zu, in Höchstgeschwindigkeit, wie ein kleiner Junge. Erst kurz vor dem Zusammenstoß hielt er an. Er fasste sie um die Hüfte, wirbelte sie herum und sagte: »Meine Güte, das ist wie im Film. Kannst du glauben, dass wir in London sind? Alles, was wir kennen, liegt auf der anderen Seite des Ozeans.«

Und er hatte recht. Alles lag auf der anderen Seite des Ozeans.

Dieser eine Abend war okay.

Paolo führte Jule an der Themse entlang. Straßenkünstler spielten Akkordeon und liefen über niedrige Seile. Sie durchstöberten eine Weile einen Buchladen, dann kaufte Jule ihnen Zuckerwatte. Mit süßen rosa Wolken im Mund liefen sie über die Westminster Bridge.

Paolo nahm Jules Hand und sie ließ es zu. Hin und wieder streichelte er sanft mit seinem Daumen über ihr Handgelenk, was einen warmen Schauer über ihren Arm jagte. Sie war überrascht, dass seine Berührung sich so beruhigend anfühlte.

Die Westminster Bridge bestand aus mehreren Bögen, die sich grau und grün über den Fluss spannten. Das Licht der Laternen auf der Brücke fiel auf das rauschende Wasser.

»Der Schlimmste in diesem Gruselkabinett war Jack the Ripper«, sagte Paolo. »Weißt du warum?«

»Warum?«

»Zum einen, weil er nie gefasst wurde. Und zweitens, weil es ein Gerücht gibt, dass er sich mit einem Sprung von genau dieser Brücke selbst das Leben genommen hat.«

»Ach, Quatsch.«

»Doch! Wahrscheinlich stand er direkt hier, bevor er gesprungen ist. Ich hab's im Internet gelesen.«

»Das ist völliger Schwachsinn«, sagte Jule. »Niemand weiß, wer Jack the Ripper wirklich war.«

»Du hast recht«, sagte er. »Es ist Schwachsinn.«

Dann küsste er sie unter den Laternen. Wie in einer Filmszene. Die Steine waren feucht vom Nebel und glänzten. Ihre Jacken flatterten im Wind. Jule zitterte in der kalten Nachtluft und Paolo legte seine warme Hand in ihren Nacken.

Er küsste sie, als könnte er sich nicht vorstellen, irgendwo anders auf dem Planeten zu sein. War das hier nicht wunderbar und fühlte es sich nicht unglaublich gut an? Als wüsste er, dass sie sich nicht gern berühren ließ, als wüsste er, dass sie es bei *ihm* zuließ und wäre deshalb der glücklichste Junge auf der Welt. Jule hatte das Gefühl, als würde der Fluss unter ihnen durch ihre Adern rauschen.

Bei ihm wollte sie sie selbst sein.

Sie fragte sich, ob sie bereits sie selbst *war*. Ob sie weiterhin sie selbst bleiben konnte.

Und ob irgendjemand den Menschen lieben konnte, der sie wirklich war.

Sie lösten sich voneinander und liefen eine Weile schweigend weiter. Vier angetrunkene junge Frauen kamen auf sie zu, überquerten die Brücke gefährlich wankend auf ihren High Heels.

»Ich kann nicht glauben, dass die uns rausgeschmissen haben«, beklagte sich eine von ihnen lallend.

»Die sollten uns wollen, diese Scheißkerle«, sagte eine andere. Sie hatten einen Yorkshire-Akzent.

»Oooh, das ist ja ein Süßer.« Die erste hatte Paolo aus etwa drei Metern Entfernung entdeckt.

»Was denkst du, ob er einen Drink möchte?«

»Ha! Ganz schön frech!«

»Keine Ahnung. Frag ihn doch.«

Eine der Frauen rief: »Willst du ausgehen, Süßer? Dann komm mit uns!«

Paolo wurde rot. »Wie bitte?«

»Kommst du?«, fragte sie. »Aber nur du.«

Paolo schüttelte den Kopf. Die Frauen gingen kichernd weiter und er sah ihnen nach, bis sie von der Brücke verschwunden waren. Dann nahm er wieder Jules Hand.

Aber die Stimmung hatte sich verändert. Sie wussten nicht mehr, was sie zueinander sagen sollten.

Schließlich fragte Paolo: »Kanntest du Brooke Lannon?«

Was?

Imogens Freundin Brooke. Was hatte Paolo mit Brooke zu tun?

Jule ließ ihre Stimme unbekümmert klingen. »Ja, vom Vassar. Wieso?«

»Brooke … sie ist vor etwa einer Woche gestorben.« Paolo blickte auf den Boden.

»Was? O nein!«

»Ich wollte nicht derjenige sein, der es dir erzählt. Ich hatte nicht auf dem Schirm, dass du sie kanntest, bis jetzt«, sagte Paolo. »Und da ist es mir schon rausgerutscht.«

»Woher kanntest du Brooke?«

»Ich kannte sie nicht wirklich. Sie war seit einem Sommercamp mit meiner Schwester befreundet.«

»Was ist passiert?« Jule wollte seine Antwort unbedingt hören, hielt ihre Stimme aber weiterhin ruhig.

»Es war ein Unfall. Sie war oben im Nationalpark nördlich von San Francisco unterwegs. Sie hat dort ein paar Freunde besucht, die in der Stadt aufs College gehen, aber sie hatten zu tun oder so, und Brooke ist wandern gegangen. Es war eine Tageswandertour, sie war spät dran, es wurde schon dunkel. Sie war allein im Naturschutzgebiet unterwegs. Und sie ist … sie ist an einem Wandersteg abgestürzt. Einem Steg über eine Schlucht.«

»Sie ist abgestürzt?«

»Sie glauben, dass sie betrunken war. Sie hat sich den Kopf aufgeschlagen und niemand hat sie bis zu diesem Morgen gefunden. Außer ein paar Tiere. Die Leiche war übel zugerichtet.«

Jule schauderte. Sie dachte an Brooke Lannon mit ihrem lauten, übertriebenen Lachen. Brooke, die zu viel trank. Brooke, mit diesem perversen Sinn für Humor, den glatten blonden Haaren und der seehundartigen Figur. Dem erhobenen Kinn. Dumme, bornierte, abweisende Brooke.

»Woher weiß man, was passiert ist?«

»Sie ist vom Geländer gefallen. Vielleicht ist sie hochgeklettert, um sich etwas anzusehen. Man hat ihr Auto auf dem Parkplatz gefunden, mit einer leeren Wodkaflasche.«

»War es Selbstmord?«

»Nein, nein, nur ein Unfall. Es war heute als abschreckendes Beispiel in den Nachrichten. Dass man immer jemanden mitnehmen sollte, wenn man in die Natur geht. Dass man keinen Wodka trinken und dann durch eine Schlucht wandern sollte. Ihre Familie hat sich Sorgen gemacht, als sie Heiligabend nicht nach Hause kam, aber die Polizei vermutete, dass sie absichtlich nicht auftauchte.«

Jule war kalt und sie fühlte sich seltsam. Seit sie nach London gekommen war, hatte sie nicht mehr an Brooke gedacht. Sie hätte im Internet nach ihr recherchieren können, aber das hatte sie nicht getan. Sie hatte Brooke komplett ausgeblendet.

»Bist du sicher, dass es ein Unfall war?«

»Ein schrecklicher Unfall«, erwiderte Paolo. »Es tut mir so leid.«

Sie liefen in unbehaglichem Schweigen weiter.

Paolo zog seine Mütze über die Ohren.

Nach einer Minute streckte Jule den Arm aus und nahm seine Hand. Sie wollte ihn berühren. Sich das einzugestehen und es auch zu tun, fühlte sich nach einer mutigeren Tat an als jede Schlägerei, in die sie jemals verwickelt gewesen war.

»Lass uns nicht darüber nachdenken«, sagte sie. »Lass uns auf der anderen Seite des Ozeans bleiben und glücklich sein.«

Sie ließ sich von ihm nach Hause bringen und vor dem Gebäude küsste er sie erneut. Sie kauerten sich auf der Treppe zusammen, um sich zu wärmen, während fröhliche Schneeflocken durch die Luft wirbelten.

Früh am nächsten Morgen tauchte Paolo mit einer Tragetasche bei ihr auf. Jule trug eine Pyjamahose und ein Unterhemd, als er klingelte. Sie ließ ihn im Flur warten, bis sie sich angezogen hatte.

»Ich darf das Haus von Freunden in Dorset benutzen«, sagte er und folgte ihr in die Küche. »Und ich habe ein Auto gemietet. Alles, was man sonst noch so für ein Wochenende braucht, ist hier drin.«

Jule warf einen Blick in den Beutel, den er ihr aufhielt: vier Crunchie-Riegel, Hula-Hoops-Snacks, Swedish Fish, zwei Flaschen Mineralwasser und eine Tüte Salt-and-Vinegar-Kartoffelchips.

»Du hast gar keine Klamotten da drin. Nicht mal eine Zahnbürste.«

»Das ist nur was für Amateure.«

Sie lachte. »Igitt!«

»Okay, also schön. Ich habe meinen Rucksack im Auto. Aber das sind die wichtigen Sachen«, sagte Paolo. »Wir können uns auf dem Weg dorthin Stonehenge ansehen. Warst du schon mal dort?«

»Nein.« Jule war tatsächlich besonders neugierig auf Stonehenge. Sie hatte in einem Roman von Thomas Hardy, den sie in einem Buchladen in San Francisco gekauft hatte, darüber gelesen, aber eigentlich wollte sie alles sehen. Alles von London, was sie noch nicht kannte, alles von England, alles von der großen weiten Welt. Sie wollte sich frei und stark fühlen, und ja, es stand ihr zu, zu erleben und zu verstehen, was dort draußen war.

»Dort erwartet uns ein uraltes Mysterium, das wird bestimmt toll«, sagte Paolo. »Vom Haus aus könnten wir dann wandern gehen und uns Schafe auf den Weiden ansehen. Oder Fotos von den Schafen machen. Sie vielleicht sogar streicheln. Was auch immer man auf dem Land so macht.«

»Lädst du mich ein?«

»Ja! Es gibt auch getrennte Schlafzimmer. Steht alles zur Verfügung.«

Er hockte sich an den Rand ihres Küchenstuhls, als wäre er nicht sicher, ob er willkommen war. Als wäre er vielleicht zu weit gegangen.

»Du bist nervös«, sagte sie, um Zeit zu schinden.

Sie wollte so gern Ja sagen. Sie wusste, dass sie es nicht tun sollte.

»Ja, ich bin sehr nervös.«

»Wieso?«

Paolo dachte einen Moment nach. »Ich spiele um einen hohen Einsatz. Deine Antwort bedeute mir etwas.« Er stand langsam auf und küsste sie an die Seite ihres Halses. Sie beugte sich zu ihm und er zitterte leicht. Sie küsste sein weiches Ohrläppchen und dann seine Lippen, auf Zehenspitzen in der Küche.

»Ist das ein Ja?«, flüsterte er.

Jule wusste, dass sie nicht mitfahren sollte.

Es war keine gute Idee. Sie hatte diese Möglichkeit schon lange hinter sich gelassen. Liebe musste man aufgeben, wenn man so wurde – was auch immer sie jetzt war. Größer als das Leben. Gefährlich. Sie war Risiken eingegangen und hatte sich neu erfunden.

Jetzt war dieser Junge in ihrer Küche, zitterte, wenn er sie küsste, hatte einen Beutel Junkfood und Sprudelwasser dabei. Redete Unsinn über Schafe.

Jule ging zur anderen Seite und wusch sich die Hände in der Spüle. Sie hatte das Gefühl, als würde ihr das Universum etwas Wunderschönes und Einzigartiges anbieten. Mit so einem Angebot würde es bestimmt nicht noch einmal um die Ecke kommen.

Paolo ging zu ihr hinüber und legte eine Hand auf ihre Schulter – sehr, sehr behutsam, als wollte er um Erlaubnis bitten. Als wäre es für ihn ein ehrfürchtiger Moment, dass er sie berühren durfte.

Jule drehte sich um und sagte Ja.

Stonehenge war geschlossen.

Und es regnete.

Man kam nicht an die echten Steine heran, es sei denn, man hatte im Voraus Eintrittskarten gekauft. Als sie hinauffuhren, konnten Jule und Paolo ein paar große Felsbrocken in der Ferne sehen, aber vom Besuchercenter aus: nichts.

»Ich habe dir ein uraltes Mysterium versprochen und jetzt ist es nichts weiter als ein Parkplatz«, sagte Paolo halb enttäuscht, halb im Scherz, als sie zurück zum Wagen gingen. »Ich hätte das vorher checken sollen.«

»Ist schon okay.«

»Ich weiß, wie man mit dem Internet umgeht.«

»Oh, keine Sorge. Ich bin sowieso viel gespannter auf die Schafe.«

Er lächelte. »Wirklich?«

»Klar. Kannst du Schafe garantieren?«

»Ist das dein Ernst? Ich bin mir nämlich nicht hundertprozentig sicher und ich möchte dich nicht noch einmal enttäuschen.«

»Nein, Schafe sind mir total egal.«

Paolo schüttelte den Kopf. »Ich hätte es wissen müssen. Schafe sind nicht Stonehenge. Damit müssen wir uns abfinden. Selbst das tollste Schaf wird nie an Stonehenge heranreichen.«

»Lass uns Swedish Fish essen«, sagte sie, um ihn aufzuheitern.

»Perfekt«, sagte Paolo. »Das ist ein perfekter Plan.«

Das Haus war überhaupt kein Haus. Es war eine Villa. Eine große Herrenvilla, die im neunzehnten Jahrhundert erbaut worden war. Sie lag auf einem Anwesen mit einem Tor vor der Einfahrt. Paolo hatte einen Zugangscode. Er tippte die Zahlen ein und fuhr die gebogene Zufahrt hinauf.

Die Wände des Gebäudes waren aus Backstein und mit Efeu bewachsen. Auf der einen Seite gab es einen schräg abfallenden Garten voller Rosenbüsche und Steinbänke, der an einem runden Pavillon am Rand eines Flusses endete.

Paolo suchte seine Hosentaschen ab. »Die Schlüssel sind hier irgendwo.«

Es regnete jetzt in Strömen. Sie standen mit ihrem Gepäck vor dem Eingang.

»Verdammt, wo hab ich sie nur?« Paolo tastete seine Jacke ab, seine Hose, noch einmal seine Jacke. »Schlüssel, Schlüssel.« Er sah in dem Beutel nach. Sah in seinem Rucksack nach. Er rannte los und suchte im Auto.

Er setzte sich zum Schutz vor dem Regen auf die Türschwelle und holte alles aus seinen Taschen. Dann alles aus dem Beutel. Und alles aus dem Rucksack.

»Du hast die Schlüssel nicht«, sagte Jule.

»Ich habe die Schlüssel nicht.«

Er war ein Hochstapler, ein Gauner. Er war überhaupt nicht Paolo Vallarta-Bellstone. Welche Beweise hatte Jule gesehen? Keinen Ausweis, keine Fotos im Internet. Sie wusste nur, was er ihr erzählt hatte, wie er auftrat, dass er Imogens Familie kannte.

»Bist du wirklich mit diesen Leuten befreundet?«, fragte sie mit möglichst unbekümmerter Stimme.

»Es ist das Landhaus der Familie von meinem Freund Nigel. Ich habe ihn hier im Sommer besucht, niemand nutzt es und … Außerdem kannte ich den Zugangscode, oder nicht?«

»Ich zweifle doch nicht an dir«, log sie.

»Wir können zur Rückseite gehen und nachsehen, ob die Küchentür offen ist. Es gibt einen Küchengarten von – von wann auch immer so was üblich war«, sagte Paolo. »Ich glaube, der Fachausdruck lautet: wie in alten Zeiten.«

Sie zogen sich die Jacken über die Köpfe und rannten durch den Regen, traten in Pfützen und lachten.

Paolo rüttelte an der Küchentür. Sie war abgeschlossen. Er lief umher, suchte unter Steinen nach einem Ersatzschlüssel, während Jule sich unter den Schirm kauerte.

Sie nahm ihr Handy, gab seinen Namen ein und suchte nach Bildern.

Puh! Er war definitiv Paolo Vallarta-Bellstone. Es gab Fotos von ihm auf Wohltätigkeitveranstaltungen, wie er ohne Krawatte neben seinen Eltern stand – und das auf einem Event, wo Männer garantiert Krawatten tragen mussten. Fotos mit anderen Jungs auf einem Fußballplatz. Ein Highschoolabschlussfoto mit Zahnspange und einem schrecklichen Haarschnitt, veröffentlicht von einer Grandma, die das Bild gleich dreimal gepostet hatte.

Jule war froh, dass er Paolo war und kein Trickbetrüger. Es gefiel ihr, was für ein guter Mensch er war. Es war besser, dass er echt war, weil sie dann an ihn glauben konnte. Aber es gab so viel an Paolo, was Jule nie erfahren würde. So viel in seiner Vergangenheit, was er ihr nie erzählen würde.

Paolo gab die Suche nach dem Schlüssel auf. Seine Haare waren klitschnass. »Die Fenster sind alarmgesichert«, sagte er. »Ich denke, es ist hoffnungslos.«

»Was sollen wir jetzt machen?«

»Wir setzen uns am besten in den Pavillon und küssen uns eine Weile«, sagte Paolo.

Der Regen ließ nicht nach.

In nassen Klamotten fuhren sie nach London zurück und aßen Frittiertes in einem Pub.

Schließlich hielt Paolo mit dem Wagen vor Jules Haus. Er küsste sie nicht, streckte aber den Arm aus und hielt ihre Hand. »Ich mag dich«, sagte er. »Ich dachte … ich schätze, das habe ich schon deutlich gemacht? Aber ich wollte es trotzdem noch mal sagen.«

Jule mochte ihn auch. Sie mochte sich selbst, wenn sie bei ihm war.

Aber sie war nicht sie selbst, wenn sie bei ihm war. Sie wusste nicht, was – oder wen – Paolo mochte.

Könnte Immie sein. Könnte Jule sein.

Sie war sich nicht mehr sicher, wo sie die Linie zwischen beiden ziehen sollte. Jule duftete nach Jasmin wie Imogen, Jule redete wie Imogen, Jule liebte die Bücher, die Imogen liebte. Das war die Wahrheit. Jule war eine Waise wie Immie, eine selbst erfundene Person, eine Person mit einer geheimnisvollen Vergangenheit. Es war so viel von Imogen in Jule und so viel von Jule in Imogen.

Aber Paolo dachte, dass Patti und Gil ihre Eltern waren. Er dachte, dass sie mit der armen toten Brooke Lannon im College gewesen war. Er dachte, dass sie Jüdin war und reich und eine Wohnung in London besaß. Diese Lügen waren Teil von dem, was er an ihr mochte. Es war unmöglich, ihm die Wahrheit zu sagen, und wenn sie es täte, würde er sie für die Lügen hassen.

»Ich kann mich nicht mehr mit dir treffen«, erklärte sie ihm.

»Was?«

»Ich kann dich nicht mehr treffen. Nicht so wie heute. Überhaupt nicht mehr.«

»Warum nicht?«

»Ich kann einfach nicht.«

»Gibt es einen anderen? Mit dem du zusammen bist? Ich könnte eine Nummer ziehen oder mich in die Schlange stellen oder so.«

»Nein. Ja. Nein.«

»Was denn jetzt? Kann ich dich umstimmen?«

»Ich bin unerreichbar.« Sie könnte ihm erzählen, dass sie einen anderen hatte, aber sie wollte ihn nicht noch mehr anlügen.

»Wieso?«

Sie öffnete die Wagentür. »Ich habe kein Herz.«

»Warte.«

»Nein.«

»Bitte warte!«

»Ich muss gehen.«

»Ist es gerade ein schlechter Zeitpunkt? Ich meine, abgesehen vom Regen und kein Stonehenge, kein Landhaus, keine Schafe? Abgesehen von der Tatsache, dass es ein Tag voller Katastrophen war?«

Jule wollte im Auto sitzen bleiben. Seine Lippen mit ihren Fingerspitzen berühren, sich entspannt als Immie ausgeben, die sich auftürmenden Lügen zulassen.

Aber das hätte keinen Sinn.

»Lass mich verdammt noch mal in Ruhe, Paolo«, giftete sie ihn an. Sie drückte die Wagentür auf und trat in den Regen hinaus.

Ein paar Wochen vergingen. Jule hielt ihre Augenbrauen schmal gezupft. Sie kaufte Klamotten und noch mehr Klamotten, schöne Sachen mit fetten Preisschildern. Sie kaufte Kochbücher für die Küche, die sie nie benutzte. Sie ging ins Ballett, in die Oper, ins Theater. Sie sah sich alles an: historische Sehenswürdigkeiten und Museen und berühmte Gebäude. Sie kaufte Antiquitäten auf der Portobello Road.

Eines späten Abends tauchte Forrest vor der Wohnung auf. Er sollte eigentlich in Amerika sein.

Jule kämpfte gegen die Panik, als sie ihn durch den Türspion sah. Am liebsten hätte sie das Fenster geöffnet, wäre an der Regenrinne auf das Dach geklettert und auf das nächste Gebäude gesprungen oder – ehrlich gesagt – einfach nicht zu Hause gewesen. Sie hätte gern ihre Augenbrauen und ihre Frisur und ihr Make-up verändert und –

Er klingelte zum zweiten Mal. Jule setzte rasch die Ringe ab und schlüpfte in Jogginghose und T-Shirt, anstelle des langen Kleides, das sie angehabt hatte. Sie baute sich vor der Tür auf und rief sich ins Gedächtnis, dass sie diesen Moment hatte kommen sehen. Sie hatte gewusst, dass Forrest jederzeit auftauchen könnte. Es war Immies Wohnung. Sie hatte eine Strategie. Sie konnte mit ihm umgehen. Sie öffnete die Tür.

»Forrest! Was für eine Überraschung!«

»Jule …«

»Du siehst müde aus. Alles okay? Komm rein.«

Er hatte eine Reisetasche dabei. Sie nahm ihm die Tasche ab und trug sie in die Wohnung.

»Ich bin gerade aus dem Flugzeug gestiegen«, sagte Forrest, rieb sich das Kinn und blinzelte durch seine Brille.

»Hast du ein Taxi von Heathrow genommen?«

»Ja.« Er beäugte sie kalt. »Warum bist *du* hier? In Immies Apartment?«

»Ich wohne hier für eine Weile. Sie hat mir die Schlüssel gegeben.«

»Wo ist sie? Ich möchte sie gern sehen.«

»Sie ist letzte Nacht nicht nach Hause gekommen. Wie hast du die Wohnung gefunden?«

»Mrs Sokoloff hat mir die Adresse gegeben.« Forrest senkte verlegen den Blick. »Es war ein langer Flug. Kann ich ein Glas Wasser haben?«

Jule führte ihn in die Küche. Sie gab ihm Wasser aus dem Hahn ohne Eis. Eine Schale mit Zitronen stand auf der Anrichte, weil sie zu der Vorstellung passten, wie diese Wohnung aussehen sollte, aber in den Schränken und im Kühlschrank befand sich nichts, was Imogen vorrätig haben würde. Jule aß Salzcracker und süße Erdnussbutter, Salami und Schokolade. Sie hoffte, Forrest würde nicht nach Essen fragen.

»Wo ist Immie noch mal?«, fragte er.

»Ich habe dir gesagt, dass sie nicht hier ist.«

»Mann, Jule.« Er packte sie am Arm und für einen Moment hatte sie Angst vor ihm, Angst vor seinen festen Händen, die den Stoff ihres T-Shirts zusammendrückten, obwohl er so dünn und schwach war.

»Wo ist sie, wenn sie nicht hier ist?« Er sprach sehr langsam.

Sie hasste es, dass er ihr so nah war.

»Fass mich nicht an, verdammt«, sagt sie. »Niemals. Verstanden?«

Er ließ ihren Arm los und ging ins Wohnzimmer, wo er sich auf die Couch fallen ließ, ohne dazu eingeladen worden zu sein. »Ich glaube, dass du weißt, wo sie ist. Das ist alles.«

»Sie ist wahrscheinlich übers Wochenende nach Paris gefahren. Von hier aus kommt man wirklich schnell durch den Eurotunnel dorthin.«

»Paris?«

»Vermute ich.«

»Hat sie dir gesagt, dass du mir nicht verraten sollst, wo sie ist?«

»Nein. Wir wussten nicht mal, dass du kommst.«

Forrest lehnte sich nach hinten. »Ich muss sie sehen. Ich habe ihr geschrieben, aber sie hat mich wahrscheinlich blockiert.«

»Sie hat sich für London ein neues Handy zugelegt, mit einer anderen Nummer.«

»Sie antwortet auch nicht auf meine E-Mails. Deshalb bin ich den ganzen Weg hergekommen. Ich hatte gehofft, dass ich mit ihr reden kann.«

Jule machte ihnen Tee, während Forrest diverse Hotels abtelefonierte. Er brauchte elf Anrufe, bevor er eins fand, in dem er für ein paar Nächte ein Zimmer buchen konnte.

Auf seine überhebliche Art war er davon ausgegangen, dass Imogen ihn bei sich übernachten lassen würde.

13

ENDE DEZEMBER 2016
SAN FRANCISCO, KALIFORNIEN

Drei Tage vor ihrer Ankunft in London war Jule zu Fuß unterwegs und schleppte sich mit einer schweren Löwenplastik in ihrem Rucksack einen Hügel in San Francisco hinauf.

Sie schwärmte für San Francisco. Die Stadt sah genauso aus, wie Immie sie beschrieben hatte, hügelig und idyllisch und dennoch weitläufig und elegant. Heute hatte sich Jule die Keramikausstellung des Asian Art Museums angesehen. Ihre Vermieterin hatte sie ihr empfohlen.

Maddie Chung, besagte Vermieterin, war um die fünfzig und homosexuell. Sie trug Jeans, rauchte auf der Veranda und besaß einen kleinen Buchladen. Jule hatte das Apartment, das im Dachgeschoss eines viktorianischen Hauses lag, für eine Woche bar im Voraus bezahlt. Maddie und ihre Frau wohnten in den beiden unteren Etagen. Jule und sie unterhielten sich viel über Kunstgeschichte und Ausstellungen. Sie war sehr nett und schien zu glauben, dass Jule ein wenig Zuwendung gebrauchen könnte.

Heute, als Jule nach Hause kam, saß Brooke Lannon auf der Vordertreppe – Immies Freundin vom Vassar College.

»Ich war schon etwas früher hier«, sagte Brooke. »Was soll's.«

Brooke hatte ihr Cabrio über Nacht vor dem Haus geparkt. Sie wollte es nur abholen, aber Jule hatte ihr geschrieben, dass sie gern zum Reden bleiben könne.

Brooke hatte breite Oberschenkel, ein eckiges Kinn und glatte blonde Haare, die immer gleich aussahen. Weiße Haut, farbloser Lippenstift. Sportlicher Stil. Sie war in La Jolla aufgewachsen. Sie trank zu viel, hatte in der Highschool Feldhockey gespielt, eine Reihe Beziehungen mit Jungs und eine Beziehung mit einem Mädchen gehabt, sich aber nie richtig verliebt. Das war alles, was Jule während ihrer Zeit auf Martha's Vineyard über sie erfahren hatte.

Jetzt stand Brooke auf und verlor fast das Gleichgewicht.

»Alles okay?«, fragte Jule.

»Nicht wirklich.«

»Hast du getrunken?«

»Ja«, sagte Brooke. »Na und?«

Der Abend dämmerte bereits.

»Lass uns eine Spritztour machen«, sagte Jule. »Dann können wir reden.«

»Eine Spritztour?«

»Das wird bestimmt nett. Du hast so ein süßes Auto. Gib mir mal den Schlüssel.«

Es war eher der Autotyp, den sich ältere Männer zulegten, um sich selbst davon zu überzeugen, dass sie immer noch sexy waren. Der Zweisitzer war innen kamelfarben, außen knallgrün und schnittig. Jule fragte sich, ob der Wagen Brookes Dad gehörte.

»Ich kann dich doch nicht fahren lassen, wenn du was getrunken hast.«

»Was bist du, die Polizei?«

»Wohl kaum.«

»Ein Spion?«

»Brooke!«

»Ernsthaft, bist du einer?«

»Darauf antworte ich nicht.«

»Ha! Das würde ein Spion auch sagen.«

Jetzt spielte es keine Rolle mehr, was Jule zu Brooke sagte oder nicht sagte. »Lass uns wandern gehen«, schlug sie deshalb vor. »Ich kenne einen schönen Platz im Nationalpark. Wir können über die Golden Gate Bridge dorthin fahren, landschaftlich der Wahnsinn.«

Brooke stopfte den Autoschlüssel in ihre Tasche. »Ist schon ganz schön spät.«

»Hör zu«, sagte Jule. »Es gab da ein Missverständnis wegen Immie zwischen uns, und ich bin froh, dass du vorbeigekommen bist. Lass uns einfach an irgendeinem neutralen Ort darüber reden. Meine Wohnung ist nicht der beste Platz dafür.«

»Ich weiß nicht mal, ob ich mit dir reden will.«

»Du bist eher gekommen«, sagte Jule. »Du willst mit mir reden.«

»Okay, wir diskutieren das aus, umarmen uns, all das«, erwiderte Brooke. »Das würde Immie glücklich machen.« Sie reichte ihr den Schlüssel.

Leute benahmen sich echt dämlich, wenn sie betrunken waren.

Zwei Tage vor Weihnachten war es zu kalt zum Cabriofahren, aber das Verdeck von Brookes Auto war trotzdem offen. Brooke bestand darauf. Jule trug eine Jeans, Stiefel und einen warmen Wollpullover. Ihr Rucksack lag im Kofferraum, darin befanden sich ihr Portemonnaie, ein zweiter Pullover und ein sauberes T-Shirt, eine Wasserflasche mit großer Öffnung, eine Packung Feuchttücher, eine schwarze Mülltüte und die Löwenplastik.

Brooke zog eine halb leere Flasche Wodka aus ihrer Handtasche, trank aber nicht daraus. Sie schlief fast augenblicklich ein.

Jule fuhr durch die Stadt. Als sie zur Golden Gate Bridge kam, war sie ganz hibbelig. Die schweigende Fahrt war nervig. Sie rüttelte Brooke wach.

»Die Brücke«, sagte sie. »Sieh mal.«

Orangefarben und majestätisch ragte die Brücke vor ihnen auf.

»Die Leute lieben es, sich auf dieser Brücke umzubringen«, sagte Brooke mit schwerer Zunge.

»Was?«

»Es ist die zweitbeliebteste Selbstmordbrücke der Welt«, sagte Brooke. »Hab ich irgendwo gelesen.«

»Welche ist die beliebteste?«

»Eine Brücke am Jangtse Fluss. Hab den Namen vergessen. Ich lese oft solche Sachen«, sagte Brooke. »Viele denken, es hat etwas Poetisches, von einer Brücke zu springen. Deshalb tun sie es.

Dagegen ist, sagen wir mal, sich in der Badewanne die Pulsadern aufzuschneiden eine ganz schöne Schweinerei. Was soll man denn anziehen, wenn man in einer Badewanne verbluten will?«

»Man hat gar nichts an.«

»Woher weißt du das?«

»Ich weiß es einfach.« Jule wünschte, sie hätte Brooke nicht auf dieses Thema gebracht.

»Ich will nicht, dass mich jemand nackt sieht, wenn ich tot bin!«, brüllte Brooke über die Golden Gate Bridge. »Aber ich will auch keine Klamotten in der Badewanne tragen! Das ist ganz schön peinlich!«

Jule ignorierte sie.

»Jedenfalls bauen sie jetzt eine Absperrung, damit die Leute nicht mehr springen können«, fuhr Brooke fort. »Hier auf der Golden Gate.«

Sie fuhren schweigend von der Brücke hinunter und bogen in Richtung Nationalpark ab.

Schließlich fügte Brooke hinzu: »Ich hätte nicht damit anfangen sollen. Ich will dich ja nicht auf Ideen bringen.«

»Ich komme nicht auf Ideen.«

»Bring dich nicht um«, sagte Brooke.

»Ich bringe mich nicht um.«

»Ich bin jetzt deine Freundin, okay? Etwas an dir ist nicht normal.«

Jule antwortete nicht.

»Ich bin mit sehr normalen, stabilen Menschen aufgewachsen«, fuhr Brooke fort. »In meiner Familie haben sich alle immer normal verhalten. So normal, dass ich mir die Augen ausstechen wollte. Ich bin also Expertin, was das betrifft. Aber *du*? Du bist nicht normal. Ich würde sagen, du solltest darüber nachdenken, dir deshalb Hilfe zu holen.«

»Du glaubst, dass normal sein bedeutet, scheißreich zu sein.«

»Nein, das stimmt nicht. Vivian Abromowitz hat ein volles Stipendium fürs Vassar und sie ist normal, diese Hexe.«

»Du glaubst, es ist normal, immer alles zu bekommen, was man will«, sagte Jule. »Dass alles ganz einfach ist. Aber das ist es nicht. Die meisten Menschen bekommen nicht, was sie wollen, sogar *nie*. Ihnen werden Türen vor der Nase zugeschlagen. Sie müssen sich die ganze Zeit anstrengen. Sie leben nicht in deiner magischen Welt aus Sportwagen und perfekten Zähnen und Reisen nach Italien und Pelzmänteln.«

»Da haben wir's«, sagte Brooke. »Damit bestätigst du meinen Standpunkt.«

»Wie denn?«

»Es ist erst recht nicht normal, so was zu sagen. Du tauchst einfach wieder in Immies Leben auf, nachdem du sie jahrelang nicht gesehen hast, und schon nach wenigen Tagen ziehst du in ihr Haus ein, borgst dir ihre Sachen aus, schwimmst in ihrem Scheißpool und lässt sie für deine Friseurbesuche bezahlen. Du warst in Stanford, verdammt, und hast – schluchz-schluchz – dein Stipendium verloren, aber tu bloß nicht so, als wärst du eine Stimme der scheiß neunundneunzig Prozent. Niemand schlägt dir irgendwelche Türen vor der Nase zu, Jule. Außerdem trägt keiner hier Pelzmäntel, weil – hallo? – das ist echt unethisch. Ich meine, vielleicht macht das noch irgendeine Grandma, aber doch sonst keiner. Und ich habe noch nie ein Wort über deine Zähne verloren. Echt, du musst lernen, dich mal locker zu machen und ein normaler Mensch zu sein, wenn du richtige Freunde haben willst und nicht nur Leute um dich herum, die dich tolerieren.«

Während der restlichen Fahrt sagte keine von beiden mehr ein Wort.

Sie hielten an und Jule holte ihren Rucksack aus dem Kofferraum. Sie zog die Handschuhe aus ihrer Hosentasche und streifte sie über.

»Die Handys lassen wir am besten im Auto«, sagte sie.

Brooke musterte sie eine ganze Weile. »Ja, gut. Wir steigen voll auf die Natur ein«, lallte sie.

Sie schlossen die Handys im Wagen ein und Jule steckte den Autoschlüssel in ihre Tasche. Sie sahen sich das Schild am Rand des Parkplatzes an. Wanderwege waren in verschiedenen Farben markiert.

»Lass uns zum Aussichtspunkt gehen«, sagte Jule und zeigte auf den blau gekennzeichneten Pfad. »Da war ich schon mal.«

»Meinetwegen«, sagte Brooke.

Es war ein vier Meilen langer Rundgang. Der Park war wegen der Kälte und der Weihnachtszeit fast leer, nur ein paar Familien kamen gerade zurück, weil der Tag sich dem Ende neigte. Müde Kinder heulten oder wurden getragen. Als Brooke und Jule sich auf den Weg bergauf machten, waren sie die Einzigen auf dem Pfad.

Jule spürte, wie ihr Puls sich beschleunigte. Sie ging voraus.

»Du hast eine Schwäche für Imogen«, brach Brooke das Schweigen. »Glaub ja nicht, das macht dich zu was Besonderem. *Jeder* hat eine Schwäche für Imogen.«

»Sie ist meine beste Freundin. Das ist nicht dasselbe, wie eine Schwäche für jemanden zu haben«, sagte Jule.

»Sie ist von niemandem die beste Freundin. Sie ist eine Herzensbrecherin.«

»Rede nicht so gemein über sie. Du bist nur sauer, weil sie dir keine Nachricht geschickt hat.«

»Sie *hat* mir eine Nachricht geschickt. Darum geht es gar nicht«, sagte Brooke. »Hör zu. Als wir im ersten Semester Freundinnen geworden sind, war Immie die ganze Zeit in meinem Wohnheimzimmer: Morgens vor den Kursen brachte sie mir Milchkaffee vorbei, sie schleppte mich in Filme, die der Fachbereich Film vorführte; wollte sich meine Ohrringe borgen; schenkte mir Goldfish Cracker, weil sie wusste, dass ich die mag.«

Jule sagte nichts.

Immie hatte sie in Filme geschleppt. Immie hatte ihr Schokolade gekauft. Immie hatte ihr Kaffee ans Bett gebracht, als sie zusammengewohnt hatten.

Brooke fuhr fort: »Sie kam jeden Dienstag und Donnerstag vorbei, weil wir morgens Italienisch zusammen hatten. Die ersten Male war ich nicht mal richtig wach. Sie musste warten, bis ich mich angezogen hatte. Meine Zimmernachbarin meckerte jedes Mal, weil Immie so früh kam, also begann ich, mich von meinem Handy wecken zu lassen. Ich stand auf und stellte mich vor die Zimmertür, bevor Immie auftauchte.

Und eines Tages kam sie nicht. Ich glaube, es war Anfang November. Und weißt du was? Danach ist sie nie wieder vorbeigekommen. Sie hat mir keinen Milchkaffee mehr gebracht oder mich in Filme geschleppt. Sie war zu Vivian Abromowitz gewechselt. Und weißt du noch was? Ich hätte so richtig grundschulmäßig darauf reagieren können, Jule. Ich hätte eingeschnappt sein und – uuuh – die Arme spielen können, weil man ja nicht zwei beste Freundinnen haben kann, bla, bla, bla. Aber das habe ich nicht. Ich war nett zu den beiden. Wir wurden alle Freundinnen. Und es war schön.«

»Okay.«

Jule hasste diese Geschichte. Sie hasste es auch, dass sie vorher nie kapiert hatte, dass der Grund, warum Vivian und Brooke sich nicht mochten, Imogen selbst war.

Brooke fuhr fort: »Ich will damit sagen, dass Imogen auch Vivians kleines Herz gebrochen hat. Später. Und Isaac Tuppermans. Sie machte ständig irgendwelche Typen an, als sie mit Isaac zusammen war, und Isaac wurde natürlich total eifersüchtig und immer unsicherer. Dann tat Immie ganz überrascht, als er mit ihr Schluss gemacht hat – aber was hatte sie erwartet, wenn sie mit anderen Typen rummachte? Sie will sehen, ob die Leute ihre Gelassenheit verlieren und ganz verrückt nach ihr werden. Und weißt du was? Genau das ist dir passiert, wie einer Menge anderer Leute aus dem College auch. Darauf fährt Imogen voll ab, weil sie sich dadurch großartig und sexy fühlt, aber dann seid ihr nicht mehr befreundet. Eine andere Möglichkeit, damit umzugehen, ist, dich als größere Persönlichkeit zu beweisen. Wenn Imogen weiß, dass du genauso stark bist wie sie, vielleicht sogar stärker, dann respektiert sie dich, und ihr bleibt zusammen.«

Jule schwieg. Das war eine neue Version der Isaac-Tupperman-Geschichte, Isaac aus der Bronx, Coates und Morrison, die Gedichte an Imogens Fahrrad, die mögliche Schwangerschaft. Hatte Immie nicht mit großen Augen zu ihm aufgeschaut? Sie war verknallt und dann enttäuscht gewesen – aber doch erst nachdem er Schluss gemacht hatte. Es war unmöglich, dass sie ihn betrogen hatte.

Doch dann schien es plötzlich doch möglich zu sein. Es kam Jule sogar offensichtlich vor, denn Imogen – die sich neben Tuppermans Intellekt und seiner Männlichkeit so geistlos und zweitklassig gefühlt hatte – hatte sich nur stärker und wertvoller fühlen können als er, indem sie ihn betrog.

Sie liefen weiter durch den Wald. Die Sonne ging unter.

Niemand sonst war unterwegs.

»Wenn du wie Immie sein willst, dann sei wie sie. Meinetwegen«, sagte Brooke. Sie hatten einen Steg über eine Schlucht erreicht. An seinem Ende führte eine Holztreppe zu einem Aussichtsturm, von dem aus man das tiefe Tal und die umliegenden Berghänge überblicken konnte. »Aber du bist nicht Imogen, verstehst du?«

»Ich weiß, dass ich nicht Imogen bin.«

»Da bin ich mir nicht so sicher«, sagte Brooke.

»Das geht dich alles gar nichts an.«

»Vielleicht habe ich beschlossen, dass es mich doch etwas angeht. Vielleicht glaube ich, dass du labil bist und es das Beste wäre, wenn du dich von Immie fernhältst und dir Hilfe wegen deiner psychischen Probleme holst.«

»Sag mir eins: Warum sind wir hier draußen?«, fragte Jule. Sie stand oberhalb von Brooke auf der Treppe.

Unter ihnen lag die Schlucht.

Die Sonne war fast untergegangen.

»Warum sind wir hier draußen, habe ich gefragt.« Jule sagte es leichthin, nahm den Rucksack von der Schulter und öffnete ihn, als wollte sie ihre Wasserflasche herausholen.

»Um das auszudiskutieren, wie du gesagt hast. Ich will, dass du aufhörst, dich in Immies Leben breitzumachen, auf ihre Kosten zu leben, sie dazu zu bringen, ihre Freunde zu ignorieren und was du sonst noch so abziehst.«

»Ich habe dich gefragt, warum wir hier draußen sind«, sagte Jule und beugte sich über ihren Rucksack.

Brooke zuckte mit den Schultern. »Hier draußen? In diesem Park? Du hast uns hergefahren.«

»Genau.«

Jule hievte den Beutel hoch, in dem die Löwenplastik aus dem Asian Art Museum steckte. Sie schwang ihn mit voller Wucht und er traf Brooke mit einem grässlichen Krachen an der Stirn.

Die Figur zerbrach nicht.

Brookes Kopf flog nach hinten. Sie taumelte über den Holzsteg.

Jule trat vor und schlug erneut zu. Diesmal von der Seite. Blut schoss aus Brookes Kopf. Es spritzte Jule ins Gesicht.

Brooke krachte gegen das Geländer, ihre Hände umklammerten die Holzbalken.

Jule legte den Beutel hin und beugte sich über Brooke. Sie packte ihre Knie. Brooke trat um sich und traf Jule an der Schulter, fuchtelte mit den Händen, um wieder Halt am Geländer zu finden. Sie trat noch einmal fest zu und Jules Schulter verrenkte sich mit einem schmerzhaften Ruck.

Fuck.

Jules Blick verschwamm für einen Moment. Sie verlor den Griff um Brookes Knie, ihr linker Arm hing lahm herunter, doch sie konterte mit dem rechten. Von unten schlug sie gegen Brookes Unterarme, bis die das Geländer losließ. Dann beugte Jule sich vor und kniete sich hin. Sie erwischte Brookes Beine, die über den Boden scharrten, schob ihre rechte Schulter unter Brookes Körper, stemmte sie hoch und über das Geländer.

Alles war still.

Brookes seidiges blondes Haar segelte in die Tiefe.

Ein dumpfes Knacken ertönte, als ihr Körper die Baumkronen traf, und ein weiteres, als sie auf dem Boden der felsigen Schlucht aufschlug.

Jule lehnte sich über das Geländer. Brookes Körper war zwischen dem Grün nicht zu sehen.

Jule sah sich um. Immer noch niemand auf dem Pfad.

Ihre Schulter war ausgerenkt. Der Schmerz war so heftig, dass sie nicht klar denken konnte.

Sie hatte nicht mit einer Verletzung gerechnet. Wenn sie den ausgekugelten Arm nicht bewegen konnte, könnte alles im Eimer sein, weil Brooke tot war und ihr Blut überall und Jule ihre Klamotten wechseln musste. Sofort.

Jule zwang sich, ruhig zu atmen. Zwang ihre Augen, zu fokussieren.

Mit dem linken Handgelenk in der rechten Hand hob sie den linken Arm und zog ihn ruckartig vom Körper weg. Einmal, zweimal – Gott, tat das weh, aber beim dritten Versuch renkte sich die linke Schulter wieder ein.

Der Schmerz verschwand.

Jule hatte das mal bei einem Kerl in einer Kampfsporthalle gesehen. Sie hatte ihn darüber ausgefragt.

Also dann, weiter. Sie sah auf ihren Pullover hinunter. Er war voller Blut. Sie zog ihn aus. Das Shirt darunter war ebenfalls durchtränkt. Sie riss es sich herunter und benutzte eine saubere Ecke, um sich das Gesicht abzuwischen. Als Nächstes die Handschuhe. Vor Kälte zitternd holte sie die Feuchttücher aus dem Rucksack und machte sich sauber – Brust, Arme, Hals, Hände. Sie warf die blutigen Klamotten und Tücher in die schwarze Mülltüte, band sie zu und stopfte alles in den Rucksack.

Dann zog sie das saubere T-Shirt und den sauberen Pullover an.

Es war Blut an dem Beutel, in dem die Löwenplastik steckte.

Sie holte die Figur heraus und drehte den Beutel um, sodass die Innenseite außen war. Die Figur steckte sie in den Rucksack und stopfte den schmutzigen Beutel in die Wasserflasche mit der großen Öffnung.

Mit den Feuchttüchern putzte sie Blutflecken vom Gehweg, dann drückte sie den Müll ebenfalls in die Wasserflasche.

Sie sah sich um.

Der Pfad war leer.

Jule betastete behutsam ihre Schulter. Sie war okay. Sie wischte noch viermal mit den Feuchttüchern über Gesicht, Ohren und Haare und wünschte, sie hätte daran gedacht, einen Taschenspiegel einzustecken. Noch einmal schaute sie über den Rand des Stegs in die Schlucht hinab.

Brooke war nicht zu sehen.

Sie wanderte auf dem Pfad zurück. Sie hatte das Gefühl, für immer so weitergehen zu können, ohne müde zu werden. Erst kurz vor dem Ausgang kam sie an vier sportlichen Typen vorbei, die Weihnachtsmannmützen trugen, Taschenlampen dabeihatten und den gelb markierten Weg einschlugen.

Am Auto legte Jule eine Pause ein.

Es sollte hier stehen bleiben. Fuhr sie den Wagen irgendwohin, würde es keinen Sinn ergeben, wenn jemand Brookes Leiche in der Schlucht fand.

Vorsichtig stieg sie ein. Sie nahm die Feuchttücher und begann, die Handbremse abzuwischen, dann hielt sie inne.

Nein, nein! Das war der falsche Plan. Warum hatte sie nicht

schon vorher daran gedacht? Es würde nicht gut aussehen, wenn keine Fingerabdrücke im Wagen wären. Brookes Fingerabdrücke *sollten* da sein. Dass die Handbremse jetzt völlig sauber war, könnte verdächtig wirken.

Denk nach. Denk nach. Die Wodkaflasche lag auf dem Boden vor dem Beifahrersitz. Jule hob sie mit einem Feuchttuch auf und drehte den Deckel ab. Dann goss sie etwas Wodka auf die Handbremse, als wäre versehentlich etwas verschüttet worden. Das würde vielleicht nachvollziehbar machen, warum dort keine Fingerabdrücke waren. Sie hatte keine Ahnung, ob Tatortermittler auf so etwas achteten. Sie wusste eigentlich überhaupt nicht, worauf sie achteten.

Verdammt.

Sie stieg aus dem Wagen. Sie zwang sich, logisch zu denken. Ihre eigenen Fingerabdrücke waren nirgendwo aktenkundig. Sie hatte kein Vorstrafenregister. Die Polizei würde vielleicht herausfinden, dass jemand anders den Wagen gefahren hatte, falls das überprüft wurde – aber niemand würde erfahren, dass es Jule gewesen war.

Es gab keinerlei Hinweise, dass eine Person namens Jule West Williams in San Francisco gewohnt oder die Stadt besucht hatte.

Sie öffnete den Kofferraum und holte Brookes sowie ihr eigenes Handy heraus. Dann schloss sie, immer noch zitternd, das Auto ab und ging davon.

Es war eine kalte Nacht. Jule lief schnell, um warm zu bleiben. Nach einer Meile fühlte sie sich schon etwas beruhigter. Sie warf die Wasserflasche in eine Mülltonne am Straßenrand. Bei der nächsten Gelegenheit stopfte sie die blutigen Klamotten in der schwarzen Plastiktüte tief in einen Müllcontainer.

Dann lief sie weiter.

Die Golden Gate Bridge erhob sich leuchtend vor dem nächtlichen Himmel. Jule war ganz klein dagegen, aber es fühlte sich an, als wäre ein Scheinwerfer von oben auf sie gerichtet. Sie schleuderte Brookes Autoschlüssel und ihr Handy über den Rand der Brücke ins Wasser.

Ihr Leben lief ab wie in einem Film. Im Licht der Straßenlaternen sah sie umwerfend aus. Nach dem Kampf waren ihre Wangen gerötet. Blutergüsse bildeten sich unter ihrer Kleidung, aber ihre Haare saßen perfekt. Und oh, ihre Klamotten schmeichelten ihr sehr. Ja, es stimmte, dass sie auf eine kriminelle Art gewalttätig war. Sogar brutal. Aber das war ihr Job und sie besaß so einzigartige Fähigkeiten, dass es sexy war.

Der Mond war eine Sichel und der Wind wehte rau. Jule nahm einen tiefen Atemzug. Sie atmete den Glanz und den Schmerz und die Schönheit des Actionheldenlebens.

Zurück in der Wohnung, holte sie die Löwenplastik aus dem Rucksack und begoss sie mit Bleichmittel. Dann ließ sie Wasser darüberlaufen, trocknete sie ab und stellte sie auf den Kaminsims.

Imogen hätte diese Figur gemocht. Sie liebte Katzen.

Jule kaufte ein Flugticket nach London, mit dem sie unter Imogens Namen von Portland, Oregon, abfliegen würde. Dann nahm sie ein Taxi zum Busbahnhof.

Als sie dort ankam, hatte sie gerade den Bus um einundzwanzig Uhr verpasst. Der nächste Bus fuhr nicht vor sieben Uhr am nächsten Morgen.

Während Jule sich auf die Wartezeit einstellte, senkte sich der Adrenalinspiegel der letzten paar Stunden. Sie holte sich drei Packungen Erdnuss-M&Ms aus einem Automaten und setzte sich auf ihr Gepäck. Plötzlich war sie total erschöpft und hatte Angst.

Im Warteraum hockten nur ein paar Leute, die den Busbahnhof als nächtlichen Unterschlupf benutzten. Jule lutschte die M&Ms, damit sie länger reichten. Sie versuchte zu lesen, aber sie konnte sich nicht konzentrieren. Nach etwa fünfundzwanzig Minuten wachte ein betrunkener Mann auf einer Bank auf und begann laut zu singen:

»God rest ye merry, gentlemen,
Let nothing you dismay
Remember, Christ, our savior,
Was born on Christmas Day,
To save us all from Satan's power
When we had gone astray.«

Jule wusste, dass sie auf einem Scheißirrweg war. Sie hatte ein dummes, großmäuliges Mädchen brutal und vorsätzlich umgebracht. Es würde nie einen Retter geben, der sie von dem erlösen konnte, was sie zu dieser Tat bewegt hatte. Sie hatte noch nie einen Erlöser gehabt.

Das war's. Es gab kein Zurück. Sie saß am dreiundzwanzigsten Dezember allein an einem bitterkalten Busbahnhof, hörte einem Betrunkenen beim Singen zu und kratzte mit der Ecke ihrer Busfahrkarte das letzte Blut unter ihren Fingernägeln hervor. Andere Menschen, gute Menschen, backten Lebkuchenplätzchen, aßen Pfefferminzbonbons und banden Schleifen um Weihnachtsgeschenke. Sie stritten und schmückten und räumten nach großen Mahlzeiten auf, waren beschwipst vom Glühwein, sahen sich besinnliche alte Filme an.

Jule war hier. Sie verdiente die Kälte, die Einsamkeit, die Betrunkenen und den Müll, sie verdiente tausend schlimmere Strafen und Qualen.

Der Uhrzeiger wanderte über das Ziffernblatt. Er landete auf Mitternacht und es war offiziell Heiligabend. Jule holte sich eine heiße Schokolade am Automaten.

Während sie trank, wurde ihr etwas wärmer. Sie redete sich selbst aus ihrer Verzweiflung heraus. Immerhin war sie mutig, klug und stark. Sie hatte die Tat mit glaubwürdiger Effizienz ausgeführt. Sogar mit Stil. Sie hatte mit einer scheiß Katzenfigur in einem wunderschönen Nationalpark über einer gewaltigen und malerischen Schlucht einen Mord begangen. Es hatte keinen einzigen Zeugen gegeben. Sie hatte nirgendwo Blut hinterlassen.

Sie hatte Brooke aus Selbstschutz getötet.

Jeder musste sich selbst beschützen. Es lag in der menschlichen Natur und Jule hatte jahrelang trainiert, um ganz besonders gut darin zu werden. Die Ereignisse des Tages waren der Beweis, dass sie zu mehr fähig war, als sie gehofft hatte. Sie war sogar phänomenal – ein kämpfender Mutant, eine Superkreatur. Der verfickte Wolverine hielt auch nicht inne, um den Menschen nachzutrauern, in die er seine Klauen schlug. Er brachte die ganze Zeit Leute um, aus Notwehr oder für irgendeine gute Sache. Dasselbe galt für Bourne, Bond und alle anderen. Helden wünschten sich keine Lebkuchen, Geschenke oder Pfefferminzbonbons. Und Jule auch nicht. Sie hatte etwas in der Art sowieso nie bekommen. Es gab keinen Grund, Trübsal zu blasen.

»God rest ye merry, gentlemen,
Let nothing you dismay …«

Der Betrunkene fing wieder an zu singen.

»Halt die Klappe, sonst komme ich rüber und stopfe sie dir!«, schrie Jule ihn an.

Das Singen hörte auf.

Sie kippte sich den letzten Schluck der heißen Schokolade in den Mund. Sie würde nicht darüber nachdenken, ob sie auf Abwege geraten war. Sie würde sich nicht schuldig fühlen. Sie würde durchstarten und diesem Actionheldenweg folgen.

Jule West Williams verbrachte den vierundzwanzigsten Dezember mit einer neunzehnstündigen Busfahrt und schlief am frühen Weihnachtsmorgen in einem Flughafenhotel in Portland, Oregon, ein. Um elf Uhr vormittags fuhr sie mit dem Shuttle zum Flughafen und gab ihr Gepäck für den Nachtflug nach London auf, Business Class. Sie aß einen Burger im Food-Court. Sie kaufte Bücher und sprühte sich im Duty-free-Shop mit ungewohntem Parfüm ein.

12

ENDE DEZEMBER 2016
SAN FRANCISCO

Am Tag vor der Wanderung bekam Jule einen Anruf.

»Wo bist du?«, blaffte Brooke, ohne Hallo zu sagen. »Hast du Immie gesehen?«

»Nein.« Jule war gerade mit ihrem Training fertig. Sie setzte sich auf eine Bank vor dem Fitnessstudio in Haight-Ashbury.

»Ich habe ihr zig Millionen Nachrichten geschickt, aber sie meldet sich nicht zurück«, sagte Brooke. »Sie ist auch nicht mehr auf Snapchat oder Insta. Ich drehe langsam durch, also dachte ich, ich ruf dich an, um zu hören, was du weißt.«

»Immie meldet sich bei niemandem«, sagte Jule.

»Wo bist du?«

Jule sah keinen Grund, warum sie lügen sollte. »San Francisco.«

»Du bist hier?«

»Warte, *du* bist hier?« La Jolla, wo Brooke eigentlich sein müsste, lag gute acht Stunden entfernt.

»Ein paar meiner Schulfreunde gehen in San Francisco aufs

College, also habe ich mir ein Hotel genommen und bin hergefahren. Aber wie sich herausgestellt hat, sind sie heute alle mit ihren Jobs oder Prüfungen beschäftigt. Ich wollte mich heute Morgen eigentlich mit Chip Lupton treffen, aber der hat mich einfach versetzt. Er hat mir nicht mal rechtzeitig eine Nachricht geschickt, erst als ich schon auf ihn gewartet habe, in einem Gang voller toter Schlangen.«

»Tote Schlangen?«

»Bäh«, schimpfte Brooke. »Ich bin in der Akademie der Wissenschaften. Scheiß Lupton hat gesagt, dass er sich die Herpetologie-Ausstellung ansehen will. Ich wollte ihm an die Wäsche, sonst hätte ich nie zugesagt. Ist Immie mit dir in San Francisco?«

»Nein.«

»Wann verdammt ist noch mal Chanukka? Ist sie dafür vielleicht nach Hause gefahren?«

»Es ist jetzt irgendwann. Aber sie würde deshalb nicht nach Hause fahren. Vielleicht ist sie in Mumbai. Ich weiß es nicht genau.«

»Okay, dann komm her, wenn du in der Stadt bist.«

»Zu den Schlangen?«

»Ja! Gott, mir ist so langweilig. Bist du weit weg?«

»Ich muss –«

»Sag jetzt nicht, du hast zu tun. Wir schicken Immie weiter Nachrichten und zwingen sie, sich bei uns zu melden. Hat sie in Mumbai eine Telefonverbindung? Wir können ihr auch mailen, wenn sie keine hat. Wir treffen uns in der Herp-Ausstellung«, sagte Brooke. »Du brauchst einen Termin. Ich schick dir die Nummer.«

Jule wollte *alles* sehen. Sie war bis jetzt noch nicht in der Akademie der Wissenschaften gewesen. Außerdem wollte sie wissen, was Brooke über Immies Leben nach der Zeit auf Martha's Vineyard wusste. Also sprang sie in ein Taxi.

Die Akademie war gleichzeitig ein Naturkundemuseum voller Dinosaurierknochen und Tierpräparate.

»Ich habe um vierzehn Uhr einen Termin«, erklärte Jule dem Mann am Herp-Schalter.

»Ausweis, bitte.«

Jule zeigte ihm ihren Vassar-Ausweis und er ließ sie durch.

»Wir haben mehr als dreitausend Exponate aus einhundertsechsundsechzig Ländern«, sagte er. »Einen schönen Aufenthalt.«

Die Sammlung war in verschiedenen Räumen untergebracht. Die Atmosphäre war eine Mischung aus Bibliothek und Lagerhalle. Auf den Regalen standen Glasgefäße mit konservierten Tieren: Schlangen, Eidechsen, Kröten und eine Menge andere Kreaturen, die Jule nicht identifizieren konnte. Sie waren alle sorgfältig beschriftet.

Jule wusste, dass Brooke auf sie wartete, aber sie schickte ihr keine Nachricht, dass sie bereits angekommen war. Stattdessen ging sie langsam und mit geräuschlosen Schritten durch die Gänge.

Sie merkte sich die Namen der meisten Exponate, die sie sich anschaute. *Xenopus laevis*, Afrikanischer Krallenfrosch. *Crotalus cerastes*, Seitenwinder-Klapperschlange. *Crotalus ruber*, Rote

Diamant-Klapperschlange. Sie protokollierte die Namen der Nattern, Salamander, seltenen Frösche und winzigen Schlangen, die nur auf abgelegenen Insel beheimatet waren.

Die Nattern schwebten um sich selbst gewickelt in einer trüben Flüssigkeit. Jule streckte die Hand nach den giftigen Mäulern aus und spürte, wie sie eine flüchtige Angst überkam.

Als sie um die nächste Ecke bog, fand sie Brooke, die in einem der Gänge auf dem Boden saß und auf einen fetten gelben Frosch auf einem niedrigen Regal starrte.

»Das hat ja ewig gedauert«, sagte Brooke.

»Ich bin bei den Schlangen hängen geblieben«, erwiderte Jule. »Sie strahlen so etwas Machtvolles aus.«

»Die sind nicht machtvoll. Die sind tot«, sagte Brooke. »Sie liegen zusammengerollt in Glasgefäßen und niemand mag sie. Gott, wäre es nicht deprimierend, wenn deine Angehörigen dich nach deinem Tod in Formaldehyd einlegen und in einem riesigen Glas aufbewahren würden?«

»Sie haben Gift in sich«, sagte Jule, die immer noch über die Nattern sprach. »Einige von ihnen können ein Tier töten, das dreißigmal so groß ist wie sie selbst. Denkst du nicht, dass es ein unglaubliches Gefühl wäre, so eine Waffe in sich zu haben?«

»Aber sie sind so verdammt hässlich«, sagte Brooke. »Das wäre es nicht wert. Egal, ich habe diese Herp-Ausstellung sowieso satt. Komm, wir holen uns einen Espresso.«

Die Snackbar bot bitteren Kaffee in winzigen Tassen und italienisches Eis an. Brooke sagte zu Jule, dass sie Vanille bestellen sollte, und sie gossen den Espresso über ihr Eis.

»Das hat auch einen Namen«, sagte Brooke. »Aber ich habe nicht darauf geachtet, als wir in Italien waren. Wir hatten so einen Eisbecher in einem kleinen Restaurant an irgendeinem Platz. Meine Mom versuchte mir die Geschichte dieses Platzes zu erzählen und mein Vater meinte dauernd: ›Üben wir doch gleich mal Italienisch!‹ Aber meine Schwester und ich waren total gelangweilt. Das ging die ganze Reise so, immer haben wir die Augen verdreht, aber dann – und das passierte fast jedes Mal – kam das Essen und wir nur noch nam, nam, nam. Warst du schon mal in Italien? Die haben dort Pasta, einfach unbegreiflich, das verspreche ich dir. Verboten gut.« Sie hob ihre Eisschale und trank den letzten Rest Espresso. »Ich komme zum Abendessen mit zu dir«, kündigte sie an.

Sie hatten noch nicht über Imogen geredet, also stimmte Jule zu.

Sie kauften Würstchen, Pasta und Tomatensoße. Brooke hatte eine Flasche Wein im Kofferraum ihres Wagens. In der Wohnung schob Jule den Stapel Briefe mit der Adresse nach unten in eine Schublade und versteckte ihr Portemonnaie, während Brooke sich umsah.

»Coole Wohnung.« Brooke berührte die Igelkissen und die Glasgefäße mit den hübschen Murmeln und Strasssteinen. Sie betrachtete die gemusterte Tischdecke, die roten Küchenschränke, die dekorativen Skulpturen und Bücher, die dem Vormieter der Wohnung gehört hatten. Dann machte sie die Küchenschränke auf und füllte einen Topf mit Wasser für die Pasta.

»Du brauchst noch einen Weihnachtsbaum«, sagte Brooke. »Oder warte, bist du Jüdin? Nein, bist du nicht.«

»Ich bin nichts.«

»Jeder ist irgendwas.«

»Nein.«

»Stell dich nicht so an, Jule. Also ich bin mütterlicherseits aus Pennsylvania mit holländischen Wurzeln, von Dads Seite aus irisch-katholisch und kubanisch. Das bedeutet nicht, dass ich Christin bin, aber es bedeutet, dass ich Heiligabend nach Hause fahren muss und so tue, als würde ich der Mitternachtsmesse meine Aufmerksamkeit schenken. Was ist mit dir?«

»Ich feiere nicht.« Jule wünschte, Brooke würde nicht weiter nachhaken. Sie hatte keine Antwort. Sie hatte keine Mythologie, die zu ihrer Heldenherkunftsgeschichte passte.

»Tja, das ist scheiße traurig«, sagte Brooke und öffnete die Weinflasche. »Erzähl mir, wo Immie ist.«

»Wir sind zusammen hergekommen«, sagte Jule. »Aber sie blieb nur eine Woche. Dann erklärte sie mir, dass sie nach Paris wolle, und verabschiedete sich. Später schrieb sie mir eine Nachricht, dass Paris auch nur eine Stadt wie New York sei und sie stattdessen nach Mumbai wolle. Oder nach Kairo.«

»Ich weiß inzwischen, dass sie nicht nach Hause gefahren ist, weil ihre Mom mir noch mal gemailt hat«, sagte Brooke. »Oh, und ich weiß, dass sie Forrest verlassen hat. Sie hat geschrieben, dass er jammert wie ein gestreiftes trauriges Kätzchen und dass sie erleichtert ist, ihn los zu sein, aber sie hat mir nicht die ganze Geschichte verraten. Hat sie mit dir über die Trennung gesprochen?«

Das war genau das Gespräch, das Jule führen wollte, aber sie wusste, dass sie vorsichtig sein musste.

»Ein bisschen. Was hat sie *dir* erzählt?«

»Nachdem ich Vineyard verlassen hatte, hat sie mich einen Tag später angerufen und gesagt, dass alles ihre Schuld sei und dass sie mit dir nach Puerto Rico abhauen will, um mal abzuschalten«, sagte Brooke.

»Wir waren nicht in Puerto Rico«, sagte Jule. »Wir sind hierhergekommen.«

»Ich hasse es, wie geheimnisvoll sie immer tut«, sagte Brooke. »Ich liebe sie, aber sie will immer ungebunden und mysteriös sein. Das ist echt nervig.«

Jule hatte das Gefühl, Imogen verteidigen zu müssen. »Sie versucht nur, ehrlich zu sich selbst zu sein. Das ist ihr wichtiger, als es die ganze Zeit anderen recht zu machen.«

»Also ich hätte nichts dagegen, wenn sie sich mal etwas mehr um andere bemühen würde«, sagte Brooke. »Sie könnte sich echt scheißmehr um andere bemühen.«

Brooke ging zum Fernseher hinüber, als hätte sie ihre endgültige Meinung über Imogen Sokoloff kundgetan. Sie zappte eine Weile herum, bis sie einen alten Bette-Davis-Film fand, der gerade angefangen hatte.

»Lass uns den gucken«, sagte sie. Sie goss sich ein zweites Glas Wein ein und servierte die Pasta.

Sie schauten sich den Film an. Er war schwarz-weiß. Alle trugen hinreißende Kleider und verhielten sich grauenhaft zueinander. Nach einer Stunde klopfte es an der Tür.

Es war Maddie, die Eigentümerin des Apartments. »Ich muss mal das Wasser in deinem Badezimmerwaschbecken an- und wieder ausstellen«, erklärte sie. »Der Klempner ist unten. Ich soll ihm helfen, herauszufinden, warum die Wasserleitung verrücktspielt.«

»Können Sie später wiederkommen?«, fragte Jule.

»Der Mann ist im Moment in meiner Wohnung«, sagte Maddie. »Es dauert nur eine Minute. Du wirst kaum merken, dass ich da bin.«

Jule warf einen kurzen Blick auf Brooke. Sie hatte die Füße auf den Couchtisch gelegt. »Kommen Sie rein.«

»Danke, du bist die Beste.«

Jule folgte Maddie ins Bad, wo sie an den Wasserhähnen herumhantierte.

»Das sollte reichen«, sagte Maddie und ging zurück zur Wohnungstür. »Gleich werde ich sehen, ob mein Waschbecken wieder sicher ist. Hoffentlich muss ich nicht noch mal wiederkommen.«

»Danke«, sagte Jule.

»Nein, ich danke *dir*, Imogen. Sorry, dass ich deinen Abend gestört habe.«

Verdammt.

Verdammt.

Die Tür schloss sich hinter Maddie.

Brooke schaltete den Fernseher aus. Sie hatte ihr Handy in der Hand. »Was hat sie gerade gesagt?«

»Du solltest jetzt gehen«, sagte Jule. »Du hast ganz schön viel getrunken. Ich rufe dir ein Taxi.«

Jule plapperte immer weiter, bis Brooke im Auto saß, aber gleich nachdem das Taxi losgefahren war, summte Immies Handy in Jules Hosentasche.

Brooke Lannon: Immie! Wo bist du?
BL: Jule sagt in Mumbai? Oder Kairo?
BL: Stimmt das?
BL: Vivian ist echt 'ne Hexe. Ich kann die Sache mit ihr und Isaac kaum glauben. Ich meine, ich kann's glauben, aber fuck …
BL: Chip Lupton hat gestern Abend meine Brüste betatscht. Und heute hat er mich versetzt. Also WAS SOLL'S. Ich wünschte, du wärst jetzt hier. Obwohl, es ist so ätzend, du würdest es hassen.
BL: Ach ja, Jule hat der Vermieterin erzählt, dass sie Imogen heißt. ????!!!!

Schließlich schrieb Jule zurück.

IS: Hey. Hier bin ich.
BL: Hi!!!!!
IS: Chip hat deine Brüste angefasst?
BL: Es sind also Brüste nötig, damit du antwortest. Haha.
BL: Tja, Brüste sind auch sehr wichtig.

Jule wartete eine Minute, dann schrieb sie:

IS: Keine Sorge wegen Jule. Sie ist meine älteste Freundin.
IS: Ich hab ihr ein Apartment besorgt, bis sie selbst klarkommt. Sie ist pleite. Hab den Mietvertrag unterschrieben, deshalb denkt die Besitzerin, sie wäre ich.
BL: Nicht überzeugt. Sie ist schon ziemlich schräg. Im Ernst, Jule lässt sich von dieser Frau IMOGEN nennen.
IS: Ist schon okay.
BL: Weiß nicht. Könnte deine Kreditwürdigkeit versauen. Und ich kenne dich, so ein Scheiß ist dir nicht egal. Und es ist gruselig. Hallo? Identitätsdiebstahl? Ist eine Tatsache und kein Mythos.
BL: Also, wo bist du? Mumbai?

Jule antwortete nicht. Nichts, was sie schreiben könnte, würde etwas ändern, wenn Brooke sich in den Kopf gesetzt hatte, Ärger zu machen.

11

ENDE SEPTEMBER 2016
SAN FRANCISCO

Zwölf Wochen vor dem Abendessen mit Brooke flog Jule von Puerto Rico nach San Francisco und checkte im Sir Francis Drake Hotel in Nob Hill ein. Das Hotel war voller rotem Samt, Kronleuchter und Rokokoschnörkel. Die Zimmerdecken waren mit Schnitzereien verziert. Jule benutzte Imogens Kreditkarte und ihren Lichtbildausweis. Der Rezeptionist stellte ihr keine Fragen und nannte sie Ms Sokoloff.

Jule hatte eine Suite im Obergeschoss. Das Zimmer war mit Lederstühlen und einer gold abgesetzten Kommode ausgestattet. Jule fühlte sich gleich besser, als sie das sah.

Sie duschte ausgiebig und wusch sich den Reiseschweiß und die Erinnerungen an Puerto Rico von der Haut. Sie seifte sich zweimal ein und schrubbte sich mit einem Waschlappen sauber. Sie zog einen Pyjama an, den sie noch nie getragen hatte, und schlief so lange, bis der Schmerz, der ihr im Nacken saß, endlich verschwunden war.

Jule verbrachte eine Woche in dem Hotel. Sie fühlte sich wie in einem Ei. Die glänzende, harte Schale des Hotels beschützte sie, wenn sie es brauchte.

Am Ende der Woche entdeckte sie eine Wohnungsanzeige, verschickte ein paar E-Mails und sah sich das Apartment in San Francisco an. Maddie Chung führte sie herum. Die Wohnung war möbliert, aber nicht in der typischen schlichten Art, wie man es bei einem Mietobjekt erwarten würde. Sie war voller ungewöhnlicher Skulpturen und es gab eine hübsche Sammlung verschiedener Glasgefäße mit Knöpfen, Murmeln und Strasssteinen, die auf Regalen standen und das Licht einfingen. Die Küche hatte rote Schränke und einen Holzfußboden. Es gab Glasschalen und schwere gusseiserne Pfannen.

Als sie Jule den Schlüssel überreichte, erzählte Maddie, dass der Vormieter mehr als zehn Jahre hier gewohnt hatte, ein alleinstehender Mann, der ohne irgendwelche Angehörigen gestorben war.

»Es gab niemanden, der über seinen Tod informiert werden konnte. Niemand kam und holte seine Sachen ab«, sagte sie. »Und er hatte so einen hübschen Geschmack und hat alles so gut in Schuss gehalten. Ich dachte, warum vermiete ich das Apartment nicht möbliert? Wie eine Ferienwohnung. Dann können sich andere noch daran erfreuen.« Sie berührte ein Glas mit Murmeln. »Kein Secondhandladen will so was haben.«

»Warum hatte er niemanden?«, fragte Jule.

»Keine Ahnung. Er war in meinem Alter, als er starb. Kehlkopfkrebs. Ich konnte keine nahen Verwandten finden. Kein Geld. Vielleicht hat er seinen Namen geändert oder sich mit seiner Familie zerstritten. So was passiert.« Maddie zuckte mit den Schultern. Sie standen jetzt an der Tür. »Kommt noch ein Möbelwagen vorbei?«, wollte Maddie wissen. »Ich frage nur, weil ich gern zu Hause wäre, wenn die Haustür den ganzen Tag offen steht, aber es dürfte kein Problem sein, das einzurichten.«

Jule schüttelte den Kopf. »Ich habe nur den Koffer.«

Maddie sah sie freundlich an, dann lächelte sie. »Fühl dich wie zu Hause, Imogen. Ich hoffe, du lebst dich hier gut ein.«

Hallo Mom & Dad,

ich habe Martha's Vineyard vor etwas mehr als einer Woche verlassen und reise jetzt herum. Bin noch nicht sicher, wohin. Vielleicht nach Mumbai oder Paris oder Kairo.
Das Leben auf der Insel war erholsam und ein bisschen abgeschieden vom Rest der Welt. Alles lief langsamer ab.
Es tut mir wirklich leid, dass ich mich nicht gemeldet habe. Ich wollte mir erst darüber klar werden, wer ich bin – ohne Schule oder Familie oder alles andere, was mich definiert. Ergibt das einen Sinn?
Ich hatte einen Freund auf Martha's Vineyard. Sein Name ist Forrest. Aber wir haben uns getrennt und ich möchte mehr von der Welt sehen.
Bitte macht euch keine Sorgen um mich. Ich werde sicher reisen und gut auf mich aufpassen.
Ihr wart immer ganz wundervolle Eltern. Ich denke jeden Tag an euch.

Alles Liebe
Imogen

Nachdem sie die W-Lan-Verbindung in der Wohnung in San Francisco eingerichtet hatte, verschickte Jule die E-Mail von Imogens Account.

Sie schrieb auch an Forrest. Sie benutzte Immies Lieblingswörter, ihre Ausdrucksweise, ihre »Irgendwies« und »Vielleichts«.

Hey Forrest,

es fällt mir nicht leicht, diese E-Mail zu schreiben, aber ich muss dir sagen, dass ich nicht zurückkommen werde. Die Miete ist bis Ende September bezahlt, solange du also zum 1. Oktober ausgezogen bist, ist alles gut.
Ich will dich nicht wiedersehen. Ich gehe. Na ja, ha, ich bin schon weg.
Ich verdiene jemanden, der nicht auf mich herabblickt. Gib es zu, das tust du. Weil du ein Mann bist und ich eine Frau. Weil ich kleiner bin als du. Weil ich adoptiert wurde und dir ein Stammbaum wichtig ist, auch wenn du das irgendwie nicht zugeben willst. Du glaubst vielleicht, du bist etwas Besseres, weil ich das College verlassen habe und du nicht. Und du glaubst, einen Roman zu schreiben ist wichtiger, als alles, was ich gern tun würde oder mit meinem Leben anstellen möchte.
Die Wahrheit ist, Forrest, dass ich die Stärkere bin. Ich hatte das Haus. Und das Auto. Ich habe die Rechnungen bezahlt. Ich bin erwachsen, Forrest. Du bist nichts weiter als ein privilegierter, abhängiger kleiner Junge.
Wie auch immer, ich gehe. Und ich dachte, du solltest wissen, warum.

Imogen

Forrest schrieb zurück. Er war traurig und es tat ihm leid. Er war wütend. Er flehte.

Jule antwortete nicht. Stattdessen schickte sie Brooke zwei kleine Katzenvideos mit einer kurzen Nachricht.

IS: Hab mich von Forrest getrennt. Wahrscheinlich fühlt er sich wie dieses gestreifte traurige Kätzchen.
IS: Ich fühle mich wie das flauschige orangefarbene Kätzchen. (So erleichtert.)

Brooke schrieb zurück.

BL: Hast du was von Vivian gehört?
BL: Oder sonst wem vom Vassar?
BL: Immie?
BL: Weil ich von Caitlin (Caitlin Moon, nicht Caitlin Clark) gehört habe, dass
BL: Vivian jetzt mit Isaac zusammen ist.
BL: Aber ich glaube nichts, was von Caitlin Moon kommt.
BL: Also vielleicht stimmt es gar nicht.
BL: Ich habe nur ein bisschen abgekotzt.
BL: Ich hoffe, du bist nicht sauer.
BL: Ich bin sauer für dich.
BL: Aber bye, bye, Forrest. Du findest einen viel Besseren, Immie.
BL: OMG La Jolla ist so langweilig la la la warum antwortest du nicht? Schreib zurück, du Hexe.

Später an diesem Tag kam eine E-Mail von Vivian, in der sie erklärte, dass sie sich in Isaac Tupperman verliebt habe und hoffe, Imogen würde sie verstehen, weil sich das Herz nicht kontrollieren lasse.

In den darauffolgenden Tagen begann Jule damit, hauptsächlich so zu leben, wie es Immie ihrer Meinung nach tun würde. Eines Morgens klopfte sie mit einem Milchkaffee aus dem Café an der Ecke an Maddie Chungs Tür.

Maddies Miene erhellte sich. Jule wurde hereingebeten und lernte Maddies Ehefrau kennen, mit silbernem Haar und schick gekleidet, denn sie war gerade auf dem Weg »in ihr Unternehmen«, wie Maddie sagte. Jule fragte, ob sie die Buchhandlung sehen könne, und die Vermieterin fuhr sie in einem Volvo hin.

Maddies Laden war klein und chaotisch, aber gemütlich. Sie verkaufte eine Mischung aus gebrauchten und neuen Büchern. Jule kaufte zwei viktorianische Romane, war jedoch nicht sicher, ob Immie diese Schriftsteller je gelesen hatte: Gaskell und Hardy. Maddie empfahl ihr *Herz der Finsternis* und *Dr. Jekyll und Mr. Hyde* sowie ein Buch von einem gewissen Goffman mit dem Titel *Wir alle spielen Theater. Die Selbstdarstellung im Alltag.* Jule kaufte diese Bücher ebenfalls.

An anderen Tagen besuchte Jule Ausstellungen, die Maddie ihr vorschlug. Sie verlangsamte ihre Schritte, dachte an Imogen und ließ ihrer Fantasie freien Lauf.

Immie hätte keinem der Museen besondere Aufmerksamkeit geschenkt. Sie hätte nicht versucht, sich mit Kunstgeschichte auseinanderzusetzen und sich die Fakten einzuprägen.

Nein, Immie wäre träge umherspaziert und hätte sich von der

jeweiligen Umgebung in ihrer Stimmung beeinflussen lassen. Sie wäre stehen geblieben, um das Schöne zu bewundern, hätte ohne Mühe existiert.

So viel von Immie war jetzt in Jule. Das war ein Trost.

10

DRITTE SEPTEMBERWOCHE 2016
DIE INSEL CULEBRA, PUERTO RICO

Eine Woche bevor sie nach San Francisco flog, betrank Jule sich auf der Insel Culebra. Sie war vorher noch nie betrunken gewesen.

Culebra gehörte zu einer Inselgruppe vor der Küste Puerto Ricos. Auf der Hauptinsel liefen wilde Pferde über die Straßen. Teure Hotels säumten die Strände, aber die Innenstadt war nicht allzu sehr auf Tourismus ausgerichtet. Die Gegend war für das Schnorcheln bekannt und eine kleine amerikanische Auswanderergemeinschaft lebte hier.

Es war zehn Uhr abends. Jule kannte die Bar. Sie war auf einer Seite offen und ließ die Nachtluft herein. Schmutzige weiße Ventilatoren surrten in den Ecken. Drinnen tummelten sich Amerikaner, einige von ihnen waren Touristen, aber die meisten waren ausgewanderte Stammgäste. Der Barkeeper fragte Jule nicht nach ihrem Ausweis. Auf Culebra wollte fast nie jemand einen Ausweis sehen.

Heute Abend hatte Jule Kahlúa Sahne bestellt. Ein Mann, den

sie schon einmal getroffen hatte, gab sich ein paar Plätze weiter an der Bar die Kante. Ein bärtiger Weißer, etwa Mitte fünfzig. Er trug ein Hawaiihemd und hatte einen Sonnenbrand auf der Stirn. Er sprach mit einem Westküstenakzent – Portland, hatte er Jule bei ihrer ersten Begegnung erzählt. Sie kannte seinen Namen nicht. Eine Frau im selben Alter war bei ihm. Sie hatte wilde graue Locken. Ihr rosa T-Shirt war tief ausgeschnitten, was ein wenig seltsam aussah zu dem bedruckten Rock und den Sandalen, die sie an ihrer unteren Hälfte trug. Sie aß Brezeln aus einer Schale auf dem Bartresen.

Jules Cocktail wurde gebracht. Sie trank ihn aus und bestellte noch einen. Das Paar stritt sich.

»Diese Hure mit dem Herz aus Gold, die hat mich am meisten gestört«, sagte die Frau mit einem Südstaatenakzent. Vielleicht Tennessee, vielleicht Alabama. Vertraut.

»Es war nur ein Film«, antwortete der Mann.

»Die perfekte Freundin ist eine Hure, die du umsonst haben kannst. Widerlich.«

»Ich wusste nicht, dass es sich darum drehen würde«, sagte der Mann. »Ich wusste ja nicht mal, dass es dich gestört hat, bis wir hergekommen sind. Manuel hat gesagt, der Film ist gut. Wir haben ihn gesehen, keine große Sache.«

»Der Film macht die Hälfte der Bevölkerung schlecht, Kenny.«

»Ich habe dich nicht gezwungen, mitzugucken. Abgesehen davon macht er toleranter gegenüber Hurerei.« Kenny gluckste. »Ich meine, wir sollten nicht schlecht von ihr denken, nur wegen ihres Jobs.«

»Sie sollten Sexarbeit sagen«, mischte sich der Barkeeper ein und zwinkerte ihnen zu. »Nicht Hurerei.«

Jule trank ihren Cocktail aus und bestellte einen dritten.

»Es ging nur um Explosionen und einen Typ in einem roten Anzug«, sagte Kenny. »Du hängst zu viel mit diesen Buchclubleuten rum. Du bist immer so empfindlich, wenn du mit denen zusammen warst.«

»Ach, du kannst mich mal«, sagte die Frau, aber es klang nett gemeint. »Du bist doch nur neidisch auf meine Buchclubfreunde.«

Kenny merkte, dass Jule sie beobachtete. »Hallo«, sagte er und hob sein Bier.

Die drei Kahlúas überspülten Jule wie eine klebrige Welle. Sie lächelte der Frau zu. »Das ist Ihre Frau«, sagte sie mit schwerer Zunge.

»Ich bin seine Freundin«, erwiderte die Frau.

Jule nickte.

Der Abend begann zu kippen. Kenny und seine Freundin redeten mit ihr. Jule lachte. Sie rieten ihr, etwas zu essen.

Jule konnte ihren Mund nicht finden. Die Pommes waren zu salzig.

Kenny und seine Freundin sprachen immer noch über Filme. Die Frau hasste den Kerl im roten Anzug.

Wer war dieser Typ? Hatte er einen Waschbären? Er war mit einem Baum befreundet. Nein, mit einem Einhorn. Der Kerl aus Stein war immer traurig. Er steckte in seinem versteinerten Körper fest, sodass ihn niemand liebte. Dann gab es einen, der nicht darüber sprach, wer er war. Er war alt, aber gut gebaut, mit einem Metallskelett. Warte, warte. Es gab auch einen blauen Typ. Und eine nackte Frau. Zwei blaue Leute. Plötzlich lag Jule auf dem Boden der Bar.

Sie wusste nicht, wie sie dorthin gekommen war. Ihre Hände taten weh. Etwas stimmte nicht mit ihren Händen. Ihr Mund fühlte sich eigenartig und süß an. Zu viel Kahlúa.

»Wohnst du im Del Mar, der Hotelanlage die Straße rauf?«, fragte Kennys Freundin.

Jule nickte.

»Wir sollten sie zurückbringen, Kenny«, sagte die Frau. Sie hockte neben Jule am Boden. »Die Straße ist nicht beleuchtet. Sie könnte vor ein Auto laufen.«

Dann waren sie draußen. Kenny war nicht bei ihnen. Die Frau hielt Jule am Arm. Sie führte Jule die dunkle Straße entlang auf die Lichter des Del Mar zu.

»Ich muss Ihnen eine Geschichte erzählen«, sagte Jule laut. Sie musste irgendwas zu Kennys Freundin sagen.

»Wirklich? Jetzt?«, erwiderte die Frau. »Pass auf deine Füße auf. Es ist dunkel.«

»Es ist eine Geschichte über ein Mädchen«, sagte Jule. »Nein, eine Geschichte über einen Jungen. Schon lange her. Dieser Junge, er hat ein Mädchen, das er kannte, gegen eine Mauer gedrückt. Ein anderes Mädchen, nicht mich.«

»Aha.«

Jule wusste, dass sie es nicht auf die Weise erzählte, auf die es erzählt werden sollte, aber zumindest erzählte sie es. Jetzt würde sie nicht mehr damit aufhören. »Er machte an diesem Abend etwas Hässliches mit diesem Mädchen in der Gasse hinter dem Supermarkt. Alles klar? Sie wissen, was ich meine?«

»Ich glaube schon.«

»Dieses Mädchen kannte ihn aus der Gegend und ging mit ihm, als er sie fragte, denn er hatte ein hübsches Gesicht. Dieses dumme Mädchen wusste nicht, wie es richtig Nein sagen sollte. Nicht mit ihren Fäusten. Vielleicht spielte es auch keine Rolle, was sie sagte, denn er hörte nicht zu. Der Punkt ist, dass dieses Mädchen keine Muskeln hatte. Keine besonderen Fähigkeiten. Sie hatte nur eine Plastiktüte mit Milch und Donuts dabei.«

»Bist du aus dem Süden, Süße?«, fragte Kennys Freundin. »Das ist mir vorher gar nicht aufgefallen. Ich komme aus Tennessee. Und du?«

»Sie erzählte keinem Erwachsenen, was passiert war, aber sie vertraute es ein paar Freundinnen auf dem Mädchenklo an. So habe ich davon erfahren.«

»Aha.«

»Dieser Junge, derselbe Junge, ging eines Abends nach einem Kinobesuch nach Hause. Zwei Jahre später. Ich war sechzehn. Und ich bin in Form. Wussten Sie das über mich? Ich bin in Topform. Also eines Abends war ich im Kino und sah ihn. Ich sah den Jungen, als ich auf dem Heimweg war. Ich hätte nicht allein auf der Straße sein sollen, würden die meisten sagen. Aber ich war es. Dieser Junge hätte auch nicht allein sein sollen.«

Diese Vorstellung schien plötzlich ziemlich lustig zu sein. Jule hatte das Gefühl, stehen bleiben zu müssen, damit sie lachen konnte. Sie hielt an und wartete auf das Lachen. Aber es kam nicht.

»Ich hatte ein blaues Slush-Eis in der Hand«, fuhr sie fort. »So einen großen Becher, den man im Kino kaufen kann. Ich trug Riemchen-High-Heels. Es war Sommer. Mögen sie hübsche Schuhe?«

»Ich habe Ballenfüße«, sagte die Frau. »Komm, lass uns weitergehen.«

Jule ging weiter. »Ich habe meine Schuhe ausgezogen. Und ich habe den Namen des Jungen gerufen. Ich habe ihm erzählt, dass ich ein Taxi bräuchte, da vorn an der Ecke in der Dunkelheit. Ich habe ihm gesagt, dass mein Handy alle ist, und ihn gefragt, ob er mir helfen könne. Er dachte, ich bin harmlos. Ich hatte einen Schuh in der einen und den Becher in der anderen Hand. Der zweite Schuh lag auf dem Boden. Er kam zu mir rüber. Ich schüttete ihm das Slush-Eis ins Gesicht und holte mit dem Absatz aus. Ich traf ihn an der Schläfe.«

Jule wartete, dass die Frau etwas sagte. Aber sie schwieg. Sie hielt Jule immer noch am Arm.

»Er wollte mich an der Hüfte packen, aber ich hob mein Knie und erwischte ihn am Kiefer. Dann holte ich noch mal mit dem Schuh aus. Ich knallte ihn mitten auf seinen Kopf. Die weiche Stelle.« Es war ihr wichtig, genau zu erklären, wo der Absatz ihn getroffen hatte. »Ich schlug ihn mit dem Schuh, immer und immer wieder.«

Jule blieb erneut stehen und zwang die Frau, ihr ins Gesicht zu sehen. Es war sehr dunkel. Sie konnte die freundlichen Falten an den Augen der Frau sehen, aber nicht die Augen selbst.

»Er blieb mit offenem Mund liegen«, sagte Jule. »Blut kam aus seiner Nase. Er sah tot aus, Ma'am. Er stand nicht auf. Ich sah die Straße hinunter. Es war spät. Nicht ein Verandalicht war an. Ich wusste nicht genau, ob er tot war. Ich hob den Slushbecher auf und meine Schuhe und ging nach Hause. Ich stopfte alles, was ich angehabt hatte, in eine Einkaufstüte. Am nächsten Morgen tat ich so, als würde ich zur Schule gehen.«

Jule ließ die Arme hängen. Sie fühlte sich plötzlich müde und schwindelig und leer.

»War er tot?«, fragte Kennys Freundin.

»Er war nicht tot. Ma'am«, sagte Jule langsam. »Ich habe im Internet nach seinem Namen gesucht. Ich habe jeden Tag gesucht, aber er tauchte nicht auf, außer in einer Lokalzeitung neben einem Foto. Er hatte einen Gedichtwettbewerb gewonnen.«

»Im Ernst?«

»Er hat den Vorfall nie angezeigt. Das war der Abend, an dem ich erfahren habe, wer ich bin«, erklärte Jule Kennys Freundin. »Ich habe erfahren, wozu ich fähig bin. Verstehen Sie das, Ma'am?«

»Ich bin froh, dass er nicht gestorben ist, Süße. Ich glaube, du bist Alkohol nicht gewöhnt.«

»Ich trinke nie Alkohol.«

»Hör zu. Vor Jahren ist mir so etwas auch passiert«, sagte die Frau. »Wie diesem Mädchen, von dem du gesprochen hast. Ich rede nicht gern darüber, aber es ist wahr. Ich habe es hinter mir gelassen und jetzt geht es mir gut, hörst du?«

»Ja, okay.«

»Ich dachte, das solltest du wissen.«

Jule sah die Frau an. Sie war schön, Kenny konnte sich glücklich schätzen. »Kennen Sie Kennys richtigen Namen?«, fragte Jule. »Wie heißt Kenny wirklich?«

»Ich bringe dich jetzt in dein Zimmer«, sagte die Frau. »Ich möchte sichergehen, dass du auch gut dort ankommst.«

»Das war, als ich den Helden in mir spürte«, sagte Jule.

Danach war sie in ihrem Zimmer und die Welt wurde schwarz.

Jule wachte am nächsten Morgen mit Blasen auf. An beiden Handflächen hatte sie eitrige Beulen, direkt unterhalb der Finger.

Sie lag im Bett und betrachtete sie. Sie griff nach dem Jade-Ring auf dem Nachttisch. Er würde nicht passen. Ihre Finger waren zu geschwollen.

Sie drückte jede Blase auf und ließ die Flüssigkeit in die weiche weiße Bettwäsche sickern. So konnte die Haut schneller heilen.

Das ist kein Film über ein Mädchen, das sich von seinem besessenen Freund trennt, dachte sie. Das ist auch kein Film über ein Mädchen, das sich von seiner kontrollsüchtigen Mutter losreißt. Es geht nicht um einen großen weißen hetero Helden, der eine Frau liebt, die er retten muss, oder der sich mit einer weniger starken Frau in einem hautengen Anzug zusammentut.

Ich stehe jetzt im Mittelpunkt der Geschichte, sagte Jule zu sich selbst. Ich muss nicht sehr wenig wiegen, sehr wenig Stoff tragen und tolle Zähne haben.

Ich bin der Mittelpunkt.

Sowie sie sich aufgesetzt hatte, begann das Würgen. Jule stürzte ins Bad, drückte ihre blasenübersäten Handflächen auf den kühlen Badezimmerboden und würgte nichts in die Toilette. Nichts und wieder nichts. Das Würgen hielt eine gefühlte Stunde an, ihre Kehle zog sich immer wieder zusammen. Sie drückte einen Waschlappen in ihr Gesicht. Hinterher war er feucht. Sie legte die Arme um sich, zitterte und würgte weiter.

Schließlich beruhigte sich ihre Atmung.

Jule stand auf. Sie machte Kaffee und trank ihn. Dann öffnete sie Immies Rucksack.

Da war Immies Geldbörse. Sie hatte unzählige kleine Fächer und einen silbernen Verschluss. Darin steckten Kreditkarten, ein Bibliotheksausweis von Martha's Vineyard, ein Vassar-Studentenausweis, eine Vassar-Mensakarte, eine Starbuckskarte, eine Krankenversicherungskarte und die Schlüsselkarte zu Immies Hotelzimmer. Sechshundertzwölf Dollar in bar.

Jule öffnete Immies Paket, das gestern geliefert worden war. Darin waren Klamotten von einem Onlinehändler. Vier Kleider, zwei T-Shirts, eine Jeans, ein Seidenpullover. Jedes Teil war so teuer, dass Jule unwillkürlich eine Hand vor den Mund schlug, als sie einen Blick auf den Lieferschein warf.

Immies Zimmer war nebenan. Jule hatte jetzt die Schlüsselkarte. Das Zimmer war sauber. Im Bad stand eine schmuddelige Kosmetiktasche. Darin fand Jule Immies Pass sowie eine überraschend große Anzahl Tuben und Puderdosen, alles durcheinander. Am Handtuchhaken hing ein hässlicher beigefarbener BH. Da lag ein Rasierer mit ein paar verirrten Härchen zwischen den Klingen.

Jule nahm Immies Pass und sah sich das Foto neben ihrem eigenen Gesicht im Spiegel an. Der Größenunterschied betrug nur zwei Zentimeter. Als Augenfarbe war Grün eingetragen. Immies Haare waren heller. Jules Gewicht war deutlich höher, aber das meiste davon waren Muskeln, die unter bestimmten Sachen nicht zu sehen waren.

Sie zog die Vassar-Ausweise aus Immies Geldbörse und sah sie sich ebenfalls genauer an. Das Foto auf der Mensakarte zeigte

Immies langen Hals und ihr dreimal gepierctes Ohr. Der Studentenausweis war kleiner und verschwommener. Das Ohr war darauf nicht zu sehen. Den konnte Jule problemlos benutzen.

Sie zerschnitt die Mensakarte mit einer Nagelschere in kleine Stückchen und spülte sie in der Toilette runter.

Dann zupfte sie ihre Augenbrauen – ganz schmal wie Immies. Sie kürzte ihren Pony mit einer Nagelschere. Sie fand Immies Sammlung aus verschieden geformten Vintage-Ringen: den Amethyst-Fuchs, die Silhouette, die aus Holz geschnitzte Ente, eine Hummel mit einem Saphir, einen silbernen Elefanten, einen silbernen, springenden Hasen und einen grünen Jade-Frosch. Sie würden nicht an ihre geschwollenen Hände passen.

Die nächsten paar Tage verbrachte sie damit, Immies Computerdateien durchzugehen. Jule benutzte beide Zimmer. Sie waren klimatisiert. Ab und zu öffnete sie eine Terrassentür, um sich von der schwülen Hitze überströmen zu lassen. Sie ließ sich Schokoladenpancakes und Mangosaft vom Zimmerservice bringen.

Immies Bank- und Anlagekonten hatten eine Gesamtsumme von acht Millionen Dollar. Jule prägte sich Nummern und Passwörter ein. Auch Telefonnummern und E-Mail-Adressen.

Sie übte Immies geschwungene Unterschrift wie auf dem Pass und lernte die Klappentexte von Immies Büchern auswendig. Sie ahmte Immies Handschrift aus einem Notizbuch nach, das voller Gekritzel und Einkaufslisten war. Nachdem sie sich eine elektronische Signatur zugelegt hatte, suchte sie die Kontaktdaten von Immies Familienanwalt. Sie erklärte ihm, dass sie (Immie) im nächsten Jahr viel reisen wolle, überall auf der Welt, und dass sie vorhabe, ein Testament aufzusetzen. Das Geld wolle sie einer Freundin hinterlassen, die nicht viel besaß, einer Freundin, die eine Waise war und ihr Collegestipendium verloren hatte: Julietta West Williams. Sie wolle außerdem einen Teil des Geldes der North Shore Animal League und der National Kidney Foundation spenden.

Der Anwalt würde zwei Tage brauchen, aber er versprach ihr, alles in die Wege zu leiten. Kein Problem. Imogen Sokoloff war volljährig.

Sie sah sich Immies Schreibstil in E-Mails und auf Instagram an: Wie sie sich ausdrückte, wann sie Absätze machte, wie sie sich verabschiedete. Sie sperrte alle Social-Media-Accounts. Sie waren sowieso inaktiv. Sie nahm so viele Fotomarkierungen von Immie wie möglich zurück. Sie sorgte dafür, dass alle Zahlungen mit Immies Kreditkarten automatisch von Immies Bankkonten beglichen wurden. Sie stellte Passwörter zurück, indem sie sich neue an Immies E-Mail-Adresse schicken ließ.

Sie las die Meldungen in der Lokalzeitung von Culebra, aber da stand nichts.

Jule kaufte Haarfarbe in einem Supermarkt und trug sie mit einer Zahnbürste sorgfältig strähnchenweise auf. Sie übte zu lächeln, ohne ihre Zähne zu zeigen. Sie hatte starke Schmerzen an einer Seite ihres Halses, die nicht weggehen wollten.

Schließlich schickte ihr der Anwalt die Vorlage für das Testament per E-Mail. Jule druckte es im Geschäftsbüro des Hotels aus. Sie steckte die Papiere in ihren Koffer und entschied, dass sie lange genug gewartet hatte. Sie kaufte auf Imogens Namen ein Ticket nach San Francisco und checkte für sie beide im Hotel aus.

9

DRITTE SEPTEMBERWOCHE 2016
CULEBRA

Anderthalb Wochen bevor sie sich auf den Weg nach San Francisco machte, saß Jule neben Imogen auf dem Rücksitz eines Jeep-Taxis, das über die Straße vom Culebra-Flughafen polterte. Immie hatte den Ort ausgesucht.

»Ich war mal mit der Familie meiner Freundin Bitsy Chan hier, als wir zwölf waren«, sagte sie und deutete mit einer ausladenden Bewegung über die Insel. »Bitsy hatte nach einem Fahrradunfall den Kiefer voller Draht. Ich erinnere mich noch daran, dass sie den ganzen Tag nur alkoholfreie Daiquiris getrunken hat. Nichts gegessen. Eines Morgens sind wir mit einem Boot zu dieser winzigen Insel namens Culebrita gefahren. Dort gibt es schwarzes Vulkangestein, das ich noch nirgendwo gesehen habe. Und wir waren schnorcheln, aber Bitsys Kiefer hat ihr dabei Probleme gemacht, deshalb war sie ziemlich mies drauf.«

»Ich hatte auch mal einen verdrahteten Kiefer«, sagte Jule. Das stimmte, aber sobald sie es ausgesprochen hatte, wünschte sie, sie hätte es nicht getan. Es war keine besonders witzige Geschichte.

»Was ist passiert? Bist du vom Motorrad eines deiner Stanford-Macker gefallen? Oder hat dich dieser üble Trainer von deiner Leichtathletikmannschaft angefallen?«

»Es war eine Schlägerei in der Umkleide«, log Jule.

»Noch eine?« Immie sah ein bisschen enttäuscht aus.

»Na ja, wir waren nackt«, sagte Jule, um sie aufzuheitern.

»Echt jetzt?«

»Nach dem Leichtathletiktraining, letztes Schuljahr an der Highschool. Splitternackte Schlägerei in den Duschen, drei gegen eine.«

»Wie in einem Gefängnis-Porno.«

»Nur nicht gerade sexy. Sie haben mir den verdammten Kiefer gebrochen.«

»Pferde«, sagte der Taxifahrer und zeigte nach vorn. Und tatsächlich: Drei Wildpferde mit süßem zottigen Fell standen mitten auf der Straße. Der Fahrer hupte.

»Hupen Sie sie nicht an!«, sagte Imogen.

»Die haben keine Angst«, erwiderte der Fahrer. »Schauen Sie.« Er hupte noch einmal und die Pferde trotten, nur leicht genervt, langsam aus dem Weg.

»Du magst Tiere lieber als Menschen«, sagte Jule.

»Menschen sind Arschlöcher, wie die Geschichte absolut beweist, die du gerade erzählt hast.« Imogen holte eine Packung Taschentücher aus ihrer Tasche und wischte sich mit einem Tuch die Stirn ab. »Wann hast du jemals ein Pferd gesehen, das ein Arschloch ist? Oder eine Kuh? Das sind sie nie.«

»Schlangen sind Arschlöcher«, meldete sich der Fahrer zu Wort.

»Sind sie nicht«, widersprach Immie. »Schlangen versuchen, über die Runden zu kommen, genau wie jeder andere auch.«

»Nicht die, die beißen«, sagte er. »Die sind bösartig.«

»Schlangen beißen, wenn sie Angst haben.« Immie beugte sich zu ihm nach vorn. »Sie beißen, um sich zu schützen.«

»Oder wenn sie fressen müssen«, sagte der Fahrer. »Wahrscheinlich beißen sie jeden Tag einmal zu. Ich hasse Schlangen.«

»Es ist viel angenehmer für eine Maus, durch den Biss einer Klapperschlange getötet zu werden, als wenn eine Katze sie fängt. Katzen spielen mit ihrer Beute«, sagte Immie. »Sie schleudern sie herum, lassen sie entkommen und fangen sie wieder ein.«

»Dann sind Katzen Arschlöcher«, sagte der Fahrer.

Jule lachte.

Sie hielten vor einem Hotel. Immie bezahlte den Taxifahrer mit amerikanischen Dollar. »Ich stehe zu den Schlangen«, sagte sie. »Ich mag sie. Danke für die Fahrt.«

Der Fahrer holte ihr Gepäck aus dem Kofferraum und fuhr davon.

»Du würdest sie nicht mehr mögen, wenn du einer Schlange begegnest«, sagte Jule.

»Doch, würde ich. Ich würde die Schlange lieben und sie zum Haustier machen. Ich würde sie mir wie Schmuck um den Hals hängen.«

»Eine Giftschlange?«

»Klar. Ich bin mit dir hier oder etwa nicht?« Imogen legte den Arm um Jule. »Ich werde dich mit leckeren Mäusen und anderen Schlangenhäppchen füttern und ich werde dich an meiner Schulter ausruhen lassen. Und hin und wieder, wenn es absolut nötig ist, darfst du meine Feinde zerquetschen, wenn du nackt bist, ’kay?«

»Schlangen sind immer nackt«, sagte Jule.

»Du bist eine besondere Schlange. Die meiste Zeit wirst du Kleidung tragen.«

Immie ging voran in die Hotellobby und zog ihre beiden Koffer hinter sich her.

Das Hotel war auf eine touristische Art glamourös und sehr türkis. Überall gab es Pflanzen und leuchtende Blüten. Jules und Imogens Zimmer lagen nebeneinander. Es gab zwei verschiedene Pools. Der Strand erstreckte sich in einem langen weißen Bogen vor dem Hotel und hatte am äußersten Ende eine Bootsanlegestelle. Auf der Speisekarte standen Fischgerichte und tropische Früchte.

Nachdem sie ausgepackt hatten, trafen sie sich zum Abendessen. Immie wirkte erfrischt und dankbar für die herrlichen Speisen. Sie zeigte keine Spur von Kummer oder Schuld. Existierte einfach.

Später liefen sie die Straße zu einem Lokal hinunter, das im Internet als Auswanderer-Bar beschrieben wurde. Der Tresen ging ringsherum, die Barkeeper standen in der Mitte. Sie setzten sich auf die Weidenhocker. Immie bestellte Kahlúa Sahne, während Jule sich eine Cola light mit Vanillesirup bringen ließ. Die Leute waren gesprächig. Imogen unterhielt sich mit einem älteren weißen Kerl in einem Hawaiihemd. Er erzählte ihnen, dass er schon seit zweiundzwanzig Jahren auf Culebra wohne.

»Ich hatte ein kleines Marihuana-Geschäft laufen«, sagte er. »Hab die Pflanzen in meinem Wandschrank angebaut und dann verkauft. Das war in Portland. Man würde nicht glauben, dass das irgendwen interessiert hätte. Aber die Cops haben mich verhaftet, und als ich auf Kaution draußen war, nahm ich einen Flug nach Miami. Von dort ging's mit einem Boot rüber nach Puerto

Rico und dann mit der Fähre hierher.« Er gab dem Barkeeper ein Zeichen für noch ein Bier.

»Sie sind auf der Flucht?«, fragte Immie.

Er schnaubte. »Sieh es mal so: Ich bin nicht der Meinung, dass ich etwas Kriminelles getan habe, also verdiene ich auch keine Konsequenzen, die mir in die Quere kommen. Ich bin umgesiedelt. Ich renne nicht weg. Jeder hier kennt mich. Nur nicht den Namen in meinem Pass, das ist alles.«

»Und wie heißen Sie?«, fragte Jule.

»Das werde ich dir bestimmt nicht verraten.« Er lachte. »Genau wie ich es sonst niemandem verrate. Keiner hier stört sich an solchen Dingen.«

»Womit verdienen Sie Ihren Lebensunterhalt?«, fragte Jule.

»Es gibt eine Menge Amerikaner und reiche Puerto Ricaner, die Ferienhäuser auf der Insel besitzen. Ich kümmere mich um ihre Gebäude. Sie bezahlen bar. Ein bisschen Sicherheitsdienst, für Reparaturen sorgen, so was in der Art.«

»Was ist mit Ihrer Familie?«, fragte Immie.

»Hab nicht viel. Bin hier mit jemandem zusammen. Mein Bruder weiß, wo ich bin. Er hat mich ein paarmal besucht.«

Imogen runzelte die Stirn. »Wollen Sie jemals zurück?«

Der Mann schüttelte den Kopf. »Ich denke nie darüber nach. Wenn man lange genug weg ist, bleibt nicht mehr viel, für das es sich lohnt zurückzukehren.«

Die nächsten drei Tage verbrachten sie an dem riesigen geschwungenen Pool, umgeben von Sonnenschirmen und türkisfarbenen Liegestühlen. Jule hing um Immies Hals. Sie lasen. Imogen sah sich YouTube-Videos über Kochtechniken an. Jule trainierte im Fitnessbereich. Imogen hatte Wellnessbehandlungen. Sie schwammen und gingen am Strand spazieren.

Imogen trank eine Menge. Die Kellner brachten ihr Margaritas an den Pool. Aber sie wirkte nicht traurig. Das magische Gefühl ihrer anfänglichen Flucht von Martha's Vineyard zog sich wie ein roter Faden durch ihre Tage. Soweit Jule sagen konnte, hatten sie triumphiert. Das war das Leben, das Imogen für sich selbst als wünschenswert erachtete, frei von Ambitionen und Erwartungen, niemand, den man zufriedenstellen musste oder enttäuschen konnte. Die beiden lebten einfach, die Tage vergingen langsam und schmeckten nach Kokosnuss.

Am vierten Abend saßen Jule und Immie noch spät am Whirlpool, mit den Füßen im Wasser, wie sie es an so vielen Abenden auch auf Vineyard gemacht hatten.

»Vielleicht sollte ich zurück nach New York«, sagte Immie gedankenverloren. »Ich sollte meine Eltern wiedersehen.«

Sie hatten vor einer Weile zu Abend gegessen. Immie hielt eine Margarita in einem Plastikbecher mit Deckel und Strohhalm in der Hand.

»Nein, geh nicht«, sagte Jule. »Bleib mit mir hier.«

»Weißt du noch, der Typ an der Bar neulich? Er sagte, je länger man weg ist, desto weniger bleibt, für das es sich lohnt zurückzukehren.« Imogen stand auf und zog ihr Shirt und ihre Shorts aus. Sie trug einen metallisch glänzenden Badeanzug mit einem goldenen Reifen unter der Brust und einem tiefen Ausschnitt. Langsam tauchte sie in den Whirlpool ein. »Ich will nicht, dass es sich irgendwann nicht mehr lohnt. Mit Mom und Dad. Aber ich hasse es auch, dort zu sein. Sie machen mich einfach … sie machen mich so traurig. Als ich das letzte Mal zu Hause war, habe ich dir davon erzählt? Von den Winterferien?«

»Nein.«

»Ich bin raus aus dem College und war so froh, endlich wegzukommen. Ich war in Politikwissenschaften durchgefallen. Brooke und Vivian zickten sich die ganze Zeit an. Isaac hatte mit mir Schluss gemacht. Und als ich nach Hause kam, war mein Dad viel kränker, als ich erwartet hatte. Meine Mom weinte die ganze Zeit. Meine dämliche Schwangerschaftsangst und mein Freundinnendrama und meine Liebesprobleme und meine schlechten Noten – das alles schien plötzlich viel zu bedeutungslos, um es überhaupt zu erwähnen. Mein Dad war in sich zusammengeschrumpft, atmete mithilfe einer Sauerstoffflasche. Der Küchentisch war übersät mit Pillendosen. Einmal hat er meinen Arm umklammert und geflüstert: ›Bring deinem alten Herrn eine Babka.‹«

»Was ist eine Babka?«

»Du hast noch nie Babka gegessen? Das ist so was wie eine übergroße Zimtschnecke.«

»Hast du ihm eine gebracht?«

»Ich bin los und habe sechs Babkas gekauft. Ich habe ihm jeden Tag eine gegeben, bis die Winterferien zu Ende waren. So konnte ich wenigstens etwas für ihn tun, wenn es sonst schon nichts gab, was man wirklich tun konnte … An dem Morgen, an dem ich zurückmusste und meine Mom mich zum Vassar fuhr, wurde ich mit einem Mal von einer schrecklichen Angst gepackt. Ich wollte Vivian nicht sehen. Oder Brooke. Oder Isaac. Das College kam mir so sinnlos vor, als würde ich dort nur lernen, die Tochter zu werden, die meine Mutter sich wünschte. Oder das Mädchen, das Isaac sich wünschte. Es ging überhaupt nicht darum, was *ich* werden wollte. Sowie sie wieder losgefahren war, rief ich mir ein Taxi und bin nach Vineyard abgehauen.«

»Warum?«

»Ich brauchte einen Zufluchtsort. Wir hatten dort Urlaub gemacht, als ich noch klein war. Nach den ersten paar Tagen lud ich mein Handy nicht wieder auf. Ich wollte mit niemanden sprechen. Ich weiß, das klingt bestimmt egoistisch, aber ich musste etwas Radikales tun. Weil mein Dad so krank war, hatte ich mit niemandem über meine Probleme geredet. Die einzige Möglichkeit, zu mir selbst zu finden, war der Versuch, ein Leben ganz weit weg von alldem zu führen. Ohne all diese Menschen, die immer irgendwas von mir wollten, die enttäuscht von mir waren. Und dann bin ich einfach geblieben. Ich hatte einen Monat lang in einem Hotel gewohnt, als mir klar wurde, dass ich nicht zurückgehen würde. Ich schrieb meinen Eltern eine E-Mail, dass es mir gut geht, und mietete ein Haus.«

»Wie haben sie reagiert?«

»Es kamen zigtausende E-Mails und Nachrichten. ›Bitte komm nach Hause, nur für ein paar Tage. Wir bezahlen den Flug.‹ Oder ›Dein Vater möchte wissen, warum du ihn nicht zurückrufst.‹ So was in der Art. Durch die Dialyse meines Dads konnten sie nicht nach Vineyard kommen, aber sie bedrängten mich.« Immie seufzte. »Ich habe ihre Nachrichten blockiert. Ich habe aufgehört, an sie zu denken. Es war wie Magie, dass ich diese Gedanken einfach abstellen konnte. Das hat mich irgendwie gerettet. Vielleicht bin ich ein schlechter Mensch, aber es war so schön, sich nicht mehr schuldig zu fühlen, Jule.«

»Ich halte dich nicht für einen schlechten Menschen«, sagte Jule. »Du wolltest dein Leben ändern. Du musstest etwas Extremes tun, um zu dem Menschen zu werden, der du jetzt bist.«

»Ganz genau.« Immie legte ihre feuchte Hand auf Jules Knie. »Und was ist mit dir?« Es war Immies typisches Muster. Erst holte sie lang und breit aus, und wenn sie ihre Gedanken geordnet hatte, stellte sie müde eine Frage.

»Ich gehe nicht zurück«, sagte Jule. »Niemals.«

»Ist es so schlimm zu Hause?«, fragte Immie und musterte Jules Gesicht.

Jule dachte für einen strahlenden Moment, dass jemand sie lieben könnte, dass sie sich selbst lieben könnte und dass sie das alles verdiente. Immie würde sie verstehen. Sie würde alles verstehen, was Jule ihr sagte.

»Wir sind genau gleich«, wagte sie sich vor. »Ich möchte nicht mehr der Mensch sein, der ich früher war. Ich möchte der Mensch sein, der jetzt hier ist. Mit dir.« Es war die aufrichtigste Erklärung, die sie abgeben konnte.

Immie beugte sich hinüber und küsste sie auf die Wange. »Familien auf der ganzen Welt sind scheiße.«

»Wir sind jetzt eine Familie füreinander«, sprudelte es aus Jule heraus. »Ich bin deine und du kannst meine sein.«

Sie wartete. Sah Immie an.

Imogen hätte eigentlich sagen müssen, dass sie wie Schwestern seien.

Sie hätte sagen müssen, dass sie Freundinnen fürs Leben seien und ja, eine Familie.

Sie hatten gerade so vertraut miteinander geredet und Imogen hätte eigentlich versprechen müssen, dass sie Jule nie verlassen würde, wie sie Forrest verlassen hatte, wie sie ihre Mutter und ihren Vater verlassen hatte.

Stattdessen lächelte Immie nur verhalten. Dann stieg sie aus dem Whirlpool und ging in diesem metallisch glänzenden Badeanzug zum Pool hinüber. Sie lächelte ein paar Teenagerjungs zu, die am flachen Ende des Beckens herumblödelten. Amerikanische Jungs.

»Hey, Leute. Möchte einer von euch mir vielleicht eine Tüte Kartoffelchips oder Brezeln von der Bar drinnen holen?«, fragte Immie. »Meine Füße sind nass. Ich will kein Wasser reintragen.«

Die Jungs waren nasser als sie, aber einer von ihnen sprang aus dem Pool und trocknete sich ab. Er war dünn und pickelig, aber er hatte gute Zähne und eine große, schlanke Statur, wie Immie es mochte.

»Stets zu Diensten!«, sagte er mit einer albernen Verbeugung.

»Du bist ja ein echter Prinz unter Männern.«

»Seht ihr?«, rief er seinen Freunden im Pool zu. »Ich bin ein Prinz.«

Warum musste Immie jeden um den Finger wickeln? Das waren doch nur ein paar Jungs, die wenig zu bieten hatten. Aber Immie zog immer irgendeine Nummer ab, wenn ihr eine Situation zu viel wurde. Sie wandte sich ab und warf ihr Licht auf andere, die sich glücklich schätzten, dass sie sie bemerkt hatte. Es war genauso gewesen, als sie ihre Freunde von der Greenbriar für neue Freunde an der Dalton School abserviert hatte. Es war genauso gewesen, als sie ihren kranken Vater und ihre Daltonfreunde zurückgelassen hatte, um ans Vassar College zu gehen, und als sie vom College abgehauen war, um auf Martha's Vineyard zu leben. Sie hatte Forrest und Martha's Vineyard für Jule verlassen, aber Jule war anscheinend nicht neu genug. Immie brauchte frische Bewunderer.

Der Junge kam mit mehreren Tüten Kartoffelchpis wieder. Imogen setzte sich auf einen Liegestuhl, aß und stellte ihm Fragen.

Woher sie kamen?

»Maine.«

Wie alt sie waren?

»Alt genug! Haha.«

Nein, wirklich, wie alt?

»Sechzehn.«

Imogens Lachen hallte über den ganzen Pool. »Babys!«

Jule stand auf und zog ihre Schuhe an. Die Jungs hatten etwas an sich, das ihre Haut zum Kribbeln brachte. Sie hasste es, wie sie darum wetteiferten, Imogen zu unterhalten, im Pool herumspritzten und ihre Muskeln spielen ließen. Sie hatte keine Lust, sich mit einer Horde schwanzwedelnder Highschooljungs abzugeben. Sollte Imogen sich ihr Ego füttern lassen, wenn sie das brauchte.

Am nächsten Morgen wollte Jule ein Boot mieten und nach Culebrita fahren. Diese kleine Insel mit dem Vulkangestein, ein Naturschutzgebiet mit Stränden. Immie hatte an ihrem ersten Tag davon erzählt. Man kam auch mit einem Wassertaxi hin, aber dann musste man warten, bis man wieder abgeholt wurde. Es war schöner, selbst hinzufahren, weil man die Insel dann wieder verlassen konnte, wann man wollte. Der Hotelportier gab Jule die Telefonnummer eines Typen, der ein Boot vermietete.

Immie sah keinen Grund darin, alles selbst zu machen, wenn das auch jemand anderes für sie erledigen konnte. Sie sah nicht mal einen Grund darin, überhaupt nach Culebrita zu fahren. Sie hatte die Insel schon gesehen. Klares blaues Wasser hatten sie hier auch. Und ein Restaurant. Und zwei beheizte Pools. Und es gab Leute, mit denen sie sich unterhalten konnten.

Aber Jule hielt es nicht noch einen Tag länger am Pool mit diesen Highschooljungs aus, diesen plumpen, kleinen Angebern. Jule wollte nach Culebrita und die berühmten Vulkanfelsen sehen und zum Leuchtturm hinaufwandern.

Der Typ mit dem Boot meinte, dass er sich an der Anlegestelle am äußersten Ende des Strands mit ihnen treffen würde. Es war sehr ungezwungen. Jule und Immie liefen dorthin, während zwei junge Puerto Ricaner in zwei kleinen Booten angefahren kamen. Immie bezahlte bar. Der eine Typ zeigte Jule, wie sie mit dem Motor umgehen musste und wie die Ruder am Rand des Bootes eingehängt wurden, falls sie sie brauchen würden. Er gab ihnen eine Nummer, die sie anrufen sollten, wenn sie zurück waren.

Immie schmollte. Sie sagte, die Rettungswesten wären rissig und das Boot bräuchte mal einen neuen Anstrich. Aber sie stieg trotzdem ein.

Die Fahrt durch die Bucht dauerte eine halbe Stunde. Die Sonne brannte immer heißer. Das Meer war schockierend blau.

Vor Culebrita sprangen Jule und Imogen ins Wasser, um das Boot an Land zu schieben. Jule wählte einen Pfad aus und sie gingen los. Immie schwieg.

»Wo lang?«, fragte Jule an einer Weggabelung.

»Wo du willst.«

Sie bogen links ab. Der Hügel war steil. Nach fünfzehn Minuten riss Immie sich den Fußrücken an einer Felskante auf. Sie hob das Bein und legte den Fuß gegen einen Baum, um ihn zu begutachten.

»Bist du okay?«, fragte Jule.

Immie blutete, aber nur leicht. »Ja, alles okay.«

»Ich wünschte, wir hätten ein Pflaster«, sagte Jule. »Ich hätte welche einpacken sollen.«

»Hast du aber nicht, ist schon gut.«

»Tut mir leid.«

»Es ist nicht deine Schuld«, sagte Immie.

»Ich meine, es tut mir leid, dass dir das passiert ist.«

»Lass es einfach«, sagte Imogen und ging weiter den Hügel hinauf. Oben angekommen, erreichten sie die schwarzen Felsen.

Sie waren anders, als Jule erwartet hatte. Viel schöner. Fast beängstigend. Sie waren dunkel und glatt. Wasser floss um sie herum, bildete kleine Seen, die in der Sonne ganz warm aussahen. Ein Felsen war von weichen grünen Algen bedeckt.

Es war niemand in der Nähe.

Immie zog sich bis auf ihre Badesachen aus und glitt ohne ein Wort in den größten Tümpel. Sie war sonnengebräunt und trug einen schwarzen Bikini, der im Nacken zugebunden war. Jule fühlte sich plötzlich wie eine dicke, maskuline Person. Die Muskeln, für die sie so hart trainiert hatte, kamen ihr lächerlich vor und der blassblaue Badeanzug, den sie schon den ganzen Sommer über trug, schäbig.

»Ist es warm?«, fragte sie in Bezug auf das seichte Wasser.

»Ziemlich warm«, erwiderte Immie. Sie hatte sich vorgebeugt und spritzte sich Wasser über Arme und Nacken.

Jule war sauer auf Immie, weil sie immer noch schlecht gelaunt war. Schließlich war es nicht ihre Schuld, dass Imogen sich den Fuß aufgeschrammt hatte. Ihre einzige Schuld war, dass sie darauf bestanden hatte, das Boot zu mieten und nach Culebrita zu fahren.

Immie war eine verwöhnte Göre, die schmollte, wenn es nicht nach ihrem Kopf ging. Das war eine ihrer Schwächen. Niemand hatte jemals Nein zu Imogen Sokoloff gesagt.

»Wollen wir zum Leuchtturm?«, fragte Jule. Es war der höchste Punkt der Insel.

»Können wir.«

Jule wollte, dass Immie mehr Begeisterung zeigte. Aber das tat Immie nicht.

»Ist das mit deinem Fuß okay?«

»Schon möglich.«

»*Möchtest* du nun zum Leuchtturm?«

»Ich könnte.«

»Aber möchtest du auch?«

»Was willst du denn von mir hören, Jule? ›Oh, es ist mein größter Traum, den Leuchtturm zu sehen?‹ Auf Vineyard kann ich jeden Tag meines Lebens einen Scheißleuchtturm sehen. Willst du von mir hören, dass ich dafür sterbe, dort hinaufzukraxeln? Mit meinem blöden Fuß und in dieser Affenhitze, nur um mir irgendein Gebäude anzusehen, das wie Millionen Gebäude aussieht, die ich bereits millionenmal gesehen habe? Ist es das, was du willst?«

»Nein.«

»Was willst du dann?«

»Es war nur eine Frage.«

»Ich möchte zurück ins Hotel.«

»Aber wir sind gerade erst hier angekommen.«

Imogen kletterte aus dem Wasser, zog sich wieder an und streifte die Sandalen über.

»Können wir bitte zurückgehen? Ich möchte Forrest anrufen. Mein Handy hat hier keinen Empfang.«

Jule trocknete ihre Beine ab und zog ihre Schuhe an. »Warum willst du Forrest anrufen?«

»Weil er mein Freund ist und ich ihn vermisse«, sagte Immie. »Was denkst du denn? Dass ich mit ihm Schluss gemacht habe?«

»Ich denke gar nichts.«

»Ich habe mich nicht von ihm getrennt. Ich bin nur nach Culebra gekommen, um eine Pause einzulegen. Das ist alles.«

Jule hängte sich die gemeinsame Tasche über die Schulter. »Du willst zurück, also lass uns zurückgehen.«

Jule hatte das Gefühl, als wäre die ganze Freude der letzten paar Tage von ihr abgefallen. Alles war heiß und alltäglich.

Sie hatten das Boot ziemlich weit an Land gezogen, und als sie am Strand ankamen, mussten sie es durch den Sand zurückschieben. Dann sprangen sie hinein, nahmen die Ruder aus der Halterung und manövrierten das Boot damit ins tiefere Wasser, bis es richtig schwamm und sie den Motor starten konnten.

Imogen sprach nicht viel.

Jule warf die Maschine an und lenkte in Richtung Culebra. Die Insel war in der Ferne zu sehen.

Immie saß vorn im Boot, ihr Profil hob sich eindrucksvoll vor dem Meer ab. Jule musterte sie und spürte eine Welle der Zuneigung. Immie war wunderschön und in ihrer Schönheit konnte man sehen, dass sie nett war. Gut zu Tieren. Eine Freundin, die dir Kaffee brachte, genau wie du ihn mochtest, die dir Blumen schenkte, dir Bücher gab und Muffins backte. Niemand wusste besser, wie man Spaß haben konnte. Sie zog die Menschen förmlich an, alle liebten sie. Sie strahlte eine besondere Art von Macht aus – Geld, Enthusiasmus, Unabhängigkeit. Und hier war Jule, draußen auf dem Meer, einem irre türkisfarbenen Meer, mit diesem seltenen, einzigartigen Menschen.

Nichts von ihrem Streit spielte eine Rolle. Es lag an der Erschöpfung, das war alles. Streit kam in den besten Freundschaften vor. Es gehörte dazu, wenn man aufrichtig zueinander war.

Jule schaltete den Motor aus. Das Meer war ganz still. Kein anderes Boot war am Horizont zu sehen.

»Alles in Ordnung?«, fragte Imogen.

»Es tut mir leid, dass ich unbedingt dieses dämliche Boot mieten wollte.«

»Ist schon okay. Aber hör mir bitte zu. Ich kehre morgen früh nach Vineyard zurück, um bei Forrest zu sein.«

Jule wurde schwindelig. »Wieso?«

»Ich habe dir gesagt, dass ich ihn vermisse. Ich fühle mich schlecht, weil ich ihn einfach sitzen lassen habe. Ich war sauer, weil …« Immie hielt inne, konnte es nur zögernd in Worte fassen. »Wegen der Sache mit dem Putzjungen. Und wie Forrest darauf reagiert hat. Aber ich hätte nicht wegrennen dürfen. Ich renne viel zu oft davon.«

»Du solltest nicht nach Vineyard zurückkehren, weil du dich ausgerechnet Forrest gegenüber verpflichtet fühlst«, sagte Jule.

»Ich liebe Forrest.«

»Warum lügst du ihn dann die ganze Zeit an?«, brauste Jule auf. »Warum bist du mit mir hier? Warum denkst du immer noch an Isaac Tupperman? Das macht man nicht, wenn man verliebt ist. Man verlässt niemanden mitten in der Nacht und erwartet dann, dass er froh ist, wenn man zurückkommt. Man verlässt niemanden einfach so.«

»Du bist eifersüchtig auf Forrest. Das kann ich verstehen. Aber ich bin nicht irgendeine Puppe, mit der du spielen kannst, ohne sie zu teilen«, erwiderte Immie schroff. »Ich dachte, du magst mich um meinetwillen – ohne mein Geld, ohne irgendetwas. Ich dachte, wir sind uns ähnlich und dass du mich verstehst. Es fiel mir leicht, dir Dinge anzuvertrauen. Aber ich habe mehr und mehr das Gefühl, dass du eine bestimmte Vorstellung von mir hast, von *Imogen Sokoloff*«, sie sprach ihren Namen aus, als wäre er kursiv geschrieben, »doch so bin ich nicht. Du hast genaue Vorstellungen von einem Menschen, den du magst. Aber das bin nicht ich. Du willst einfach meine Klamotten tragen und meine Bücher lesen und mit meinem Geld angeben. Das ist keine echte Freundschaft, Jule. Es ist keine echte Freundschaft, wenn ich alles bezahle und du dir alles ausborgst und es trotzdem nicht genug ist. Du willst alle meine Geheimnisse wissen und dann hältst du sie mir vor. Du tust mir leid, wirklich. Ich mag dich – aber du bist irgendwie immer mehr zu einer Kopie von mir geworden. Es tut mir mehr als leid, dass ich das sagen muss, aber du –«

»Was?«

»Du bist mir total suspekt. Du änderst ständig die Details der Geschichten, die du erzählst. Es kommt mir so vor, als würdest du sie selbst nicht kennen. Ich hätte dich nie fragen sollen, ob du bei uns auf Vineyard wohnen willst. Es war eine Weile schön, aber jetzt fühle ich mich ausgenutzt und sogar irgendwie belogen. Ich muss weg von dir. Das ist die Wahrheit.«

Das Schwindelgefühl wurde schlimmer.

Immie durfte so etwas nicht sagen.

Jule hatte wochenlang alles gemacht, was Imogen wollte. Sie hatte Immie in Ruhe gelassen, wenn sie in Ruhe gelassen werden wollte. Sie war mit ihr shoppen gegangen, wenn Immie shoppen gehen wollte. Sie hatte Brooke ertragen, Forrest ertragen. Jule hatte zugehört, wenn es nötig war, sie hatte Geschichten erzählt, wenn es nötig war. Sie hatte sich an ihre Umgebung angepasst, alle Verhaltensregeln in Immies Welt gelernt. Sie hatte ihren Mund gehalten. Sie hatte Hunderte Seiten Dickens gelesen.

»Ich bin mehr als meine Klamotten«, sagte Imogen. »Ich bin mehr als mein Geld. Du willst mich zu diesem Menschen machen –«

»Ich will nicht, dass du irgendwas bist, außer du selbst«, unterbrach Jule sie. »Wirklich nicht.«

»Aber so verhältst du dich«, sagte Imogen. »Du willst, dass ich dir Aufmerksamkeit schenke, wenn mir gar nicht danach ist. Du willst, dass ich wunderschön bin und unbekümmert, wenn ich mich manchmal hässlich fühle und mir alles schwerfällt. Du setzt mich auf einen Thron und du willst, dass ich immer schön Essen mache und großartige Literatur lese und mich mit allen verstehe, aber das bin ich nicht, und es anstrengend. Ich will mich nicht verstellen und diesem Bild, das du von mir hast, entsprechen.«

»Das ist nicht wahr.«

»Das belastet mich gewaltig, Jule. Es nimmt mir die Luft zum Atmen. Du drängst mich, für dich etwas zu sein, was ich nicht sein will.«

»Du bist meine beste Freundin.« Das stimmte und die Worte kamen laut und klagend aus Jules tiefstem Inneren. Jule hatte immer nur flüchtige Begegnungen mit Menschen. Sie gehörten nicht zu ihr, sie hinterließen nie etwas bei ihr und sie vermisste niemanden. Jule hatte Hunderte Lügen erzählt, damit Immie sie liebte. Sie verdiente diese Liebe als Ausgleich.

Immie schüttelte den Kopf. »Nach ein paar Wochen in meinem Haus diesen Sommer? Deine beste Freundin? Das ist gar nicht möglich. Ich hätte dich gleich nach dem ersten Wochenende bitten sollen, wieder zu gehen.«

Jule stand auf. Immie saß ganz vorn am Rand des Bootes.

»Was habe ich getan, dass du mich hasst?«, fragte Jule. »Ich verstehe nicht, was ich getan habe.«

»Du hast gar nichts getan! Ich hasse dich nicht.«

»Ich will wissen, was ich falsch gemacht habe.«

»Hör zu, eigentlich habe ich dich nur gebeten, mit mir zu kommen, weil ich nicht wollte, dass du etwas ausplauderst«, sagte Imogen. »Ich habe dich mitgenommen, damit du den Mund hältst. Das ist alles.«

Sie schwiegen. Der Satz stand zwischen ihnen: *Ich habe dich mitgenommen, damit du den Mund hältst.*

»Ich halte diesen Trip nicht länger aus. Ich kann es nicht mehr ertragen, dass du dir meine Klamotten ausborgst und mich immer ansiehst, als wäre ich nie genug und als wolltest du mir drohen und mich zwingen, dich unbedingt zu mögen. Aber das tue ich nicht.«

Jule dachte nichts, sie konnte nichts denken.

Sie hob ein Ruder vom Boden des Bootes auf. Sie holte damit aus.

Das Ende des Ruders traf Imogen am Schädel. Die scharfe Kante zuerst.

Immie sackte zusammen. Das Boot schaukelte wild. Jule trat vor, Immies Gesicht war zu ihr aufgerichtet. Immie sah überrascht aus und Jule empfand einen Moment des Triumphs: Ihre Gegnerin hatte sie unterschätzt.

Sie ließ das Ruder noch einmal auf dieses Engelsgesicht niedersausen. Die Nase brach und die Wangenknochen. Ein Auge quoll heraus. Jule schlug ein drittes Mal zu, das Geräusch war schrecklich, laut und irgendwie endgültig. Imogens Kiefer und ihre Ansprüche, ihre Schönheit und ihre gefühllose Selbstgefälligkeit, das alles war von der Kraft in Jules rechtem Arm zerschmettert worden. Jule war die verdammte Siegerin und für einen kurzen Moment fühlte es sich großartig an.

Immie rutschte von ihrem Platz ins Wasser. Das Boot kippte, als ihr Gewicht herunterfiel. Jule stolperte zurück und stieß mit der Hüfte hart gegen den Bootsrand.

Das Wasser um Immie spritzte zweimal, sie kämpfte. Schnappte nach Luft. Ihre Augen waren voller Blut. Es lief in das türkisfarbene Wasser. Der Stoff ihrer weißen Bluse umspülte sie.

Das Triumphgefühl flaute ab, Jule sprang ins Wasser und packte Immie an der Schulter. Sie wollte eine Antwort.

Immie schuldete ihr eine Antwort.

Sie waren noch nicht fertig miteinander, verdammt noch mal. Immie durfte nicht einfach davonrennen.

»Was hast du mir zu sagen?«, schrie Jule und hielt Immie so gut sie konnte über Wasser. »Was hast du mir jetzt zu sagen?« Blut aus Immies Gesicht rann über ihre Arme. »Denn ich bin nicht dein verdammtes Haustier und ich bin auch nicht mehr deine verdammte Freundin, hörst du?«, schrie Jule. »Du blickst auf mich herab, aber ich bin die Starke, ich bin die scheiß Starke hier. Verstehst du, Immie? Verstehst du das?«

Jule versuchte, Immie umzudrehen, ihr Gesicht nach oben zu halten, damit sie atmen und zuhören konnte, aber die Wunden waren beträchtlich. Immies Gesicht war Brei, Blut floss aus ihrem Ohr, aus ihrer Nase, aus ihrer zertrümmerten Wange. Ihr Körper zuckte und bebte. Ihre Haut war rutschig, so rutschig. Sie fuchtelte mit Armen und Beinen und traf Jule mit dem Handrücken ins Gesicht.

»Was zum Teufel hast du mir jetzt zu sagen?«, wiederholte Jule flehend. »Was willst du mir sagen?«

Imogen Sokoloffs Körper zuckte noch einmal, dann regte sie sich nicht mehr.

Blut breitete sich um die beiden aus.

Jule kletterte zurück ins Boot und die Zeit blieb stehen.

Eine Stunde musste vergangen sein. Vielleicht zwei. Vielleicht auch nur ein paar Minuten.

Kein Kampf war jemals so abgelaufen wie dieser. Es war immer um Action, Heldenmut, Verteidigung, Rivalität gegangen. Manchmal um Rache. Das hier war etwas anderes. Da war eine Leiche im Meer. Ein kleines Ohr, dreifach gepierct. Knöpfe am Ärmelaufschlag einer Bluse, kühles Blau gegen weißes Leinen.

Jule hatte Immie Sokoloff geliebt, wie sie jemanden nur lieben konnte. Das hatte sie wirklich.

Aber Immie hatte ihre Liebe nicht gewollt.

Arme Immie. Wunderschöne, besondere Immie.

Jule drehte sich der Magen um. Sie würgte und würgte über den Bootsrand. Sie klammerte sich an die Kante, dachte, dass sie sich übergeben müsse, ihre Schultern bebten. Sie würgte, aber nichts kam hoch, nichts und wieder nichts. Es dauerte eine Minute, bevor ihr klar wurde, dass sie weinte.

Ihre Wangen waren tränennass.

Sie hatte Imogen nicht wehtun wollen.

Doch, hatte sie.

Nein, hatte sie nicht.

Sie wünschte, sie hätte es nicht.

Sie wünschte, sie könnte es ungeschehen machen. Sie wünschte, sie wäre ein anderer Mensch in einem anderen Körper mit einem anderen Leben. Sie wünschte, Immie hätte sie auch geliebt, und sie schluchzte, weil das nun niemals geschehen würde.

Sie streckte den Arm aus und nahm Immies nasse, schlaffe Hand. Sie hielt sie fest, lehnte sich weit über den Bootsrand.

Über ihr war das Geräusch eines Flugzeugs zu hören.

Jule ließ Immies Hand los und schluckte die Tränen hinunter. Ihr Selbsterhaltungstrieb setzte ein.

Sie war ziemlich weit draußen. Eine zwanzigminütige Bootsfahrt von Culebra entfernt und zehn Minuten von Culebrita. Jule legte die Hand auf das Wasser. Ausgehend von der vielbefahrenen Route zwischen den beiden Inseln gab es gerade eine Strömung auf das offene Meer hinaus. Sie zog Immies Hand zu sich heran, bis sie nah genug war, dass sie ein Seil unter ihren Armen hindurchziehen konnte. Wobei sie darauf achtete, dass sie es nicht zu fest zog, damit es keine Abdrücke hinterließ. Es war ein grobes Seil und nicht leicht, es zu verknoten. Ihre Handflächen wurden ganz wund, die Haut rieb sich ab. Sie brauchte mehrere Versuche, bis sie das Seil zu einem Knoten gebunden hatte, der auch halten würde.

Sie startete den Motor und fuhr langsam in Richtung offenes Meer, folgte der Strömung. Als das Wasser tiefer und dunkler wurde, als sie weit außerhalb der befahrenen Route zwischen Culebra und Culebrita waren, band Jule das Seil los und ließ Imogen gehen.

Der Körper sank sehr, sehr langsam.

Jule spülte das Seil ab und schrubbte es mit einer Bürste, die sie in einer kleinen Vorratskiste gefunden hatte. Ihre Hände waren aufgescheuert und bluteten leicht, aber ansonsten gab es keine Beweise. Sie wickelte das Seil ordentlich auf und legte es wieder an die Stelle, wo es hingehörte. Sie schrubbte und spülte das Ruder ab.

Dann fuhr sie zurück.

»Miss Sokoloff?« Der Portier in der Lobby winkte Jule zu.

Jule blieb stehen und sah ihn an.

Er dachte, sie sei Imogen. Bis jetzt hatte sie noch niemand für Imogen gehalten.

Eigentlich sahen sie sich nicht besonders ähnlich, aber natürlich waren sie zwei junge weiße Frauen, klein, mit kurzen Haaren und Sommersprossen. Sie hatten denselben Ostküstentonfall in ihrer Stimme. Sie konnten durchaus verwechselt werden.

»Da ist ein Paket für Sie angekommen, Miss Sokoloff«, sagte der Portier lächelnd. »Ich habe es gleich hier.«

Jule lächelte zurück. »Sie sind ein Schatz«, sagte sie. »Vielen Dank.«

8

MITTE SEPTEMBER 2016
MENEMSHA, MARTHA'S VINEYARD, MASSACHUSETTS

Sechs Tage bevor Jule das Paket angenommen hatte, tauchte der Putzjunge nicht zur Arbeit in Immies Haus auf Martha's Vineyard auf. Sein Name war Scott. Er war vielleicht vierundzwanzig, älter als Immie, Jule, Brooke und sogar Forrest, aber Imogen nannte ihn trotzdem Putzjunge.

Scott war von den Eigentümern des gemieteten Hauses für Gartenarbeit und Haushalt empfohlen worden. Der Pool und der Whirlpool brauchten Pflege. Das Haus war hell und offen geschnitten, Wohn- und Esszimmer mit doppelter Deckenhöhe. Sechs Oberlichter und fünf Schlafzimmer. Terrassen vorn und hinten. Rosenbüsche und andere Pflanzen. Es musste eine Menge sauber gehalten werden.

Scott hatte ein breites, offenes Gesicht und eine flache Nase. Er war weiß mit rosa Wangen, einem markanten Kinn und unbändigem dunklen Haar. Er hatte schmale Hüften und richtige Muskeln an den Armen. Er trug normalerweise ein Baseballcap und kein Shirt.

Als Jule ihm zum ersten Mal begegnete, wusste sie nicht genau, was er hier tat. Er war einfach in der Küche und wischte den Boden mit einem Mopp und einem Eimer. Er schien sich nicht von Forrests und Immies diversen temporären Inselfreunden zu unterscheiden, nur dass er nackt bis zur Hüfte war und sauber machte.

»Hi, ich bin Jule«, sagte sie von der Türschwelle aus.

»Scott«, erwiderte er, ohne mit dem Wischen aufzuhören.

»Kommst du mit zum Strand?«, hatte sie gefragt.

»Ha, nein. Ich bin hier schon richtig. Ich bin Imogens Reinigungskraft.« Sein Akzent war typisch Amerikanisch.

»Oh, verstehe.« Jule fragte sich, ob Imogen mit ihm redete wie mit jedem anderen oder ob Scott lieber unsichtbar bleiben sollte. Sie kannte die Verhaltensregeln noch nicht.

»Ich bin Immies Freundin von der Highschool.«

Er sagte nichts.

Jule sah ihm eine Weile zu. »Möchtest du was trinken?«, fragte sie. »Es gibt Cola oder Cola light.«

»Ich sollte weiterarbeiten. Imogen mag es nicht, wenn ich rumsitze.«

»Ist sie so streng?«

»Sie weiß, was sie will. Das respektiere ich«, sagte er. »Und sie bezahlt mich.«

»Aber du möchtest eine Cola?«

Scott kniete sich hin und sprühte ein Reinigungsmittel auf den Boden unterhalb des Geschirrspülers, wo sich der meiste Schmutz sammelte. Dann scheuerte er die Stelle mit einem groben Schwamm. Die Muskeln an seinem Rücken glänzten vor Schweiß.

»Sie bezahlt mich nicht dafür, mir Sachen aus ihrem Kühlschrank zu nehmen«, antwortete er schließlich.

Nach ein paar Tagen wurde deutlich, dass Scott gar nicht unsichtbar bleiben konnte, weil er so dekorativ war, dass es praktisch niemandem möglich war, seine Anwesenheit vollkommen zu ignorieren. Trotzdem redete niemand mit ihm, abgesehen von einem Hallo. Immie sagte nur »Hey«, wenn sie ihn sah, wobei ihr Blick über seinen Körper wanderte. Scott schrubbte die Toiletten, brachte den Müll raus und räumte das Chaos auf, das die Leute im Wohnzimmer hinterließen. Jule bot ihm nie wieder eine Cola an.

Der Tag, an dem Scott nicht auftauchte, war ein Freitag. Normalerweise machte er freitagvormittags die Küche und die Badezimmer sauber, dann wässerte er den Rasen. Um elf war er meistens schon wieder aus dem Haus, deshalb wunderte sich niemand über sein Fernbleiben.

Am nächsten Tag tauchte er jedoch wieder nicht auf. Samstags reinigte er den Pool und kümmerte sich um den Garten. Immie legte ihm das Geld für die vorherige Woche immer auf den Küchentresen. Das Geld lag wie üblich da, aber Scott kam nicht.

Jule ging nach unten und zog sich zum Training um. Brooke saß mit einer Schale Weintrauben in der Küche auf dem Tresen. Forrest und Immie aßen Müsli mit Sahnejoghurt und Himbeeren am Esstisch. In der Spüle stapelte sich das dreckige Geschirr.

»Wo ist der Putzjunge?«, rief Brooke ins Esszimmer, während Jule sich ein Glas Wasser eingoss.

»Er ist sauer auf mich«, antwortete Immie.

»Ich bin sauer auf *ihn*«, sagte Forrest.

»Ich bin auch sauer«, rief Brooke. »Ich wollte, dass er meine

Weintrauben abwäscht, sich auszieht und mich von Kopf bis Fuß ableckt. Aber das hat er immer noch nicht gemacht. Er ist nicht mal hier. Keine Ahnung, was schiefgelaufen ist.«

»Sehr witzig«, sagte Forrest.

»Er verkörpert alles, was ich mir bei einem Kerl wünsche«, sagte Brooke. »Er ist muskulös, er hält den Mund und anders als du«, sie warf sich eine Weintraube in den Mund, »kümmert er sich um den Abwasch.«

»Ich wasche auch ab«, sagte Forrest.

Immie lachte. »Du wäschst vielleicht mal einen Teller ab, den du benutzt hast.«

Forrest blinzelte und kam zum eigentlichen Thema zurück. »Hast du ihn schon angerufen?«

»Nein. Er wollte mehr Geld und ich wollte es ihm nicht geben«, sagte Immie leichthin. Sie sah zu Jule hinüber, ihre Blicke trafen sich. »Er ist in Ordnung, aber er war oft zu spät. Ich hasse es, nach dem Aufstehen in eine schmutzige Küche zu kommen.«

»Hast du ihn gefeuert?«

»Nein.«

»Nachdem ihr darüber gesprochen hattet, hat er da gesagt, dass er weiterhin hier arbeiten wird?«

»Ich glaube schon. Bin nicht sicher.« Immie stand auf und spülte ihre Tasse und ihre Schüssel ab.

»Wie kannst du dir da nicht sicher sein?«

»Ich dachte es. Aber sieht so aus, als wäre es nicht so«, erwiderte Immie aus der Küche.

»Ich rufe ihn an«, sagte Forrest.

»Nein, das tust du nicht!« Sie kam zurück ins Esszimmer.

»Warum nicht?« Forrest nahm Immies Smartphone. »Wir

brauchen eine Reinigungskraft und er kennt sich hier bereits aus. Vielleicht war es nur ein Missverständnis.«

»Ich sagte, du rufst ihn nicht an!«, schimpfte Immie. »Das ist mein Handy, das du da hast, und es ist nicht dein Haus.«

Forrest legte das Handy hin. Er blinzelte noch einmal. »Ich wollte nur helfen.«

»Nein, wolltest du nicht.«

»Doch, wollte ich.«

»Du überlässt alles hier mir«, sagte Immie. »Ich kümmere mich um die Küche und das Essen und den Putzjungen und die Einkäufe und das W-Lan. Und jetzt bist du sauer, weil ich etwas nicht so handhabe, wie du es willst?«

»Imogen!«

»Ich bin nicht deine scheiß Hausfrau, Forrest. Ganz im Gegenteil!«

Forrest ging zu seinem Laptop. »Wie heißt Scott noch mal mit Nachnamen?«, fragte er. »Ich denke, wir sollten eine Online-Suche starten und sehen, ob sich irgendwer über ihn beschwert hat, wie seine Geschäfte laufen. Er muss doch auf Yellow oder so registriert sein.«

»Cartwright«, sagte Immie, offenbar bereit, den Streit zu begraben. »Aber du wirst nichts finden. Er kommt von der Insel und lässt sich für seine Hausmeistertätigkeiten nur bar bezahlen. Er hat bestimmt keine Website.«

»Tja, das werde ich ja gleich … o Gott!«

»Was?«

»Scott Cartwright aus Oak Bluffs?«

»Ja.«

»Er ist tot.«

Immie eilte zu ihm hinüber. Brooke sprang vom Tresen, und Jule kam aus dem Flur, wo sie sich gedehnt hatte. Sie drängten sich um den Computer.

Es war ein Artikel auf der Website der *Martha's Vineyard Times,* in dem über den Selbstmord eines Scott Cartwright berichtet wurde. Er hatte sich an einem hohen Balken in der Scheune eines Nachbarn mit einem Seil erhängt. Er hatte eine sechs Meter hohe Leiter umgestoßen.

»Das ist meine Schuld«, sagte Imogen.

»Nein, ist es nicht«, widersprach Forrest, den Blick immer noch auf den Bildschirm gerichtet. »Er wollte mehr Geld, obwohl er regelmäßig zu spät kam. Du hättest ihm nicht mehr bezahlen dürfen. Das hat nichts mit seinem Selbstmord zu tun.«

»Er muss depressiv gewesen sein«, sagte Brooke.

»Hier steht, dass er keinen Abschiedsbrief hinterlassen hat«, sagte Forrest. »Aber man ist sicher, dass es Selbstmord war.«

»Das glaube ich nicht«, sagte Immie.

»Komm schon«, erwiderte Forrest. »Niemand hat ihn gezwungen, in einer Scheune eine sechs Meter hohe Leiter hinaufzuklettern und sich aufzuhängen.«

»Doch«, sagte Immie. »Ich glaube, das hat man vielleicht.«

»Du übertreibst«, sagte Forrest. »Scott war ein netter Typ und es ist traurig, dass er tot ist, aber niemand hat ihn *umgebracht.* Denk doch mal rational.«

»Sag mir nicht, dass ich rational denken soll«, sagte Immie mit kalter Stimme.

»Niemand bringt eine Putzkraft um und lässt es wie Selbstmord aussehen.« Forrest stand vom Computer auf. Er band seine langen Haare mit einem Gummiband, das er um sein Handgelenk trug, zu einem Zopf zusammen.

»Rede nicht mit mir, als wäre ich ein Kind.«

»Imogen, du bist bestürzt wegen Scott, was völlig verständlich ist, aber –«

»Es geht nicht um Scott!«, schrie Immie. »Es geht darum, dass du mir sagst, dass ich rational denken soll. Du glaubst, du wärst etwas Besseres, weil du einen Collegeabschluss hast. Und weil du ein Mann bist und weil du der Tollste unter den Tollen in Greenwich bist und –«

»Immie –«

»Lass mich ausreden«, blaffte Imogen. »Du wohnst in meinem Haus. Du isst mein Essen, fährst mein Auto und lässt deinen Dreck von diesem armen Jungen wegmachen, den *ich* bezahlt habe. Ein Teil von dir hasst mich dafür, Forrest. Du hasst mich, weil ich mir dieses Leben leisten kann und meine eigenen Entscheidungen treffe – deshalb bevormundest du mich und lehnst meine Ideen ab.«

»Bitte, können wir diese Unterhaltung unter vier Augen fortsetzen?«, fragte Forrest.

»Geh einfach. Lass mich in Ruhe«, sagte Immie. Sie klang müde.

Forrest ging grummelnd nach oben. Brooke folgte ihm.

Immies Gesicht zerfloss in Tränen, sobald die beiden weg waren. Sie ging zu Jule hinüber und umarmte sie. Sie roch nach Kaffee und Jasmin. Lange standen sie so da.

Zwanzig Minuten später fuhren Immie und Forrest mit dem Auto weg. Sie meinten, sie müssten reden. Brooke blieb in ihrem Zimmer.

Jule trainierte und schlug dann den Rest des Vormittags alleine tot. Zu Mittag aß sie zwei Toast mit Schoko-Haselnuss-Brotaufstrich und trank ein Glas Proteinpulver mit Orangensaft. Sie war gerade mit dem Abwasch beschäftigt, als Brooke die Treppe hinunterpolterte und ihre Reisetasche ins Wohnzimmer schleppte.

»Ich gehe«, sagte Brooke.

»Jetzt gleich?«

»So ein Theater brauche ich nicht. Ich fahre zurück nach La Jolla. Meine Eltern sind dann bestimmt so drauf: ›Brooke, du solltest ein Praktikum machen! Oder ehrenamtlich arbeiten! Geh zurück aufs College!‹ Es wird also extrem nervig, aber ich habe irgendwie trotzdem Heimweh.« Brooke drehte sich abrupt um und ging in die Küche. Sie riss die Tür zur Speisekammer auf und nahm sich zwei Packungen Kekse und eine Tüte Tortilla Chips, die sie in ihre Umhängetasche stopfte. »Das Essen auf der Fähre ist Müll«, sagte sie. »Bye.«

Am Abend kam Imogen zurück. Sie ging nach draußen zu Jule auf die Terrasse.

»Wo ist Forrest?«, fragte Jule.

»Er ist gleich in sein Arbeitszimmer rauf.« Immie setzte sich hin und zog ihre Sandalen aus. »Nächstes Wochenende gibt es eine Trauerfeier für Scott.«

»Brooke ist gegangen.«

»Ich weiß. Sie hat mir eine Nachricht geschickt.«

»Sie hat alle Kekse mitgenommen.«

»Brooke.«

»Sie hat gesagt, du hättest nichts dagegen.«

»Ich horte sie ja nicht.« Imogen stand auf und ging zum Lichtschalter für den Pool. Das Wasser leuchtete auf. »Ich denke, wir sollten weggehen. Ohne Forrest.«

Ja!

War es wirklich so einfach? Würde sie Immie für sich haben?

»Ich denke, wir sollten ganz früh los«, fuhr Immie fort.

»Okay.« Jule tat ganz ungezwungen.

»Ich werde uns einen Flug buchen. Verstehst du? Ich muss hier raus, brauche ein bisschen Mädelszeit.«

»Ich muss nicht hier sein«, sagte Jule überschwänglich. »Ich muss nirgendwo sein.«

»Ich hab schon eine Idee«, sagte Imogen verschwörerisch und streckte sich auf dem Liegestuhl aus. »Die Insel heißt Culebra. Sie liegt vor Puerto Rico.« Sie streckte die Hand aus und berührte Jules Arm. »Und mach dir keine Sorgen wegen des Geldes. Tickets, Hotel, Wellnessbehandlungen – geht alles auf mich.«

»Ich gehöre ganz dir«, sagte Jule.

7

MITTE SEPTEMBER 2016
MENEMSHA, MARTHA'S VINEYARD

Zwei Tage vor seinem Tod reinigte Scott gerade den Pool, als Jule von ihrer morgendlichen Joggingrunde zurückkam. Er hatte sein Shirt ausgezogen. Seine Jeans hing tief auf seiner Hüfte. Er zog einen Kescher am Rand des Beckens entlang.

Als Jule an ihm vorbeiging, wünschte er ihr strahlend einen guten Morgen. Immie und Forrest waren noch nicht aufgestanden. Brookes Mietwagen stand nicht in der Einfahrt. Jule schnappte sich den Stapel Klamotten, den sie vorhin rausgelegt hatte, und hängte die Sachen an den Haken neben der Außendusche. Dann betrat sie die Dusche.

Sie wusch sich, rasierte sich die Beine und dachte an Scott. Er war sehr, sehr gut aussehend. Sie dachte an seine ausgeprägten Rückenmuskeln und dass er sich nur bar bezahlen ließ. Wieso hatte er sich dazu entschlossen, die Toiletten anderer Leute zu putzen und ihren Rasen zu mähen? Er sah aus und klang wie diese tollen weißen hetero Actionhelden, die man in einem Film nach dem anderen sah. Er könnte wahrscheinlich fast alles haben, was er wollte, ohne sich groß dafür anstrengen zu müssen. Nichts konnte ihn umhauen und trotzdem war er hier. Um sauber zu machen.

Vielleicht mochte er es so. Vielleicht auch nicht.

Als sie das Wasser abstellte, redete Scott auf der Terrasse mit Imogen.

»Du musst mir helfen«, sagte er mit gesenkter Stimme.

»Nein, muss ich nicht.«

»Bitte!«

»Ich kann mich da nicht einmischen.«

»Du musst dich nicht einmischen, Imogen. Ich bitte dich um Hilfe, weil ich dir vertraue.«

Immie seufzte. »Du bittest mich um Hilfe, weil ich ein Bankkonto habe.«

»Darum geht es nicht. Wir haben eine besondere Verbindung.«

»Hallo?«

»Die ganzen Nachmittage bei mir. Ich habe dich nie um etwas gebeten. Du bist zu mir gekommen, weil du es wolltest.«

»Ich war schon seit einer Woche nicht mehr bei dir«, sagte Imogen.

»Ich vermisse dich.«

»Ich bezahle nicht deine Schulden.« Immies Stimme klang entschieden.

»Ich will mir nur etwas leihen. Um über die Runden zu kommen. Bis diese Typen mich in Ruhe lassen.«

»Das ist keine gute Idee«, sagte Imogen. »Du solltest zur Bank gehen. Oder es mit deiner Kreditkarte versuchen.«

»Ich habe keine Kreditkarte. Diese Typen … die fackeln nicht lange. Sie hinterlassen schon Nachrichten in meinem Auto. Sie –«

»Du hättest nicht wetten dürfen«, schnauzte Immie ihn an. »Ich dachte, du wärst schlauer.«

»Kannst du mir nicht wenigstens helfen, diese einen Schulden zu bezahlen? Dann musst du mich nie wiedersehen. Ich gebe dir alles zurück und dann verschwinde ich, versprochen.«

»Vor einer Minute hast du noch davon geredet, was für eine besondere Verbindung wir haben. Jetzt versprichst du mir, zu verschwinden?«

»Ich habe nichts«, flehte Scott. »In meiner Brieftasche sind fünf Dollar.«

»Was ist mit deiner Familie?«

»Mein Dad hat sich schon vor langer Zeit vom Acker gemacht. Meine Mom hat Krebs bekommen, als ich siebzehn war«, sagte Scott. »*Ich habe niemanden.*«

Immie schwieg einen Moment. »Tut mir leid. Das wusste ich nicht.«

»Bitte, Immie. Honey.«

»Fang nicht damit an. Forrest ist oben.«

»Wenn du mir hilfst, ziehe ich mich diskret zurück.«

»Soll das eine Drohung sein?«

»Ich bitte eine Freundin um Hilfe, damit ich meine Schulden bezahlen kann, das ist alles.«

»Warum schuldest du denen überhaupt Geld? Worauf hast du gewettet?«

»Hundekampf«, murmelte er.

»Nein!« Immie klang schockiert.

»Ich hatte einen guten Hund.«

»Hundekämpfe sind Blutsport. Das ist eine Straftat.«

»Es gab da diese Rettungshündin. Sie war eine echte Kämpferin. Und ich kannte einen Kerl, der manchmal Wettkämpfe ausrichtet. Er hatte ein paar Pitbulls. Es war also kein groß organisiertes Ding.«

»Es ist organisiert, wenn der Typ Kämpfe ausrichtet. Dagegen gibt es Gesetze. Es ist grausam.«

»Diese Hündin steht auf Kämpfen.«

»Sag nicht so was«, erwiderte Imogen. »Lass es einfach. Wenn sich jemand um sie kümmern würde und gut zu ihr wäre, würde sie –«

»Du kennst diese Hündin nicht«, sagte Scott. »Wie auch immer, es gab diesen Kampf und sie hat verloren, okay? Ich habe das Ganze gestoppt, bevor sie zu schwer verletzt werden konnte, denn das darf man, wenn man der Besitzer ist, und sie war … Der Kampf lief nicht so, wie ich erwartet hatte.«

Jule verhielt sich weiterhin still, geschützt durch die Wand der Außendusche. Sie wagte nicht, sich zu bewegen.

»Jedenfalls habe ich damit das ganze Geld der Typen in den Sand gesetzt, die auf sie gewettet hatten«, fuhr Scott fort. »Sie wollten, dass ich sie bis zum Letzten kämpfen lasse. Ich erklärte ihnen, dass man als Besitzer laut Regeln den Kampf abbrechen kann. Sie sagten, das stimmt, aber niemand würde das tun, weil man dann alle Leute aufs Kreuz legt, die auf den Hund gewettet haben.« Jetzt weinte er. »Sie wollten ihre Einsätze zurück. Und der Kerl, der den Kampf organisiert hat, wollte das Geld zurück, das er hineingesteckt hatte. Er meinte, die Leute würden sich beschweren, weil ich sein Geschäft ruiniere, wenn ich einen Hund kämpfen lasse, bei dem ich … Ich habe Angst, Imogen. Ich weiß nicht, wie ich das ohne deine Hilfe wieder hinbiegen soll.«

»Ich werde dir die Situation jetzt mal erklären«, sagte Imogen gedehnt. »Du bist mein Gartenjunge, mein Pooljunge, mein Putzjunge. Du arbeitest hier. Du hast einen ordentlichen Job gemacht und du warst ab und zu gut zum Abhängen. Deshalb bin ich aber nicht verpflichtet, dir zu helfen, wenn du einen armen, wehrlosen Hund für etwas Illegales und Unmoralisches benutzt.«

Jule begann zu schwitzen.

Die Art, wie Imogen *Gartenjunge, Pooljunge, Putzjunge* aussprach. Es klang so kalt. Jule hatte bis jetzt noch nie erlebt, dass Immie jemanden so verachtete.

»Also wirst du mir nicht helfen?«, fragte Scott.

»Wir kennen uns kaum.«

»Komm schon, du warst ein paar Wochen lang jeden Tag bei mir.«

»Da wusste ich noch nicht, dass du Hunden gern dabei zusiehst, wie sie sich bis aufs Blut zerfleischen. Ich wusste nicht, dass du ein Spieler bist. Ich wusste nicht, dass du so dumm und grausam sein kannst, denn für mich bist du nichts weiter als der Kerl, der mein Haus sauber macht. Ich denke, du solltest jetzt gehen«, sagte Imogen zu Scott. »Ich finde jemand anderen zum Bodenschrubben.«

Immie hatte Forrest angelogen. Und Jule. Immie hatte vorsätzlich Geschichten darüber erfunden, wo sie die Nachmittage verbrachte. Sie hatte sich ausgedacht, wieso sie mit nassen Haaren nach Hause gekommen war, warum sie müde war, wo sie die Einkäufe erledigt hatte. Sie war nie mit Brooke Tennis spielen gewesen.

Brooke. Brooke musste über Scott Bescheid wissen. Sie und Imogen waren oft zusammen mit Tennisschlägern und Wasserflaschen nach Hause gekommen.

Scott ging ohne ein weiteres Wort. Eine Minute später klopfte Immie heftig an die Tür der Dusche. »Ich kann deine Füße sehen, Jule.«

Jule schnappte nach Luft.

»Wieso belauschst du die Gespräche anderer?«, blaffte Immie.

Jule zog das Handtuch fester um sich und öffnete die Tür. »Ich war gerade beim Abtrocknen. Da kamst du raus. Ich wusste nicht, was ich tun sollte.«

»Du lauerst immer irgendwo. Spionierst herum. Das kann niemand leiden.«

»Hab's verstanden. Kann ich mich jetzt bitte anziehen?«

Imogen ging davon.

Jule wollte ihr folgen und in ihr falsches, schönes Gesicht schlagen.

Sie wollte sich aufrichtig und stark fühlen und nicht beschämt und verraten.

Aber sie musste ihrem Ärger auf andere Art Luft machen.

Sie schnappte sich ihren Badeanzug und die Taucherbrille vom Haken in der Dusche. Dann schwamm sie eine Meile Freistil durch den Pool.

Eine zweite Meile. Sie schwamm, bis ihre Arme zitterten.

Schließlich warf sie sich auf ein Handtuch auf dem Holzboden der Terrasse. Sie drehte das Gesicht der Sonne entgegen und fühlte sich nur noch müde.

Wenig später kam Imogen nach draußen. Sie hatte eine Schüssel mit warmen Schokomuffins dabei. »Die habe ich gebacken«, erklärte sie. »Um mich zu entschuldigen.«

»Es gibt nichts zu entschuldigen«, sagte Jule, ohne sich von der Stelle zu rühren.

»Es war gemein, was ich gesagt habe. Und ich habe dich angelogen.«

»Ist mir egal.«

»Ist es nicht.«

Jule antwortete nicht.

»Ich weiß, dass es dir nicht egal ist, Süße. Es sollten keine Lügen zwischen uns stehen. Du verstehst mich viel besser als Forrest. Oder Brooke.«

»Stimmt wahrscheinlich.« Jule lächelte, sie konnte nicht anders.

»Du hast das Recht, sauer zu sein. Ich lag falsch. Das weiß ich.«

»Stimmt wahrscheinlich auch.«

»Ich dachte, die ganze Sache wäre eine Möglichkeit, mich von Forrest zu lösen. Ich tue das, wenn ich von Typen die Nase voll habe. Ich betrüge sie. Tut mir leid, dass ich es dir nicht erzählt habe. Ich bin nicht gerade stolz auf mich.«

Imogen stellte die Muffins neben Jules Schulter ab. Sie legte sich auf die Terrasse. Ihre Körper parallel nebeneinander.

»Ich möchte irgendwo zu Hause sein und ich möchte andauernd weglaufen«, fuhr Immie fort. »Ich möchte anderen nah sein und ich möchte sie gleichzeitig auf Abstand halten. Ich möchte verliebt sein, aber ich suche mir immer Typen aus, bei denen ich nicht mal sicher bin, ob ich sie mag. Oder ich liebe sie und ruiniere alles, vielleicht sogar mit Absicht. Ich weiß nicht mal genau, woran es liegt. Und wie durchgeknallt ist das denn?«

»Mittel durchgeknallt«, sagte Jule kichernd. »Aber das ist nicht dramatisch. Auf einer Skala von eins bis zehn entspricht es vielleicht einer Sieben, denke ich.«

Sie lagen eine Weile schweigend nebeneinander.

»Auf Level sieben durchgeknallt zu sein, ist ziemlich normal«, fügte Jule hinzu.

»Kann ich dich bitte, bitte mit Muffins bestechen, damit du mir verzeihst?«, fragte Immie.

Jule nahm einen Muffin und biss hinein. »Scott ist umwerfend«, sagte sie und schluckte. »Was soll man mit so einem Typen machen? Ihn in Ruhe lassen und zusehen, wie er den Pool reinigt? Ich glaube, du warst geradezu gesetzlich verpflichtet, ihn dir zu schnappen.«

Imogen seufzte. »Warum muss er nur so sexy sein?« Sie nahm Jules Hand. »Ich war so eine Hexe. Verzeihst du mir?«

»Immer.«

»Du bist echt ein Schatz, meine Süße. Komm mit mir einkaufen!« Sie sagte es, als würde das ein herrlicher Spaß werden.

»Ich bin müde. Frag Brooke.«

»Ich will Brooke nicht fragen.«

Jule stand auf.

»Erzähl Forrest nicht, dass wir abhauen.«

»Werde ich nicht.«

»Natürlich nicht.« Imogen lächelte zu Jule hinauf. »Ich weiß, dass ich mich auf dich verlassen kann. Du würdest ihm gar nichts erzählen, stimmt's?«

6

ENDE JUNI 2016
MARTHA'S VINEYARD

Elf Wochen bevor Immie die Muffins gebacken hatte, fand sich Jule ohne Handtuch oder Badesachen am Moshup Beach wieder. Die Sonne brannte, es war ein heißer Tag. Nach dem langen Marsch vom Parkplatz lief sie nun am Rand des Wassers entlang. Riesige schokoladen-, perlen- und rostfarbene Sedimentklippen türmten sich über ihr auf. Der Lehm war rissig und fühlte sich weich an.

Jule zog die Schuhe aus und blieb mit den Zehen im Meer stehen. Etwa fünfzig Meter entfernt machten es sich Imogen und ihr Freund für den Nachmittag bequem. Sie hatten keine Strandstühle dabei, aber der Typ holte eine Baumwolldecke, Badetücher, Zeitschriften und eine kleine Kühlbox aus einer Tasche.

Sie warfen ihre Klamotten in den Sand, rieben sich mit Sonnencreme ein und tranken aus Dosen, die sie aus der Kühlbox nahmen. Imogen legte sich auf die Decke und begann zu lesen. Der Typ sammelte Steine und stapelte sie aufeinander, um im Sand eine wacklige Skulptur zu bauen.

Jule ging auf die beiden zu. Wenige Meter entfernt rief sie: »Immie, bist du das?«

Imogen drehte sich nicht um, doch ihr Freund tippte ihr auf die Schulter. »Sie ruft deinen Namen.«

»Imogen Sokoloff, stimmt's?«, sagte Jule, als sie vor ihnen stand. »Ich bin's, Jule West Williams. Erinnerst du dich?«

Imogen blinzelte und setzte sich auf. Sie tastete in ihrer Netztasche nach ihrer Sonnenbrille und schob sie auf die Nase.

»Wir sind zusammen zur Schule gegangen«, fuhr Jule fort. »Auf die Greenbriar.«

Immie hatte etwas Besonderes an sich, dachte Jule. Langer Hals, hohe Wangenknochen. Sonnengeküsst. Andererseits hatte sie eine flache Oberweite und wirkte ziemlich schwächlich.

»Tatsächlich?«, fragte sie.

»Nur für einen Teil der neunten Klasse. Dann habe ich gewechselt«, sagte Jule. »Aber ich erinnere mich an dich.«

»Entschuldige, wie war noch mal dein Name?«

»Jule West Williams«, wiederholte Jule. Als Imogen die Stirn runzelte, fügte sie hinzu: »Ich war ein Schuljahr unter dir.«

Immie lächelte. »Tja, schön, dich wiederzusehen, Jule. Das ist mein Freund Forrest.«

Jule blieb verlegen stehen. Forrest schob ein paar Strähnen zurück in seinen Haarknoten. Eine Ausgabe des *New Yorker* lag neben ihm.

»Willst du was trinken?«, fragte er überraschend freundlich.

»Danke.« Jule kniete sich an den Rand der Decke und nahm eine Dose Cola light entgegen.

»Du siehst aus, als wolltest du irgendwohin«, sagte Imogen. »Mit der Tasche und den Schuhen in der Hand.«

»Oh, ich –«

»Hast du keine Badesachen dabei?«

Jule überlegte, was sie am besten sagen könnte, und das Beste war die Wahrheit. »Ich bin spontan hier«, sagte sie. »Das mache ich manchmal. Ich hatte eigentlich nicht vor, heute an den Strand zu gehen.«

»Ich habe noch einen Bikini dabei«, sagte Imogen plötzlich mit herzlicher Stimme. »Möchtest du mit uns schwimmen gehen? Mir ist so scheißheiß, dass ich jetzt ins Wasser muss, sonst bekomme ich einen Hitzschlag und Forrest muss mich den verdammt langen Weg zurücktragen.« Sie ließ den Blick über Forrests schmale Statur wandern. »Keine Ahnung, ob er das überhaupt schaffen würde. Also, kommst du mit schwimmen?«

Jule zog die Augenbrauen hoch. »Verlockendes Angebot.«

Imogen zog einen Bikini aus ihrer Tasche und gab ihn Jule. Er war weiß und sehr knapp geschnitten. »Zieh ihn unter deinem Rock an und wir treffen uns im Wasser.«

Imogen und Forrest rannten lachend ins Meer.

Jule zog zum ersten Mal Imogens Sachen an.

In Immies Bikini tauchte sie in die Wellen und kam mit einem wunderbar glücklichen Gefühl wieder an die Oberfläche. Es war ein strahlender Tag und es schien unmöglich, etwas anderes zu sein als dankbar, im Meer baden zu können und auf den Horizont hinauszublicken, während das Salzwasser gegen sie klatschte. Immie und Forrest redeten nicht viel, sie warfen sich kreischend und lachend in die Wellen. Als sie nicht mehr konnten, stellten sie sich auf die Zehenspitzen, wo die Wellen sich brachen, sprangen leicht in die Höhe und ließen sich vom Wasser tragen.

»Da kommt eine große.«

»Nein, die danach ist noch größer. Da, siehst du?«

»O Mann, ich wäre fast gestorben, aber das war großartig!«

Als sie alle blaue Lippen hatten und zitterten, kehrten sie zu Imogens Decke zurück, und Jule fand sich in der Mitte der beiden wieder. Forrest lag auf der einen Seite, eingewickelt in ein Handtuch mit Seemannsmuster, Imogen auf der anderen Seite, das Gesicht der Sonne zugewandt und immer noch mit Wassertropfen bedeckt.

»An welcher Schule warst du nach der Greenbriar?«, fragte Imogen.

»Nachdem sie mich rausgeworfen hatten, haben meine Tante und ich New York verlassen.«

»Du wurdest doch *nicht wirklich* rausgeworfen«, sagte Imogen belustigt.

Forrest ließ seine Zeitschrift sinken.

»Oh, doch.«

Das Interesse der beiden war geweckt.

»Prostitution«, sagte Jule.

Imogens Miene verfinsterte sich.

»Quatsch, du machst Witze.«

Imogen begann tief und zögernd zu lachen und legte eine Hand auf den Mund.

»Tina Soundso hat mir in der Umkleide immer den Slip runtergezogen und mir scheiß Beschimpfungen an den Kopf geworfen«, sagte Jule. »Irgendwann habe ich ihren Kopf gegen eine Wand geknallt. Die Wunde musste genäht werden.«

»War das die mit den Locken? Diese Große?«, fragte Imogen.

»Nein, die Kleinere, die ihr immer hinterhergerannt ist.«

»An die kann ich mich gar nicht mehr erinnern.«

»Ist auch besser so.«

»Und du hast ihren Kopf gegen eine Wand gestoßen?«

Jule nickte. »Ich bin eine Schlägerin. Kann man auch als Talent sehen.«

»Schlägerin?«, fragte Forrest.

»Ich kämpfe gern«, sagte Jule. »Nicht aus Spaß, aber … du weißt schon. Selbstverteidigung. Das Böse besiegen. Gotham City beschützen.«

»Ich kann nicht glauben, dass ich nie davon gehört habe, dass du ein Mädchen krankenhausreif geschlagen hast«, sagte Imogen.

»Sie haben es unter den Teppich gekehrt. Tina wollte nicht, dass es rauskommt, wegen der Sachen, die sie mit mir gemacht hat, *bevor* ich sie aufgehalten habe, verstehst du? Und es hätte die Greenbriar in einem schlechten Licht dastehen lassen. Eine Mädchenprügelei. Direkt vor dem Winterkonzert«, sagte Jule, »wo alle Eltern in die Schule kommen. Sie ließen mich sogar mitsingen, bevor sie mich rausgeschmissen haben. Weißt du noch? Dieses Caraway-Mädchen mit der Soloeinlage?«

»Ja, klar, Peyton Caraway.«

»Wir haben ein Lied von Gershwin gesungen.«

»Und *Rudolph*«, sagte Imogen. »Wir waren viel zu alt, um *Rudolph* zu singen. Es war echt albern.«

»Du hattest ein blaues Samtkleid an, mit Rüschenborte vorn.«

Imogen legte die Hände über die Augen. »Ich kann nicht glauben, dass du dich an dieses Kleid erinnerst! Meine Mutter hat mich immer gezwungen, so was zur Weihnachtszeit zu tragen, dabei feiern wir nicht mal Weihnachten. Als würde sie eine amerikanische Puppe anziehen.«

Forrest tippte Jule an die Schulter. »Müsstest du nicht im Herbst mit dem College anfangen?«

»Eigentlich habe ich die Highschool früher abgeschlossen. Ich studiere also schon seit einem Jahr.«

»Wo?«

»Stanford.«

»Kennst du Ellie Thornberry?«, fragte Imogen. »Sie geht auch dorthin.«

»Ich glaube nicht.«

»Walker D'Angelo?«, wollte Forrest wissen. »Er macht seinen Abschluss in Kunstgeschichte.«

»Forrest ist schon fertig mit dem College«, sagte Imogen. »Aber für mich war es die Scheißhölle, also gehe ich nicht mehr hin.«

»Du hast es nicht mal richtig versucht«, sagte Forrest.

»Jetzt klingst du wie mein Dad.«

»Oh, wer schmollt denn da.«

Immie setzte ihre Sonnenbrille auf. »Forrest schreibt einen Roman.«

»Was für ein Roman?«, fragte Jule.

»So was wie Samuel Beckett meets Hunter S. Thompson«, sagte Forrest. »Und ich bin großer Fan von Pynchon, also hat er auch Einfluss.«

»Viel Glück damit«, sagte Jule.

»Oh, du *bist* eine Schlägerin. Teilst echt gut aus«, sagte Forrest. »Ich mag sie irgendwie, Imogen.«

»Er steht auf eigenwillige Frauen«, sagte Imogen. »Eine seiner wenigen liebenswerten Eigenschaften.«

»Und mögen wir *ihn*?«, fragte Jule.

»Wir tolerieren ihn, weil er so gut aussieht.«

Sie erklärten sich für hungrig und machten sich auf den Weg zu den Aquinnah Shops, wo es auch Imbissbuden gab. Forrest bestellte drei Portionen Pommes.

Immie schenkte dem Typen hinter dem Tresen ein breites Lächeln und sagte: »Du lachst mich jetzt vielleicht aus, aber ich brauche vier Zitronenscheiben für meine Limo. Ich bin verrückt nach Zitronen. Hast du welche für mich?«

»Zitronen?«, fragte er.

»Vier Scheiben«, sagte Immie. Sie legte ihre Arme bis zu den Ellbogen auf den Tresen, beugte sich vor und sah zu ihm auf.

»Natürlich«, erwiderte er.

»Du lachst über meine Zitronen«, sagte sie.

»Ich lache nicht.«

»Du lachst innerlich.«

»Nein.« Er hatte die Zitrone inzwischen geschnitten und schob sie ihr in einem rot-weißen Pappbecher über den Tresen zu.

»Dann danke, dass du dich so ernsthaft um meine Zitronen gekümmert hast«, sagte Imogen. Sie nahm eine der Scheiben, steckte sie sich in den Mund und biss kurz darauf, um ein wenig Saft herauszudrücken. Mit Zitronensaftlippen sagte sie: »Es ist sehr wichtig für Zitronen, dass sie respektiert werden. Dann fühlen sie sich wertgeschätzt.«

Sie setzten sich an einen Picknicktisch mit Blick zum Parkplatz auf der einen und Blick zum Meer auf der anderen Seite. Hinter dem Parkplatz ließen ein paar Leute Drachen steigen. Es war sehr windig. Die Witterung hatte den Picknicktisch grau und rissig gemacht. Imogen nahm sich ein oder zwei Pommes, dann holte sie eine Banane aus ihrer Tasche und aß sie mit einem Löffel.

»Bist du allein hier?«, fragte sie Jule. »Auf Vineyard?«

Forrest schlug seinen *New Yorker* auf. Er saß leicht von ihnen abgewandt.

Jule nickte. »Ja. Ich hab Stanford verlassen.« Sie erzählte die Geschichte von dem perversen Trainer und dem gestrichenen Stipendium. »Aber ich will nicht nach Hause. Ich verstehe mich nicht gut mit meiner Tante.«

Immie beugte sich vor. »Wohnst du bei ihr?«

»Nicht mehr, mit meiner Familie möchte ich nichts zu tun haben.«

Forrest gluckste. »Genau wie Imogen.«

»Das stimmt gar nicht«, sagte Imogen.

»Doch, das stimmt«, beharrte er.

Jule sah Imogen in die Augen. »Dann haben wir was gemeinsam.«

»Ja, schätze schon.« Immie warf die Bananenschale in den Mülleimer. »Hör mal, komm doch mit zu uns. Wir können in den Pool gehen und du kannst zum Abendessen bleiben. Ein paar Leute kommen vorbei, neue Freunde, die nur ein paar Wochen auf der Insel sind. Wir wollen Steaks grillen. Es ist gleich in Menemsha. Du wirst Augen machen, wenn du das Haus siehst. Es ist gigantisch.«

Die Antwort war Ja, aber Jule zögerte.

Imogen rutschte näher an sie heran und reihte ihre Füße neben ihren auf. »Komm schon, wird bestimmt lustig«, drängte sie. »Ich hatte schon ewig keine Mädchengespräche mehr.«

Das Haus in Menemsha hatte so hohe Decken und so breite Fenster, dass es für alltägliche Dinge mehr Platz und Licht zu geben schien. Die Getränke waren prickelnder und kühler als alle Getränke jemals zuvor.

Jule, Forrest und Immie schwammen im Pool und benutzten danach die Außendusche. Die temporären Freunde kamen zum Abendessen, aber Jule erkannte schon an der Art, wie Imogen sie zum Grill hinüberrief, um nach den Steaks zu sehen, und wie sie sich zu Jules Füßen auf die Terrasse setzte, dass sie keine von ihnen war. Imogen schlug vor, dass Jule über Nacht in einem der Gästezimmer bleiben könne, als sich die anderen Gäste gerade in ihr Auto quetschten. Sie boten an, Jule mitzunehmen und über die jetzt dunklen Inselstraßen zurück zum Hotel zu bringen.

Sie lehnte ab.

Immie zeigte Jule ein Zimmer in der zweiten Etage. Es gab ein riesiges Bett, wallende weiße Vorhänge und – seltsamerweise – ein kleines antikes Schaukelpferd. Außerdem stand eine Sammlung alter Wetterfahnen auf einem großen Holztisch. Jule schlief den tiefen Schlaf, der sich nach einem langen Tag in der Sonne einstellt.

Mies gelaunt fuhr Forrest sie am nächsten Morgen zum Hotel, damit sie ihre Sachen abholen konnte. Als Jule mit ihrem Koffer zurückkam, hatte Immie in der Zwischenzeit vier Vasen mit

Blumen in ihr Zimmer gestellt. Vier. Und sie hatte Bücher auf den Nachttisch gelegt: *Jahrmarkt der Eitelkeit* von Thackeray, *Große Erwartungen* von Dickens und *Geheimtipps für Martha's Vineyard.*

Damit begann eine Reihe von Tagen, die verschwommen ineinander übergingen. Immies Besucher, literaturbegeisterte Freunde der Woche, am Strand oder auf dem Flohmarkt aufgegabelt, gaben sich die Klinke in die Hand.

Sie schwammen im Pool und grillten zusammen, lachten hysterisch, warfen sich in die Brust. Sie waren durchweg jung: gut aussehende, verweichlichte Jungs und genauso gut aussehende, laute Mädchen. Die meisten von ihnen waren lustig und unsportlich, gesprächig und offen für Alkohol. Collegeschüler oder Kunststudenten. Abgesehen davon kamen sie aus unterschiedlichen Milieus und hatten unterschiedliche sexuelle Orientierungen. Imogen war ein New Yorker Stadtkind: tolerant und weltoffen auf eine Art, die Jule nur aus dem Fernsehen kannte, und von ihrer eigenen Beliebtheit als Freundin und Gastgeberin offensichtlich total überzeugt.

Jule brauchte ein oder zwei Tage, um sich anzupassen, aber dann fühlte sie sich wohl. Sie verzauberte die temporären Freunde mit Geschichten über Greenbriar, Stanford und, etwas weniger ausführlich, Chicago. Sie diskutierte fröhlich mit ihnen, wenn sie diskutieren wollten. Sie flirtete mit ihnen und vergaß ihre Namen, ließ sie wissen, dass sie ihre Namen vergessen hatte, denn das brachte die anderen dazu, über sie zu staunen und sich zu wünschen, dass sie sich erinnerte.

Zuerst schickte sie Patti Sokoloff regelmäßig Bilder und schrieb redselige, hoffnungsvolle E-Mails, aber es dauerte nicht lange, bis sie Patti genauso ignorierte, wie diese von ihrer Tochter ignoriert wurde.

Immie gab ihr das Gefühl, gewollt zu sein. Die neuartige Freude darüber füllte Jules Tage aus.

Eines Tages, als sie schon zwei Wochen bei Imogen wohnte, fand Jule sich zum ersten Mal allein im Haus wieder. Forrest und Immie waren zum Mittagessen ausgegangen. Es gab ein neues Restaurant, das Immie ausprobieren wollte.

Jule aß ein paar Reste vor dem Fernseher und ging dann nach oben. Sie blieb einen Moment vor Immies Zimmer stehen und sah hinein.

Das Bett war gemacht. Auf dem Tisch lagen Bücher, eine Handcreme, Forrests Brille und ein leeres Ladegerät. Jule trat ein, öffnete eine Parfümflasche, nahm ein wenig davon und rieb die Handgelenke aneinander.

Im Wandschrank hing ein Kleid, das Imogen oft trug. Es war dunkelgrün und lang, aus feiner Baumwolle und mit einem tiefen V-Ausschnitt, sodass man keinen BH darunter tragen konnte. Immie hatte einen flachen Busen, also spielte das keine Rolle.

Ohne nachzudenken, zog Jule ihre Laufshorts und ihr ausgewaschenes, ausgefranstes Stanford-T-Shirt aus. Dann ihren BH.

Sie schlüpfte in Immies Kleid. Sie fand ein Paar Sandalen. Immies Ringsammlung – sieben Ringe in verschiedenen Tierformen – lag auf der Kommode.

Ein großer Spiegel mit einem breiten Silberrahmen lehnte an einer Wand. Jule drehte sich hin und her und zwinkerte ihrem Spiegelbild zu. Ihre Haare waren zu einem Pferdeschwanz zusammengebunden, aber ansonsten sah sie im dämmrigen Licht des Zimmers wie Imogen aus. Größtenteils.

So fühlte es sich also an. Auf Imogens Bett zu sitzen. Imogens Duft zu tragen und Imogens Ringe.

Immie lag nachts in diesem Bett, neben Forrest, aber er war austauschbar. Immie benutzte diese Creme für ihre Hände, dieses Lesezeichen für ihre Bücher. Morgens öffnete sie die Augen und sah diese blau-grüne Bettwäsche und das Gemälde vom Meer. So fühlte es sich also an, sich die Miete für ein riesiges Haus leisten zu können, sich nie Sorgen um Geld oder den Lebensunterhalt machen zu müssen, von Gil und Patti geliebt zu werden.

So mühelos wunderschön gekleidet zu sein.

»Entschuldige mal!«

Immie stand an der Türschwelle. Sie trug eine kurze Jeans und Forrests Kapuzenpullover. Auf ihren Lippen glänzte ein rotes Lipgloss, das sie normalerweise nicht benutzte. Sie sah gar nicht wie die Imogen aus, die Jule im Kopf hatte.

Ein Gefühl der Scham überschwemmte Jule, aber sie lächelte. »Ich dachte, das wäre okay«, sagte sie. »Ich brauchte ein Kleid. Dieser Typ hat in letzter Minute angerufen.«

»Welcher Typ?«

»Der aus Oak Bluffs, mit dem ich mich beim Karussellfahren unterhalten habe.«

»Wann war das?«

»Er hat mir gerade eine Nachricht geschickt, dass ich mich in einer halben Stunde im Skulpturengarten mit ihm treffen soll.«

»Mir egal«, sagte Immie. »Ziehst du bitte mein Kleid aus?«

Jules Gesicht wurde heiß. »Ich dachte nicht, dass dich das stört.«

»Ziehst du dich jetzt um?«

Jule schob Immies grünes Kleid von den Schultern und hob ihren BH vom Boden auf.

»Sind das etwa auch meine Ringe?«, fragte Immie.

»Ja.« Es hätte nichts gebracht, sich rauszureden.

»Warum wolltest du meine Sachen tragen?«

Jule stieg aus dem Kleid und hängte es zurück auf den Bügel. Sie zog ihre restlichen Sachen an und legte die Ringe wieder auf die Kommode.

»Ich glaube nicht, dass ein Kerl im Skulpturengarten auf dich wartet«, sagte Immie.

»Glaub, was du willst.«

»Was ist los?«

»Es tut mir leid, dass ich deine Sachen genommen habe. Das mache ich nie wieder. Okay?«

»Okay.« Imogen sah zu, wie Jule die Sandalen in den Wandschrank stellte und ihre Laufschuhe zuband.

»Ich habe eine Frage«, sagte sie, als Jule an ihr vorbei in den Flur ging.

Jules Gesicht brannte immer noch. Sie wollte nicht reden.

»Lauf nicht weg«, sagte Immie. »Beantworte mir nur eine Frage, in Ordnung?«

»Welche?«

»Bist du pleite?«

Ja. Nein. Ja. Jule hasste es, wie sehr die Frage sie verletzte.

»Total«, sagte sie schließlich. »Ja, ich bin total pleite.«

Immie hielt sich die Hand vor den Mund. »Das wusste ich nicht.«

Und plötzlich hatte Jule wieder die Oberhand. »Ist schon okay«, sagte sie. »Ich kann mir einen Job suchen. Ich habe mich nur noch nicht genug damit beschäftigt, wie ich es längst hätte tun sollen.«

»Das hätte ich merken müssen.« Immie setzte sich auf ihr Bett. »Ich wusste, dass du nicht nach Stanford zurückgehst, und du hast gesagt, dass du dich mit deiner Tante verkracht hast. Aber ich habe nicht durchschaut, wie schlimm die Situation wirklich ist. Obwohl ich dich immer wieder in denselben Klamotten sehe. Du nie Lebensmittel einkaufst. Immer mich bezahlen lässt.«

Oh, sie musste also Lebensmittel kaufen. Das war eine Verhaltensregel, die Jule noch nicht gelernt hatte. Aber zu Imogen sagte sie nur: »Ist schon gut.«

»Nein, ist es nicht, Jule. Es tut mir wirklich leid.« Immie schwieg eine Weile. Dann fügte sie hinzu: »Ich habe einfach Dinge über dein Leben angenommen, die ich nicht hätte voraussetzen dürfen. Und ich habe nicht mit dir darüber geredet. Ich habe keine großen Erfahrungen damit, denke ich.«

Jule zuckte mit den Schultern. »Sei froh.«

»Isaac hat mir immer vorgeworfen, dass ich einen viel zu engen Blickwinkel habe. Aber egal. Du kannst dir ausborgen, was du möchtest.«

»Da würde ich mir jetzt komisch vorkommen.«

»Musst du nicht.« Immie öffnete den Wandschrank. Er war vollgestopft mit Klamotten. »Ich habe mehr, als ich brauche.«

Sie ging zurück zu Jule. »Lass mich deine Haare richten. Da sind ein paar Haarklammern lose.«

Jule hatte langes Haar. Meistens trug sie es zurückgebunden. Jetzt beugte sie den Kopf nach vorn und Immie steckte ein paar Strähnen in ihrem Nacken fest, die sich gelöst hatten.

»Du solltest sie abschneiden«, sagte Immie. »Das würde dir

bestimmt stehen. Nicht so kurz wie meine. Den Pony ein bisschen länger, denke ich, und lockerer über den Ohren.«

»Nein.«

»Ich nehme dich morgen mit zu meinem Friseur, wenn du möchtest.« Immie ließ sich nicht beirren. »Auf meine Rechnung.«

Jule schüttelte den Kopf.

»Ich würde dir gern etwas Gutes tun«, erwiderte Immie. »Du verdienst es.«

Am nächsten Tag in Oak Bluffs fühlte sich Jule ganz leicht ohne das Gewicht ihrer langen Haare. Es war schön, wie Imogen sich um sie kümmerte. Wie sie ihr ein Lipgloss nach dem Friseurbesuch lieh. Sie zum Mittagessen in ein Restaurant mit Blick auf den Hafen einlud.

Nach dem Essen gingen sie in ein Vintage-Schmuckgeschäft.

»Ich hätte gern den ungewöhnlichsten Ring, den Sie verkaufen«, sagte Immie.

Der Verkäufer hastete umher und legte sechs Ringe auf einem mit Samt ausgelegten Tablett nebeneinander. Imogen berührte sie ehrfürchtig. Sie wählte einen Jade-Ring in Form einer Schlange, bezahlte ihn und reichte Jule das blaue Samtkästchen. »Der ist für dich.«

Jule öffnete das Kästchen sofort und schob die Schlange an den Ringfinger ihrer rechten Hand. »Ich bin noch zu jung zum Heiraten«, sagte sie. »Komm bloß nicht auf irgendwelche Ideen.«

Immie lachte. »Ich liebe dich«, sagte sie ganz zwanglos.

Es war das erste Mal, dass Immie das Wort *Liebe* benutzte.

Am nächsten Tag borgte sich Jule das Auto, um Propangas für den Grill im Baummarkt auf der anderen Seite der Insel zu besorgen. Sie kaufte auch ein paar Lebensmittel ein. Als sie zurückkam, waren Imogen und Forrest nackt und eng umschlungen im Pool.

Jule stand hinter der Fliegengittertür im Haus und starrte sie an.

Die beiden sahen so peinlich aus, wie sie da herumvögelten. Forrests lange Haare hingen ihm nass über die Schultern. Seine Brille lag am Rand des Pools und sein Gesicht wirkte ohne sie dümmlich und leer.

Es war unmöglich. Imogen konnte Forrest nicht wirklich lieben oder begehren, da war Jule sich sicher. Er erfüllte nur die Vorstellung eines Freundes wie ein Platzhalter. Auch wenn er das nicht wusste, war er nur ein temporärer Freund wie die Collegeschüler und Kunststudenten, die einmal zum Abendessen vorbeikamen und dann nie wieder. Forrest hörte Immies Geheimnisse nicht. Er wurde nicht geliebt. Jule hätte nie geglaubt, dass Imogen sein Gesicht umfassen und ihn küssen könnte, dass sie scharf auf ihn und verrückt nach ihm sein könnte, so wie jetzt. Sie hätte auch nie geglaubt, dass Imogen sich jemals nackt vor ihm zeigen würde, so verletzlich.

Forrest entdeckte sie.

Jule wich zurück, weil sie dachte, dass er losbrüllen würde oder es ihm unangenehm sein könnte, aber Forrest sagte nur zu Immie: »Deine kleine Freundin ist da.« Es klang, als spräche er über ein Kind.

Imogen wandte den Kopf und rief: »Bye-bye, Jule! Wir sehen uns später!«

Jule drehte sich um und rannte die Treppe hinauf.

Stunden später ging Jule wieder nach unten. Sie hörte einen Podcast in der Küche spielen, Imogens Angewohnheit beim Kochen. Und tatsächlich war Immie dabei, für den Grillabend Zucchini zu schneiden.

»Brauchst du Hilfe?«, fragte Jule. Sie war extrem verlegen. Es war unerträglich, dass sie Zeugin dieser Szene geworden war. Es könnte alles ruinieren.

»Sorry wegen der Porno-Show«, sagte Imogen ganz ungeniert. »Könntest du eine rote Zwiebel schneiden?«

Jule nahm eine Zwiebel aus der Schale.

»Als ich das erste Mal in meiner Wohnung in London war«, fuhr Imogen fort, »hatte ich zwei Freundinnen aus dem Sommerkurs, die ein Pärchen waren. Sie hatten sich erst vor Kurzem geoutet, verstehst du, und wollten weg von ihren Familien. Also wohnten sie im August bei mir. Als ich einmal nach Hause kam, ging es auf dem Küchenboden gerade richtig zur Sache, so völlig nackt und mit Geschrei. Ich muss ausgerechnet im beknacktesten Moment hereingeplatzt sein, wenn du weißt, was ich meine. Ich dachte, großer Gott, werden wir uns jemals wieder in die Augen blicken können? Wie sollten wir nach dieser Geschichte noch gemeinsam in den Pub gehen und Fish and Chips essen? Es kam mir einfach unmöglich vor und ich befürchtete, diese beiden unglaublichen Freundinnen verloren zu haben, nur weil ich zur falschen Zeit nach Hause gekommen war. Aber eine der beiden meinte nur so: ›Oh, sorry wegen der Porno-Show.‹ Wir mussten sofort loslachen und alles war gut. Also habe ich mir vorgenommen, das auch zu sagen, sollte ich jemals in die gleiche Situation kommen.«

»Du hast eine Wohnung in London?« Jule sah auf die Zwiebel, die sie gerade schälte.

»War eine Investition«, sagte Immie. »Aus einer fixen Idee heraus. Ich war in England für diesen Sommerkurs. Mein Anlagemensch hatte mir geraten, Geld in Immobilien zu investieren, und ich liebe diese Stadt. Es war die erste Wohnung, die ich mir angesehen hatte, ein Spontankauf in dem absolut falschen Land, aber ich bedaure es nicht. Es ist ein wirklich süßes Viertel: St. John's Wood.« Immie sprach es aus wie *Sin Jahn's Wood.* »Ich hatte noch nie so viel Spaß wie beim Einrichten dieser Wohnung mit meinen Freunden. Und wir sind durch die Stadt gezogen und haben Touristen-Sachen gemacht. Tower of London, Wachablösung, Wachsfigurenkabinett. Wir haben von Keksen gelebt. Das war, bevor ich Kochen gelernt habe. Du kannst jederzeit in die Wohnung. Ich benutze sie nicht mehr.«

»Wir sollten zusammen hin«, sagte Jule.

»Oh, es würde dir dort gefallen. Die Schlüssel habe ich hier. Wir könnten morgen los«, sagte Immie und klopfte auf die Tasche, die auf dem Küchentresen stand. »Und vielleicht sollten wir das auch tun. Kannst du dir das vorstellen? Nur du und ich in London?«

Immie liebte Menschen, die leidenschaftlich waren. Sie wollte, dass sie dieselbe Musik mochten wie sie, die Blumen, die sie ihnen schenkte, dass sie dieselben Bücher bewunderten. Sie wollte, dass ihnen der Duft eines Gewürzes oder der Geschmack einer neuen Salzart wichtig waren. Sie hatte nichts gegen Meinungsverschiedenheiten, aber sie konnte Menschen nicht ausstehen, die gleichgültig und unentschlossen waren.

Jule las die beiden Bücher über Waisen, die Immie ihr auf den Nachttisch gelegt hatte, und auch alles andere, was Immie ihr mitbrachte. Sie prägte sich Weinetiketten, Käsesorten, Passagen aus Romanen und Rezepte ein. Sie war nett zu Forrest. Sie war streitlustig, aber auch bereit, andere zu erfreuen; feministisch, aber auch feminin; voller Wut, aber auch freundlich; wortgewandt, aber nicht rechthaberisch.

Schnell wurde ihr klar, dass die Herausbildung eines Ichs, das Imogen gefiel, eigentlich wie Joggen war. Du treibst dich immer weiter an, Meile für Meile. Schließlich entwickelst du Ausdauer. Und eines Tages merkst du, dass du es gerne machst.

Als Jule fünf Wochen im Haus auf Vineyard war, tauchte Brooke Lannon auf Immies Veranda auf. Jule öffnete die Tür.

Brooke trat ein und warf ihre Taschen auf die Couch. Ihr blaues Flanellhemd war abgetragen und alt und ihr seidiges blondes Haar hochgesteckt.

»Immie, du existierst noch, du Hexe«, sagte sie, als Immie ins Wohnzimmer kam. »Alle am Vassar denken, dass du tot bist.

Keiner hat mir geglaubt, dass du mir letzte Woche eine Nachricht geschickt hast.« Sie drehte sich zu Forrest. »Ist das der Kerl? Dieser …?« Sie hinterließ ein Fragezeichen in der Luft.

»Das ist *Forrest*«, sagte Immie.

»Forrest!«, rief Brooke und schüttelte ihm die Hand. »Okay, lass dich umarmen.«

Forrest umarmte sie unbeholfen. »Nett, dich kennenzulernen.«

»Es ist immer nett, mich kennenzulernen«, sagte Brooke. Dann zeigte sie auf Jule. »Wer ist das?«

»Sei nicht so gemein«, sagte Immie.

»Ich bin doch ganz reizend«, erwiderte Brooke. »Wer bist du?« Das war an Jule gerichtet.

Jule zwang sich zu einem Lächeln und stellte sich vor. Sie hatte nicht gewusst, dass Brooke kommen würde. Und Brooke hatte offensichtlich auch nicht gewusst, dass Jule hier war. »Imogen hat erzählt, dass du ihr Lieblingsmensch am Vassar bist.«

»Ich bin der Lieblingsmensch von allen am Vassar«, sagte Brooke. »Deshalb musste ich das College abbrechen. Es waren nur zweitausend Leute. Ich brauche ein größeres Publikum.«

Sie schleppte ihre Taschen nach oben und richtete sich im zweitschönsten Gästezimmer ein.

5

ENDE JUNI 2016
MARTHA'S VINEYARD

Fünf Wochen vor Brookes Eintreffen, an ihrem siebten Tag auf Martha's Vineyard, verschwendete Jule ihr Geld für eine Touristenbusfahrt um die Insel. Die meisten Leute im Bus gehörten zu der Sorte, die gern die Sehenswürdigkeiten auf der Liste einer Reise-Website abhakten. Sie waren in Familienhorden oder als Paare unterwegs und redeten laut.

Am Nachmittag erreichten sie den Leuchtturm bei Aquinnah, eine Gegend, die zuerst vom Gay Head Stamm der Wampanoag besiedelt war und später, im siebzehnten Jahrhundert, auch von englischen Kolonisten, wie der Fremdenführer erklärte. Er erzählte vom Walfang, während alle aus dem Bus strömten, um den Leuchtturm zu besichtigen. Vom Aussichtspunkt konnte man auch die verschiedenfarbigen Sedimentklippen am Moshup Beach sehen, aber ohne einen schweißtreibenden Marsch von über einer halben Meile kam man nicht ans Wasser heran.

Jule wanderte vom Aussichtspunkt zu den Aquinnah Shops, kleine Läden, die Souvenirs, Wampanoag-Kunsthandwerk und

Snacks verkauften. Sie betrat die flachen Gebäude und sah sich teilnahmslos Halsketten und Postkarten an.

Vielleicht sollte sie für immer auf Martha's Vineyard bleiben. Sie könnte sich einen Job in einem Geschäft oder einem Fitnessstudio suchen, die Tage am Meer verbringen, eine Bleibe finden. Sie müsste nicht mehr ständig etwas aus sich machen, bräuchte nicht mehr so ehrgeizig zu sein. Sie könnte das Leben, das ihr genau jetzt dieses Angebot machte, einfach akzeptieren und dankbar dafür sein. Niemand würde ihr Ärger machen. Sie müsste auch nicht mehr nach Imogen Sokoloff suchen, wenn sie nicht wollte.

Als Jule aus einem Laden trat, kam auf der gegenüberliegenden Seite ein junger Mann gerade ebenfalls aus einem Shop. Er hatte eine große Leinentasche dabei. Er war etwa in Jules Alter. Nein, ein bisschen älter. Er war schlank, hatte eine schmale Taille und überhaupt keine Muskeln, bewegte sich jedoch elegant und locker. Er hatte eine leicht gebogene Nase und eine gute Körperhaltung. Seine braunen Haare waren zu einem Knoten zusammengebunden. Er trug eine schwarze Baumwollhose, die so lang war, dass sie auf dem Boden schleifte, dazu Flip-Flops und ein T-Shirt mit der Aufschrift LARSEN'S FISH MARKET.

»Ich weiß nicht, warum du da reinwolltest«, rief er seiner Begleitung zu, die offenbar noch im Laden war. »Es gibt überhaupt keinen Grund, diese nutzlosen Dinge zu kaufen.«

Es kam keine Antwort.

»Immie! Komm schon, lass uns an den Strand gehen!«, rief er.

Und da war sie.

Imogen Sokoloff. Ihre Haare waren kurz geschnitten und

wirkten fast feenhaft, blonder als auf den Fotos. Aber es gab keinen Zweifel an ihrer Identität. Sie sah ganz aus wie sie selbst.

Sie verließ den Laden, als ob nichts wäre, als hätte Jule nicht auf sie gewartet und tagelang nach ihr gesucht. Sie war wunderschön, aber eine noch größere Wirkung hatte ihre Ungezwungenheit. Als wäre Schönheit etwas Müheloses.

Jule rechnete fast damit, dass Imogen sie erkannte, aber das passierte nicht.

»Du bist heute so genervt«, sagte Immie zu dem Typen. »Es nervt, wenn du genervt bist.«

»Du hast nicht mal was gekauft«, erwiderte er. »Ich will an den Strand.«

»Der Strand läuft uns nicht weg«, sagte Imogen und kramte in ihrer Tasche. »Und ich habe etwas gekauft.«

Der Typ seufzte. »Und was?«

»Es ist für dich.« Sie zog ein kleines, in Papier gewickeltes Päckchen heraus und gab es ihm. Er öffnete den Klebestreifen und holte ein geflochtenes Armband hervor.

Jule dachte, der Freund würde die Augen verdrehen, aber stattdessen grinste er. Er legte das Armband um und vergrub sein Gesicht in Imogens Halsbeuge.

»Ich liebe es«, sagte er. »Es ist perfekt.«

»Es ist ein wertloses Schmuckstück«, sagte sie. »Du kannst wertlose Schmuckstücke nicht ausstehen.«

»Aber ich mag Geschenke«, sagte er.

»Ich weiß.«

»Na komm«, sagte er. »Das Wasser ist bestimmt warm.« Sie gingen über den Parkplatz zu dem Pfad, der zum Strand führte.

Jule blickte zurück. Der Fremdenführer winkte und gab Zeichen, dass alle wieder in den Bus steigen sollten. Er würde planmäßig in fünf Minuten abfahren.

Sie hatte keine andere Möglichkeit, ins Hotel zurückzukehren. Der Akku ihres Handys war fast leer und sie wusste nicht, ob sie von diesem Teil der Insel aus ein Taxi nehmen konnte.

Egal. Sie hatte Imogen Sokoloff gefunden.

Der Bus fuhr ohne Jule ab.

4

DRITTE JUNIWOCHE 2016
MARTHA'S VINEYARD

Eine Woche vorher wurde Jule von einem Beamten der Flughafen-Security aufgehalten. »Wenn Sie dieses Gepäck weiter mit sich führen wollen, Miss, müssen Sie die Toilettenartikel in einem durchsichtigen Kunststoffbeutel verpacken«, erklärte er ihr. Er hatte einen speckigen Nacken und trug einen blaue Uniform. »Haben Sie das Schild nicht gesehen? Es dürfen jeweils nicht mehr als hundert Milliliter sein.«

Der Sicherheitsbeamte durchsuchte Jules Koffer, wobei er blaue Latexhandschuhe trug. Er nahm ihr Shampoo, ihre Pflegespülung, ihre Sonnencreme und ihre Bodylotion heraus und warf alles in den Müll.

»Ich lasse den Koffer noch mal scannen«, sagte er und zog den Reißverschluss zu. »Sollte jetzt in Ordnung sein. Sie warten hier.«

Jule wartete. Sie versuchte so zu wirken, als wüsste sie, wie man Flüssigkeiten für einen Flug verpackt, und hätte nur nicht daran gedacht, aber ihre Ohren wurden heiß. Sie ärgerte sich über die Verschwendung. Sie fühlte sich klein und unerfahren.

Im Flugzeug war es eng, die plastikartigen Sitze waren von jahrelanger Benutzung verschlissen, aber Jule genoss den Flug. Der Blick war atemberaubend. Es war ein wolkenloser Tag. Das Ufer lief kurvenförmig an der Küste entlang, braun und grün.

Ihr Hotel lag auf der anderen Seite des Hafens in Oak Bluffs. Es war ein viktorianisches Gebäude mit einer weißen Außenverkleidung. Jule stellte ihren Koffer im Zimmer ab und lief ein paar Querstraßen zur Circuit Avenue. Die Stadt war voller Urlauber. Es gab ein paar Geschäfte mit netten Klamotten. Jule brauchte Klamotten, sie hatte die Visa-Guthabenkarten und sie wusste, was gut an ihr aussah, dennoch zögerte sie.

Sie beobachtete die Frauen, die vorbeigingen. Sie trugen Jeans oder kurze Baumwollröcke und zehenfreie Sandalen. Verwaschene Farben und marineblau. Ihre Taschen waren aus Stoff, nicht aus Leder. Sie benutzten farblosen oder rosa Lippenstift, kein Rot. Einige hatten weiße Hosen und Espadrilles an. Ihre BHs zeichneten sich nicht ab. Sie trugen nur winzige Ohrringe.

Jule nahm ihre Creolen heraus und steckte sie in ihre Tasche. Sie kaufte sich eine lässige Boyfriend-Jeans, drei Baumwolltanktops, eine lange fließende Strickjacke, Espadrilles und ein weißes Sommerkleid. Eine Schultertasche aus Leinen, die mit grauen Blüten bedruckt war. Sie bezahlte mit Karte und hob am Automaten Bargeld ab.

An einer Straßenecke blieb sie stehen und verstaute Ausweis, Make-up und Handy in der neuen Tasche. Sie rief im Kundencenter ihres Telefonanbieters an und vereinbarte die Abrechnung über die Visa-Nummer. Sie rief ihre Mitbewohnerin Lita an und hinterließ ihr eine Nachricht, dass es ihr leidtäte.

Im Hotel machte Jule ihr übliches Training, duschte und zog sich das weiße Kleid an. Sie föhnte ihre Haare zu lockeren Wellen. Sie musste Imogen finden, aber das konnte bis morgen warten.

Sie ging in eine Austern-Bar mit Blick auf den Hafen und bestellte eine Hummerrolle. Was ihr dann serviert wurde, sah ganz anders aus, als sie erwartet hatte. Es waren nichts weiter als Hummerstückchen mit Mayonnaise in einem getoasteten Hot-Dog-Brötchen. Sie hatte mit etwas Eleganterem gerechnet.

Sie bestellte eine Portion Pommes, die sie stattdessen aß.

Es war seltsam, ziellos durch die Stadt zu laufen. Jule landete am Karussell. Es stand in einem dunklen alten Gebäude, in dem es nach Popcorn roch. Ein Schild wies darauf hin, dass das Flying Horses Amerikas ältestes Karussell war.

Sie kaufte sich ein Ticket. Es war nicht voll, nur ein paar Kinder und ihre älteren Geschwister wollten mitfahren. Eltern schauten im Wartebereich auf ihre Handys. Die Musik war altmodisch. Jule suchte sich ein äußeres Pferd aus.

Als die Fahrt begann, bemerkte sie den Typen, der auf dem Pferd neben ihr saß. Er wirkte drahtig, hatte durchtrainierte Schulter- und Rückenmuskeln. Wahrscheinlich ein Kletterer, auf jeden Fall kein Kraftraum-Typ. Teils weiße und teils asiatische Wurzeln, vermutete Jule. Er hatte dicke schwarze Haare, ein bisschen zu lang. Er sah aus, als wäre er viel in der Sonne gewesen.

»Ich fühle mich gerade wie ein Loser«, sagte er zu ihr, als sich das Karussell schneller zu drehen begann. »Das war eine dämliche Idee.« Er hatte einen typisch amerikanischen Akzent.

Jule passte ihren Akzent an. »Wieso?«

»Übelkeit. Hat mich sofort erwischt, als es losging. Würg. Außerdem bin ich die einzige Person auf diesem Ding, die älter ist als zehn.«

»Abgesehen von mir.«

»Abgesehen von dir. Ich bin als Kind mal mit diesem Karussell gefahren. Meine Familie hat hier Urlaub gemacht. Heute habe ich auf die Fähre gewartet, ich musste eine Stunde rumkriegen, also dachte ich – warum nicht. Um der alten Zeiten willen.« Er rieb sich mit einer Hand über die Stirn. »Warum fährst du mit? Hast du hier irgendwo einen kleinen Bruder oder eine kleine Schwester?«

Jule schüttelte den Kopf. »Ich fahre gern Karussell.«

Er streckte den Arm zu ihr hinüber und hielt ihr die Hand hin. »Ich bin Paolo Santos. Und du?«

Unbeholfen schüttelte sie ihm die Hand, weil sich ihre Pferde bewegten.

Dieser Typ war dabei, die Insel zu verlassen. Jule könnte ein paar Minuten mit ihm reden, dann würde sie ihn nie wiedersehen. Es ergab keinen Sinn, es war nur ein Impuls – aber sie log. »Imogen Sokoloff.«

Es fühlte sich gut an, den Namen auszusprechen. Schließlich wäre es schön, Imogen zu sein.

»Oh, du bist *Imogen Sokoloff*?« Paolo warf den Kopf zurück, lachte und hob die sanften Augenbrauen. »Das hätte ich mir auch denken können. Ich habe gehört, dass du vielleicht auf Vineyard bist.«

»Du wusstest, dass ich hier bin?«

»Das sollte ich erklären. Ich habe dir einen falschen Namen genannt. Es tut mir wirklich leid, das wirkt bestimmt ziemlich durchgeknallt. Aber es war nur der Nachname. Paolo stimmt. Ich heiße nur nicht wirklich Santos.«

»Oh.«

»Entschuldige.« Er rieb sich wieder über die Stirn. »Es war merkwürdig, einen falschen Namen zu benutzen, aber ich dachte, wir reden sowieso nur ein paar Minuten miteinander. Wenn ich reise, bin ich manchmal gern jemand anderes.«

»Ist schon okay.«

»Ich bin Paolo Vallarta-Bellstone. Mein Dad, Stuart, ist mit deinem Vater zur Schule gegangen. Ich bin sicher, dass du ihm schon mal begegnet bist.«

Jetzt hob Jule die Augenbrauen. Sie hatte von Stuart Bellstone gehört. Er war groß im Finanzgeschäft, musste jedoch wegen des »D-und-G-Immobilienskandals«, wie die Medien es nannten, vor Kurzem ins Gefängnis. Sein Bild war vor zwei Monaten am Ende des Gerichtsprozesses überall in den Nachrichten gewesen.

»Ich habe ein paarmal mit deinem Vater und meinem Dad Golf gespielt«, fuhr Paolo fort. »Bevor Gil krank wurde. Er hat immer von dir gesprochen. Du warst auf der Greenbriar und dann hast du am … Vassar angefangen, oder?«

»Ja, aber ich hab nach dem Herbstsemester abgebrochen«, sagte Jule.

»Wieso?«

»Ist eine lange, langweilige Geschichte.«

»Komm schon. Du könntest mich von meiner Übelkeit ablenken und ich kotze dich nicht voll. Wir profitieren sozusagen beide davon.«

»Mein Dad würde sagen, ich hätte mich mit irgendwelchen Partytypen eingelassen und in meinem ersten Semester überhaupt nicht mein Potenzial ausgeschöpft.«

Paolo lachte. »Klingt ganz nach ihm. Was würdest *du* sagen?«

»Ich würde sagen … dass ich mir ein anderes Leben wünsche, als das, womit ich mich abfinden soll«, erwiderte Jule langsam. »Nach Vineyard zu kommen war der erste Schritt, etwas zu ändern.«

Das Karussell hielt langsam an. Sie stiegen von ihren Pferden und gingen nach draußen. Paolo schnappte sich einen großen Rucksack, den er in einer Ecke abgestellt hatte.

»Möchtest du ein Eis?«, fragte er. »Ich kenne die beste Eisdiele auf der Insel.«

Sie gingen zu einem kleinen Laden. Sie diskutierten über Karamell- versus Buttertoffeesoße und kamen zu dem Schluss, dass beide Soßen zusammen die Lösung wären.

»Es ist so witzig, dass du genau jetzt hier bist. Ich habe das Gefühl, als wären wir uns schon Millionen Mal begegnet.«

»Woher wusstest du, dass ich auf Martha's Vineyard bin?«

Paolo schob sich einen Löffel Eis in den Mund. »Du bist zu einer kleinen Berühmtheit geworden, Imogen. College abgebrochen, einfach verschwunden – und dann hier aufgetaucht. Dein Dad hat mich gebeten, dich anzurufen, wenn ich auf der Insel bin, um ehrlich zu sein.«

»Hat er nicht.«

»Doch. Er hat mir eine E-Mail geschickt. Siehst du? Ich habe vor sechs Tagen deine Nummer angerufen.« Er zeigte ihr die jüngsten Anrufe auf seinem iPhone.

»Das ist ganz schön gruselig.«

»Nein, ist es nicht«, meinte Paolo. »Gil möchte wissen, wie es dir geht, das ist alles. Er hat gesagt, dass du nicht ans Handy gehst, dass du das College verlassen hast und dass du auf Vineyard bist. Falls ich dich sehe, soll ich ihm eine Rückmeldung geben, ob alles okay ist. Und ich soll dir ausrichten, dass er operiert wird.«

»Ich weiß, dass er operiert wird. Ich war gerade bei ihm in der Stadt.«

»Also waren meine Bemühungen umsonst«, sagte Paolo und zuckte mit den Schultern. »Wäre nicht das erste Mal.«

Sie gingen zurück zum Hafen und betrachteten die Boote. Paolo erzählte ihr von seinen Reisen, die er unternahm, um vor dem zerstörten Ruf seines Vaters und den negativen Auswirkungen auf seine Familie zu fliehen. Er hatte im Mai das College abgeschlossen und überlegte, ob er Medizin studieren sollte, aber er wollte erst die Welt sehen, bevor er sich festlegte. Er war gerade auf dem Weg nach Boston, wo er übernachten wollte, bevor er in ein Flugzeug nach Madrid steigen würde. Er und ein Kumpel wollten für ein Jahr oder länger mit dem Rucksack umherziehen – zuerst Europa, dann Asien und als Abschluss die Philippinen.

Seine Fähre war zum Einsteigen bereit. Paolo küsste Jule kurz auf die Lippen, bevor er gehen musste. Er war behutsam und selbstbewusst, nicht aufdringlich. Seine Lippen klebten leicht von der Buttertoffeesoße.

Jule überraschte der Kuss. Sie wollte nicht, dass er sie berührte.

Sie wollte von niemandem berührt werden, niemals. Aber als Paolos volle, weiche Lippen ihre berührten, gefiel ihr das.

Sie griff mit der Hand in seinen Nacken, zog ihn zu sich und küsste ihn noch mal. Ein toller Typ, dachte sie. Nicht dominant und verschwitzt. Nicht gierig und brutal. Nicht herablassend. Nicht schleimig und voller Goldkettchen. Sein Kuss war so sanft, dass sie sich vorbeugen musste, um ihn richtig zu spüren.

Sie wünschte, sie hätte ihm ihren richtigen Namen genannt.

»Darf ich dich anrufen?«, fragte er. »Noch mal, meine ich. Nicht nur deinem Vater zuliebe.«

Nein, nein.

Paolo durfte Imogen nicht noch einmal anrufen. Dann würde er sofort herausfinden, dass es nicht Imogen gewesen war, die er kennengelernt hatte.

»Lieber nicht«, sagte Jule.

»Warum nicht? Ich werde in Madrid sein und danach sonst wo, aber wir könnten … wir könnten doch ab und zu telefonieren. Vielleicht über Karamell- und Buttertoffeesoße reden. Oder dein neues Leben.«

»Ich bin vergeben«, sagte Jule, um ihn zum Schweigen zu bringen.

Paolo machte ein langes Gesicht. »Oh, bist du? Natürlich bist du das. Na ja, du hast ja meine Nummer«, sagte er. »Ich hatte dir eine Nachricht hinterlassen. Ist eine 646-Nummer. Du kannst dich also melden, wenn du getrennt bist – oder nicht mehr vergeben, was auch immer. Okay?«

»Ich werde dich nicht anrufen«, sagte Jule. »Aber danke für das Eis.«

Für einen flüchtigen Moment wirkte er verletzt. Doch dann lächelte er. »Immer gerne, Imogen.«

Er setzte seinen Rucksack auf und ging.

Jule sah zu, wie seine Fähre ablegte. Dann zog sie ihre Espadrilles aus und lief hinunter zum Strand. Sie stellte sich mit den Füßen ins Wasser. Sie glaubte, dass Imogen Sokoloff das tun würde, dass sie das leicht traurige Gefühl und den wunderschönen Blick auf den Hafen genießen würde, während sie ihr hübsches weißes Kleid hochhielt.

3

ZWEITE JUNIWOCHE 2016
NEW YORK CITY

Eine Woche vor ihrem Aufbruch nach Martha's Vineyard stand Jule mit Patti Sokoloff auf deren Dachterrasse, von der aus sie den Central Park überblicken konnten. Die Sonne war untergegangen. Der Park erstreckte sich unter ihnen wie ein dunkles Rechteck, umgeben von den Lichtern der Stadt.

»Ich fühle mich wie Spider-Man«, platzte es aus Jule heraus. »Er schaut auch nachts auf die Stadt hinunter.«

Patti nickte. Ihre Haare fielen in großen, professionell gestylten Locken über ihre Schultern, sie trug einen langen Cardigan über einem cremefarbenen Kleid und hübsche, flache Sandalen. Ihre Füße sahen alt aus und hatten Pflaster an Fersen und Zehen.

»Immie hatte einen Freund, den sie einmal zu einer Party mitgebracht hat«, erzählte sie Jule. »Er hat dasselbe über den Ausblick gesagt. Na ja, er sprach von Batman. Aber das ist ja nichts anderes.«

»Doch, das ist etwas anderes.«

»Okay, aber sie sind beide Waisen«, sagte Patti. »Batman hat seine Eltern sehr früh verloren. Genau wie Spider-Man, der bei seiner Tante wohnt.«

»Sie lesen Comics?«

»Nein, noch nie. Aber ich habe Immies Collegeaufsatz ungefähr sechsmal Korrektur gelesen. Sie schrieb davon, dass Spider-Man und Batman von den Waisen in den viktorianischen Romanen abstammen, die sie so gern liest. Immie liebt diese Romane, wusstest du das? Sie identifiziert sich damit. Manche Leute definieren sich als Sportler, als Kämpfer für soziale Gerechtigkeit, Theaterfreunde. Immie definiert sich als Leserin viktorianischer Romane.« Sie machte eine kurze Pause. »Sie ist nicht die beste Studentin«, fuhr sie fort, »aber Literatur ist ihr Ding. In ihrem Collegeaufsatz stand, dass es in diesen Geschichten eine Voraussetzung gibt, um zum Helden zu werden, nämlich Waise zu sein. Sie argumentierte außerdem, dass Comic-Helden nicht nur einfache Helden seien, sondern ›komplizierte Persönlichkeiten, die in der Tradition der Waisen aus den viktorianischen Erzählungen moralische Kompromisse eingehen müssen‹. Ich glaube, das sind die Worte aus ihrem Aufsatz.«

»Ich habe während der Highschool Comics gelesen«, sagte Jule. »Aber in Stanford hatte ich keine Zeit mehr dafür.«

»Gil ist mit Comics aufgewachsen, aber ich nicht und Immie auch nicht wirklich. Die Superhelden waren für sie nur der Aufhänger, um zu verdeutlichen, dass ältere Bücher auch für heutige Leser immer noch wichtig sind. Das meiste über Batman hatte sie von diesem Freund, den ich erwähnte.«

Sie drehten sich um und gingen wieder hinein. Das Penthouse der Sokoloffs war spektakulär und modern eingerichtet, aber mit Büchern, Zeitschriften und Erinnerungsstücken vollgestopft.

Der Boden war aus weißem Holz, überall. Ein Koch hantierte in der Küche, wo der Tisch mit Werbepost, Pillendosen und Taschentuchpackungen übersät war. In der Mitte des Wohnzimmers thronten zwei riesige Ledersofas. Neben einem der Sofas stand ein Beatmungsgerät.

Gil Sokoloff erhob sich nicht, als Patti Jule ins Wohnzimmer führte. Er war erst Mitte fünfzig. Schmerzfalten zeichneten sich um seine Mundwinkel ab, die Haut an seinem Hals hing schlaff herunter. Seine Gesichtsform war osteuropäisch und er hatte dicke graue Locken. Er trug eine Jogginghose und ein graues T-Shirt. Seine Wangen und Nase waren mit geplatzten Äderchen gesprenkelt. Er beugte sich langsam vor, als schmerzte ihn jede Bewegung, und schüttelte Jule die Hand. Dann stellte er ihr zwei weiße Hunde vor – Schneeball und Schneemann – und drei Katzen.

Zum Abendessen gingen sie in ein förmliches Esszimmer, Gil mit schlurfenden Schritten, Patti lief langsam neben ihm. Der Koch stellte Schalen und Servierplatten auf den Tisch, dann ließ er sie allein. Sie aßen winzige Lammkoteletts und Pilz-Risotto. Nach der Hälfte des Essens bat Gil um sein Beatmungsgerät.

Während des Käsegangs redeten sie über die beiden Hunde, die sie noch nicht lange hatten.

»Sie ruinieren unser Leben«, sagte Patti. »Sie müssen andauern kacken. Gil lässt zu, dass sie ihr Geschäft auf der Dachterrasse verrichten. Kannst du dir das vorstellen? Ich gehe morgens raus und da liegt stinkende Hundekacke.«

»Bevor du aufstehst, winseln sie schon, weil sie rauswollen«, sagte Gil stur. Er zog die Sauerstoffmaske zur Seite, damit er reden konnte. »Was soll ich denn machen?«

»Und dann müssen wir mit Bleichmittel ran. Überall auf dem Holz sind jetzt kleine helle Flecken«, sagte Patti. »Das ist schrecklich. Andererseits tut man das wahrscheinlich, wenn man Tiere liebt. Man lässt sie auf die Dachterrasse scheißen.«

»Imogen hat immer streunende Katzen mit nach Hause gebracht«, sagte Gil. »Während ihrer Highschoolzeit gab es alle paar Monate ein neues Kätzchen.«

»Einige haben es nicht geschafft«, sagte Patti. »Sie hat sie auf der Straße gefunden, manche hatten Katzenbronchitis oder irgendwelche anderen Krankheiten. Sie starben einen kleinen traurigen Tod und Immie brach es jedes Mal das Herz. Dann fing sie am Vassar an und wir blieben mit den Kerlchen hier zurück.« Patti streichelte eine Katze, die unter dem Esstisch herumstromerte. »Nichts als Ärger und stolz darauf.«

Wie jedes »alte Mädchen« von der Greenbriar hatte auch Patti Geschichten aus ihrer Schulzeit auf Lager. »Wir mussten Nylonstrümpfe oder Kniestrümpfe zu unserer Uniform tragen, das ganze Jahr über«, erzählte sie. »Im Sommer war das so unbequem. In der Highschool – das war in den Siebzigern – sind ein paar von uns ohne Unterwäsche rumgelaufen, nur um nicht so schwitzen zu müssen. Kniestrümpfe, aber keine Unterwäsche!« Sie klopfte Jule auf die Schulter. »Du und Immie könnt froh sein, dass sich die Schuluniformen verändert haben. Hast du an der Greenbriar Musik gemacht? Du hast gestern so leidenschaftlich über Gershwin gesprochen.«

»Ein bisschen.«

»Erinnerst du dich an das Winterkonzert?«

»Klar.«

»Ich sehe dich und Imogen immer noch nebeneinanderstehen. Ihr wart die kleinsten Mädchen in der neunten Klasse. Ihr habt Weihnachtslieder gesungen und diese Caraway hatte eine Soloeinlage. Erinnerst du dich?«

»Ja, sicher.«

»Sie hatten den Festsaal weihnachtlich geschmückt, dieser Baum stand in einer Ecke. Es gab natürlich auch eine Menora, aber das war ihnen nicht wirklich wichtig«, sagte Patti. »Oh, verflucht, mir kommen gleich die Tränen, wenn ich an Immie in ihrem blauen Samtkleid denke. Ich hatte ihr ein Festtagskleid für den Auftritt gekauft, königsblau mit Rüschenborten vorn.«

»Immie hat mich an meinem ersten Tag an der Greenbriar gerettet«, sagte Jule. »Jemand hatte mich in der Schlange in der Cafeteria angerempelt. Meine ganze Bluse war mit Tomatensoße bespritzt. Ich stand da und konnte die anderen adretten Mädchen in ihren sauberen Klamotten nur anstarren. Alle kannten sich bereits aus den unteren Klassen.« Die Geschichte kam ihr ganz leicht über die Lippen. Patti und Gil waren gute Zuhörer. »Wie sollte ich mich zu irgendjemandem an den Tisch setzen, wenn ich überall Soßenflecken hatte, die auch noch aussahen wie Blut?«

»Oh, Schätzchen.«

»Immie kam zu mir und nahm mir das Tablett aus den Händen. Sie stellte mich all ihren Freundinnen vor und tat so, als würde sie die Spritzer auf meiner Bluse gar nicht sehen, also taten alle anderen auch so. Und das war's«, sagte Jule. »Sie gehörte zu meinen Lieblingsmenschen, aber nachdem ich weggezogen war, hatten wir keinen Kontakt mehr.«

Zurück im Wohnzimmer, setzte sich Gil mit den Beatmungsschläuchen in der Nase auf das Sofa. Patti holte ein dickes Fotoalbum mit vergoldetem Einband.

»Ich darf dir doch ein paar Bilder zeigen, oder?«

Sie sahen sich alte Fotos an. Jule fand Imogen außergewöhnlich hübsch – klein und ein wenig schelmisch. Sie hatte helle Haare, Grübchen und dicke Pausbacken, die später zu hohen Wangenknochen wurden. Auf vielen Bildern stand sie vor irgendeinem attraktiven Ausflugsziel.

»Da waren wir in Paris«, sagte Patti. Oder: »Da haben wir eine Farm besucht.« Oder: »Das ist Amerikas ältestes Karussell.«

Immie trug Glockenröcke und gestreifte Leggings. Auf den meisten Bildern waren ihre Haare lang und ein bisschen zerzaust. Auf späteren Fotos hatte sie eine Zahnspange.

»Sie hatte nie wieder eine Freundin, die auch adoptiert war, nachdem du die Greenbriar verlassen hattest«, sagte Patti. »Ich hatte immer das Gefühl, dass wir in diesem Punkt versagt haben.« Patti beugte sich vor. »Hast du so etwas? Eine Gemeinschaft aus Familien, die wie deine ist?«

Jule holte tief Luft. »Nein, so etwas habe ich nicht.«

»Hast du das Gefühl, deine Eltern haben dich enttäuscht?«, fragte Patti.

»Ja«, erwiderte Jule. »Meine Eltern haben mich enttäuscht.«

»Ich denke so oft, dass ich Immie anders hätte aufziehen sollen. Mehr hätte tun müssen. Mehr über schwierige Themen mit ihr hätte reden müssen.« Patti sprach immer weiter, aber Jule hörte ihr nicht mehr zu.

Juliettas Eltern waren gestorben, als sie acht Jahre alt war. Ihre Mutter war an einer langen, qualvollen Krankheit zugrunde gegangen. Kurz darauf hatte sich ihr Vater das Leben genommen, er war verblutet, nackt in einer Badewanne.

Julietta war von einer anderen Person großgezogen worden – der Tante –, in einem Zuhause, das kein Zuhause war.

Nein, sie würde nicht mehr daran zurückdenken. Sie würde diese Vergangenheit jetzt auslöschen.

Sie dachte sich eine neue Geschichte aus, ihre Herkunftsgeschichte. In dieser Version war das Wohnzimmer verwüstet. Mitten in der Nacht. Ja, das war es. Die Geschichte hatte noch kein Ende, aber sie ging alles durch, so gut sie konnte. Sie sah ihre Eltern im Lichtkreis einer Straßenlaterne tot im Gras liegen, eine schwarze Blutlache hatte sich gebildet.

»Wir sollten endlich zum Punkt kommen«, sagte Gil keuchend. »Das Mädchen hat nicht die ganze Nacht Zeit.«

Patti nickte. »Was ich dir nicht erzählt habe – und warum ich dich hergebeten habe –, ist, dass Imogen das College abgebrochen hat.«

»Wir glauben, dass sie sich mit irgendwelchen Partytypen eingelassen hat«, fügte Gil hinzu. »Sie hat ihr Potenzial im ersten Semester überhaupt nicht ausgeschöpft.«

»Na ja, sie hatte nie viel für die Schule übrig«, sagte Patti. »Jedenfalls nicht so, wie du offensichtlich Stanford liebst, Jule. Wie auch immer, sie hat das Vassar verlassen, ohne uns etwas davon zu sagen, und es hat Monate gedauert, bis sie sich endlich gemeldet hat. Wir haben uns große Sorgen gemacht.«

»*Du* hast dir große Sorgen gemacht«, mischte sich Gil ein. Er beugte sich vor. »Ich war nur sauer. Imogen hat überhaupt kein Verantwortungsgefühl. Sie verliert ihr Handy oder vergisst, es anzuschalten. Sie telefoniert nicht, schickt keine Nachrichten, nichts.«

»Wie sich herausgestellt hat, ist sie auf Martha's Vineyard«, fuhr Patti fort. »Wir waren oft als Familie dort und sie ist offenbar dorthin weggelaufen. Sie hat uns erzählt, dass sie ein Haus gemietet hat, aber sie hat uns keine Adresse gegeben, nicht mal den Ort genannt.«

»Warum fahren Sie nicht zu ihr?«, fragte Jule.

»Ich kann nirgendwohin«, erklärte Gil.

»Er muss jeden Tag zur Dialyse. Es ist kräftezehrend. Und er muss sich operieren lassen«, sagte Patti.

»Meine ganzen Innereien kommen bald raus«, sagte Gil. »Ich werde sie wohl in einem Beutel mit mir rumtragen müssen.«

Patti beugte sich zu ihm und küsste ihn auf die Wange. »Also haben wir uns überlegt, ob du vielleicht zu ihr fahren könntest, Jule. Nach Vineyard. Wir haben zuerst darüber nachgedacht, einen Privatdetektiv zu –«

»*Du* hast darüber nachgedacht«, fiel Gil ihr ins Wort. »Eine dämliche Idee.«

»Wir haben auch schon ein paar Collegefreunde von ihr gefragt, aber sie wollen sich nicht einmischen«, sagte Patti.

»Was soll ich denn machen?«, fragte Jule.

»Finde heraus, ob bei ihr alles in Ordnung ist. Erzähl ihr nicht, dass wir dich geschickt haben, aber schreib uns eine Nachricht, damit wir wissen, wie es ihr geht«, sagte Patti. »Versuch sie davon zu überzeugen, nach Hause zu kommen.«

»Du arbeitest doch diesen Sommer nicht, oder?«, fragte Gil. »Kein Praktikum oder etwas in der Art?«

»Nein«, sagte Jule. »Ich habe keinen Job.«

»Selbstverständlich kommen wir für deine Unkosten auf«, sagte Gil. »Wir können dir Guthabenkarten über ein paar Tausend Dollar mitgeben und wir bezahlen das Hotel.«

Die Sokoloffs waren so gutgläubig. So nett. So dumm. Die Katzen, die Hunde, die auf die Dachterrasse kackten, Gils Beatmungsgerät, die Alben voller Fotos, die Sorgen um Imogen, selbst das Einmischen, die Unordnung, die Lammkoteletts, ihre geschwätzige Art zu reden – alles war wundervoll.

»Ich würde mich freuen, Ihnen zu helfen«, sagte Jule.

Jule fuhr mit der U-Bahn zurück zu ihrer Wohnung. Sie klappte ihren Laptop auf und bestellte ein rotes Stanford-University-T-Shirt.

Als es ein paar Tage später ankam, zerrte sie am Kragen, bis er riss und sprühte den Saum mit Bleichmittel ein, damit es fleckig und ausgefranst aussah.

Sie wusch es mehrmals, bis es weich war und ausgewaschen wirkte.

2

ZWEITE JUNIWOCHE 2016
NEW YORK CITY

Einen Tag vor dem Abendessen bei Patti stand Jule mit einer Adresse auf einem Zettel in der Hand auf einer Straße in Upper Manhattan. Es war zehn Uhr morgens. Sie trug ein schmeichelndes schwarzes Baumwollkleid mit einem eckigen Ausschnitt. Ihre Absatzschuhe waren ebenfalls schwarz, mit Riemchen und vorn spitz zulaufend. Sie waren ihr zu klein. Sie hatte ein Paar Laufschuhe in ihrer Tasche. Ihr Gesicht hatte sie in einem Stil geschminkt, den sie für typisch Collegegirl hielt. Ihre Haare waren zu einem Dutt hochgebunden.

Die Greenbriar School umfasste eine Reihe renovierter Villen entlang der Fifth Avenue in Höhe der Zweiundachtzigsten Straße. Das Gebäude, in dem Jule arbeiten sollte, hatte fünf Etagen. Eine geschwungene Treppe führte zum Eingang, der von Statuen gesäumt war. Große Doppeltüren. Die Villa sah aus, als könnte man hier eine höchst ungewöhnliche Ausbildung erhalten.

»Die Veranstaltung ist im Festsaal«, sagte der Wachmann, als Jule eintrat. »Treppenaufgang rechts, zweite Etage.«

Die Eingangshalle hatte einen Marmorboden. Auf einem Schild zu ihrer Linken stand VERWALTUNG, an einer großen Pinnwand daneben waren die Collegeziele der Absolventen aufgelistet: Yale, Penn, Harvard, Brown, Williams, Princeton, Swarthmore, Dartmouth, Stanford. Jule kamen sie wie fiktive Orte vor. Es war seltsam, sie wie ein Gedicht niedergeschrieben zu sehen, jeder Name in einer eigenen Zeile, jedes Wort mit einer unermesslichen Bedeutung.

Am oberen Ende der Treppe führte der Flur in einen Festsaal. Eine autoritäre Frau in einem roten Jackett kam mit ausgestreckter Hand auf sie zu. »Catering? Willkommen an der Greenbriar«, sagte sie. »Es freut mich sehr, dass Sie heute aushelfen. Ich bin Mary Alice McIntosh, Leiterin der Spendenabteilung.«

»Schön, Sie kennenzulernen. Mein Name ist Lita Kruschala.«

»Die Greenbriar wurde 1926 gegründet und war eine Wegbereiterin in der Ausbildung junger Frauen«, erklärte McIntosh. »Die Schule umfasst drei Beaux-Arts-Villen, die ursprünglich Privathäuser waren. Die Gebäude sind denkmalgeschützt und unsere heutigen Geldgeber sind Wohltäter und Förderer der Ausbildung für Mädchen.«

»Ist es eine reine Mädchenschule?«

McIntosh reichte Jule eine zerknitterte schwarze Schürze. »Studien belegen, dass Mädchen in Schulen, die nach Geschlechtern getrennt sind, emanzipierter entscheiden und viel häufiger wissenschaftliche Fächer belegen. Sie machen sich weniger Gedanken über ihr Aussehen, sind konkurrenzfähiger und haben ein höheres Selbstwertgefühl.« Sie trug das Ganze vor wie eine Rede, die sie schon tausendmal gehalten hatte. »Heute erwarten wir hier einhundert Gäste zu Musik und Horsd'œuvres. Dann gibt es ein Mittagessen in den Salons in der dritten Etage.« McIntosh führte Jule in den Festsaal, wo große Tische mit weißen Tischdecken standen. »Die Mädchen versammeln sich hier montags und freitags. In der Mitte der Woche benutzen wir den Saal für Yoga und Vorträge.«

Ölgemälde schmückten die Wände des Saals. Es roch stark nach Möbelpolitur. Drei Kronleuchter hingen an der Decke und in einer Ecke stand ein Konzertflügel. Es war schwer zu glauben, dass hier jemand zur Schule ging.

McIntosh verwies Jule an den Cateringchef, Jule gab erneut Litas Namen an und band die Schürze über ihr Kleid. Sie sollte die Servietten falten, doch sobald der Cateringchef ihr den Rücken zugekehrt hatte, ging Jule den Flur hinunter und warf einen Blick in ein Klassenzimmer.

Der Raum war gesäumt von Büchern. An einer Wand hing eine interaktive Tafel, an einer anderen war eine Reihe Computer aufgestellt, aber die Mitte des Raums wirkte alt. Schwere Stühle waren um einen breiten alten Tisch angeordnet. An der Tafel stand:

Freies Schreiben, 10 Minuten:

»Das Wichtigste ist, jederzeit in der Lage zu sein, das zu opfern, was wir sind, für das, was wir werden können.«

Charles Du Bos

Jule berührte den Rand des Tisches. An diesem Platz würde sie sitzen, entschied sie. Das wäre ihr Stammplatz, mit dem Rücken zum Licht des Fensters, den Blick zur Tür gerichtet. Sie würde mit den anderen Schülerinnen über das Zitat von Du Bos diskutieren. Die Lehrerin, eine Frau in Schwarz, würde über ihnen aufragen, nicht bedrohlich, sondern inspirierend. Sie würde sie zu Höchstleistungen anspornen. Sie würde daran glauben, dass ihre Mädchen die Zukunft sind.

Ein Husten ertönte. Der Cateringchef stand mit Jule im Klassenzimmer. Er zeigte auf die Tür. Jule folgte ihm zurück zu dem Stapel Servietten und begann zu falten.

Ein Pianist betrat eifrig den Saal. Er war dürr, sommersprossig-weiß und rothaarig. Seine Handgelenke ragten zu weit aus seinem Jackett. Er packte seine Notenblätter aus, sah für ein oder zwei Minuten auf sein Handy und begann dann zu spielen. Die Musik klang schwungvoll und irgendwie elegant. Der Saal schien zu erstrahlen, als hätte das Fest bereits begonnen.

Als Jule mit den Servietten fertig war, ging sie zum Klavier hinüber. »Was ist das für ein Stück?«

»Gershwin«, sagte der Pianist geringschätzig. »Es ist schließlich ein Gershwin-Mittagessen. Leute mit Geld lieben Gershwin.«

»Sie nicht?«

Er zuckte mit den Schultern, während er weiterspielte. »Bezahlt die Miete.«

»Ich dachte, wer auf Konzertflügeln spielt, hat bereits Geld.«

»Normalerweise haben wir Schulden.«

»Und wer ist Gershwin?«

»Wer *war* Gershwin?« Der Pianist hielt mitten im Spiel an und begann mit einem neuen Stück. Jule beobachtete, wie seine Hände über die Tasten wanderten, und erkannte die Melodie: *Summertime, and the livin' is easy.*

»Das kenne ich«, sagte sie. »Er ist tot?«

»Schon lange. Er gehört in die Zwanziger und Dreißiger. Er war Einwanderer in der ersten Generation. Sein Vater war Schuhmacher. Er kam aus der jiddischen Theaterszene und hat angefangen, für schnelles Geld Jazz-Songs zu schreiben, dann hat er Filmmusik komponiert. Später kamen klassische Stücke und Opern dazu. Er schaffte es bis nach ganz oben, aber er kam aus dem Nichts.«

Wie unglaublich, dieses Instrument spielen zu können, dachte Jule. Was auch immer passiert, wie auch immer das Leben verläuft, man konnte auf seine Hände blicken und denken: *Ich spiele Klavier.* Das würde man immer über sich wissen.

Es war genauso, wie kämpfen zu können. Und den Akzent wechseln. Es waren Kräfte, die man verinnerlicht hatte. Sie würden einen nie verlassen, egal wie man aussah, egal von wem man geliebt oder nicht geliebt wurde.

Eine Stunde später tippte der Cateringchef Jule auf die Schulter. »Du hast dich mit Cocktailsoße bekleckert, Lita«, sagte er. »Und mit Sour Cream. Geh und bring das Ordnung. Ich hole dir eine neue Schürze.«

Jule senkte den Blick. Sie nahm die Schürze ab und gab sie ihm.

Die Toilette neben dem Festsaal war besetzt, also ging Jule die Treppe zum dritten Stock hinauf. Sie warf einen flüchtigen Blick in ein paar elegante Salons. Die Tische quollen fast über vor rosa Blumen. Gäste schüttelten sich die Hände und ließen Vorstellungsrunden über sich ergehen.

Die Damentoilette hatte einen grün und gold tapezierten Vorraum, in dem sogar ein kleines kunstvoll verziertes Sofa stand. Jule durchquerte den Raum und öffnete die Tür zu den Toiletten. Dort zog sie Litas Schuhe aus. Ihre Füße waren an den Zehen geschwollen und bluteten an den Fersen. Sie tupfte sie mit einem feuchten Papierhandtuch ab. Dann wischte sie über das Kleid, bis es sauber war.

Sie trat barfuß zurück in den Vorraum, wo sie eine Frau Mitte fünfzig vorfand, die auf dem Sofa saß. Die Frau sah auf eine typische Upper-Manhattan-Art gut aus: gebräunte Haut mit sorgsam aufgetragenem Rouge und braun gefärbtem Haar. Sie trug ein grünes Seidenkleid, als würde sie auf dieses grüne Samtsofa in diesen Raum mit der grünen und goldenen Tapete gehören. Sie hatte nackte Beine und verarztete gerade ihre mit

Blasen übersäten Zehen. Ein Paar Riemchenpumps lagen auf dem Boden.

»Die Hitze lässt die Füße anschwellen«, sagte die Frau, »und dann nimmt das Elend seinen Lauf. Habe ich recht?«

Jule passte ihren Akzent dem der Frau an: typisch Amerikanisch. »Haben Sie vielleicht ein Pflaster übrig?«

»Ich habe eine ganze Packung«, erwiderte die Frau. Sie vergrub die Hand in ihrer großen Umhängetasche und holte sie hervor. »Ich bin vorbereitet hergekommen.« Ihre Finger- und Zehennägel waren blassrosa lackiert.

»Vielen Dank.« Jule setzte sich neben sie und kümmerte sich um ihre eigenen Füße.

»Du erinnerst dich nicht an mich, oder?«, fragte die Frau.

»Ich –«

»Macht nichts. Ich erinnere mich an *dich*. Du und meine Tochter Immie, ihr wart euch zum Verwechseln ähnlich in euren Schuluniformen. So zierlich und mit diesen niedlichen Sommersprossen auf der Nase.«

Jule blinzelte.

Die Frau lächelte. »Ich bin die Mutter von Imogen Sokoloff, Schätzchen. Nenn mich Patti. Du warst auf Imogens Geburtstagsparty in der neunten Klasse, weißt du noch? Die Übernachtungsparty, auf der wir Cake-Pops gemacht haben. Und du warst immer mit Immie in SoHo shoppen. Oh, und erinnerst du dich noch, dass wir dich mit zu *Coppélia* im American Ballet Theatre genommen haben?«

»Natürlich«, sagte Jule. »Tut mir leid, dass ich Sie nicht gleich erkannt habe.«

»Kein Problem«, sagte Patti. »Ich muss zugeben, dass ich deinen Namen vergessen habe, aber ich vergesse nie ein Gesicht. Und du hattest diese lustigen blauen Haare.«

»Ich heiße Jule.«

»Natürlich. Es war so toll, dass du und Immie im ersten Jahr an der Highschool so gute Freundinnen wart. Nachdem du weg warst, ist sie mit diesen Kids von der Dalton losgezogen. Die habe ich nie auch nur halb so sehr gemocht. Es sind nur ein paar der jüngeren Absolventen hier auf der Veranstaltung, glaube ich. Wahrscheinlich niemand, den du kennst. Fast nur alte Mädchen wie ich.«

»Ich habe eine Einladung bekommen und bin vor allem wegen Gershwin hier«, sagte Jule. »Und um die Schule mal wiederzusehen.«

»Wie schön, dass dir Gershwin gefällt«, sagte Patti. »Als ich Teenager war, stand ich nur auf Punkrock, mit Anfang zwanzig waren es dann Madonna und wie sie alle hießen. Auf welches College gehst du?«

Ein Moment. Eine Entscheidung. Jule warf das Pflasterpapier in den Mülleimer.

»Stanford«, antwortete sie. »Aber ich bin nicht sicher, ob ich im Herbst dorthin zurückkehre.« Sie verdrehte komisch die Augen. »Ich streite mich gerade mit der zuständigen Stelle für finanzielle Unterstützung.« Alles was sie Patti erzählte, fühlte sich auf ihrer Zunge an wie schmelzendes Karamell.

»Wie unerfreulich«, sagte Patti. »Ich dachte, es gibt dort ganz großartige Finanzhilfen.«

»Eigentlich schon«, sagte Jule. »Aber nicht für mich.«

Patti musterte Jule ernst. »Ich denke, das wird sich klären. Wenn ich dich so ansehe, bin ich mir sicher, dass du dir keine

Türen vor der Nase zuschlagen lässt. Hör mal, hast du einen Sommerjob oder machst du ein Praktikum oder etwas in der Art?«

»Noch nicht.«

»Dann habe ich einen Vorschlag, über den ich gern mit dir sprechen würde. Nur eine verrückte Idee, die mir gerade in den Sinn gekommen ist, aber es könnte dich vielleicht interessieren.« Sie zog ein cremefarbenes Kärtchen aus ihrer Handtasche und reichte es Jule. Darauf stand eine Adresse in der Fifth Avenue. »Ich muss jetzt nach Hause zu meinem Mann. Aber komm doch morgen zum Abendessen zu uns. Ich bin sicher, Gil wird begeistert sein, eine von Immies alten Freundinnen zu treffen.«

»Danke, ich komme gern.«

»Neunzehn Uhr?«

»Ich werde da sein«, sagte Jule. »Und? Wagen wir es, unsere Schuhe wieder anzuziehen?«

»Oh, ich fürchte, das müssen wir«, sagte Patti. »Manchmal ist es schwer, eine Frau zu sein.«

1

ZWEITE JUNIWOCHE 2016
NEW YORK CITY

Sechzehn Stunden vorher stieg Jule gegen zwanzig Uhr aus der U-Bahn in einer zwielichtigen Gegend in Brooklyn. Sie hatte den Tag damit verbracht, einen Job zu suchen. Es war das vierte Mal in Folge, dass sie ihr bestes Kleid trug.

Kein Glück.

Ihr Apartment lag eine Treppe über einer Bodega Bar mit einer schäbigen gelben Markise: dem Joyful Food Mart. Es war Freitagabend, irgendwelche Typen hingen an der Ecke rum und unterhielten sich laut. Die Mülleimer am Straßenrand waren übervoll.

Jule wohnte erst seit vier Wochen hier. Sie teilte sich die Wohnung mit Lita Kruschala. Heute war die Miete fällig und Jule hatte nichts, um sie zu bezahlen.

Sie und Lita standen sich nicht besonders nahe. Sie hatten sich kennengelernt, nachdem Jule sich auf eine Online-Anzeige gemeldet hatte. Davor hatte sie in einem Hostel gewohnt. Sie hatte das Internet in der Stadtbibliothek benutzt, um nach einem Zimmer zu suchen.

Als sie zur Besichtigung kam, bot Lita das Wohnzimmer des Apartments als Schlafzimmer an. Es war mit einem Vorhang von der Küche abgetrennt. Lita erzählte Jule, dass ihre Schwester erst vor Kurzem zurück nach Polen gegangen sei. Lita wollte jedoch lieber in Amerika bleiben. Sie putzte Wohnungen und arbeitete für eine Cateringfirma, beides gegen Bargeld. Sie durfte nicht legal arbeiten. Außerdem besuchte sie Englischkurse am YMCA.

Jule erzählte Lita, dass sie als Personal Trainerin arbeitete. Diesen Job hatte sie jedenfalls in Florida gemacht und Lita glaubte ihr. Jule hatte eine Monatsmiete bar im Voraus bezahlt. Lita fragte nicht nach einem Ausweis. Jule erwähnte nie den Namen Julietta.

An manchen Abenden kamen Litas Freunde vorbei, redeten Polnisch und rauchten Zigaretten. Sie machten Fleischeintopf und kochten Kartoffeln in der Küche. An solchen Abenden setzte Jule Kopfhörer auf, rollte sich auf ihrem Bett zusammen und übte ihre Akzente mithilfe von Online-Tutorials. Manchmal kam Lita mit einer Schale Eintopf in Jules Zimmer und reichte sie ihr, ohne ein Wort zu sagen.

Jule war mit dem Bus nach New York gekommen. Nach der Sache mit dem Jungen und dem blauen Slush-Eis, nach dem Riemchen-High-Heel und dem Blut auf dem Gehweg, nach dem Sturz des Jungen war Julietta West Williams aus dem Bundesstaat Alabama verschwunden. Sie hatte auch die Schule geschmissen. Sie war siebzehn Jahre alt und musste ihre Ausbildung nicht abschließen. Kein Gesetz zwang sie dazu.

Vielleicht hätte sie nicht gehen müssen. Dieser Junge hatte überlebt und nie ein Wort gesagt. Aber wenn sie in der Stadt geblieben wäre, hätte er vielleicht doch noch geredet. Oder sich gerächt.

Pensacola, Florida, lag nur ein paar Hundert Meilen entfernt. Jule wurde in einem Fitnessstudio in einem Shoppingcenter eingestellt und arbeitete dort gegen Bargeld. Die Besitzer legten bei ihren Angestellten keinen großen Wert auf Zertifikate. Sie pumpten ihre Jungs mit Steroiden auf, alles lief am Rand der Legalität ab.

Julietta trainierte jeden Tag irgendwelche Typen. Türsteher, Schläger, Bodyguards, sogar ein paar Cops. Sie arbeitete sechs Monate dort und baute Muskeln auf. Ihr Boss besaß außerdem ein Kampfsportstudio, das nur eine Meile entfernt war, und ließ sie dort umsonst Kurse besuchen. Julietta mietete wochenweise ein Motelzimmer mit einer Kochnische. Sie kaufte sich einen Laptop und ein Handy, davon abgesehen sparte sie ihr Geld.

In der Mittagspause lief sie oft die Straße am Shoppingcenter entlang. Es war eine hochwertige Einkaufsmeile mit Brunnen und Flagship Stores. Julietta las in dem geräumigen Buchladen, kaufte in Gedanken Tausend-Dollar-Kleider, die in den Schaufenstern ausgestellt waren, und probierte im Kaufhaus Schminkprodukte aus. Sie lernte die Namen der nobelsten Marken. Mit Puder, Cremes und Lipgloss erfand sie sich selbst neu. Ihr Gesicht sah an einem Tag so und am nächsten ganz anders aus. Sie gab nie einen Cent aus.

Und so lernte sie Neil kennen. Neil war ein schlanker Typ in einer butterfarbenen Lederjacke. Ab und zu verbrachte er den Nachmittag damit, an den Make-up-Theken rumzuhängen und Mädchen anzusprechen. Er trug maßgefertigte Nikes und sprach mit einem Südstaatenakzent. Er konnte nicht älter als fünfundzwanzig sein, hatte ein rundliches weißes Gesicht mit roten Wangen, Koteletten und ein goldenes Kreuz um den Hals. Er gehörte zu den Typen, die im Kino zu viel Krach machten und immer eine große Portion Popcorn bestellten.

»Neil und weiter?«, hatte Jule gefragt.

»Ich benutze meinen Nachnamen nicht«, antwortete er. »Er ist nicht so hübsch wie ich.«

Neil war geschäftlich hier. Das sagte er jedenfalls, als sie ihn fragte, was er in der Kosmetikabteilung zu suchen hatte. »Ich bin geschäftlich hier.«

Sie fragte sich, woher er diesen Spruch hatte. Sagte man das so in Pensacola, wenn man irgendwo rumhing und Mädchen anbaggerte? Oder kam der Spruch irgendwoanders her?

Sie wusste, was er meinte.

»Wenn du für mich arbeitest, könntest du viel mehr verdienen als jetzt. Ich würde dich richtig gut behandeln«, sagte Neil. Es war der dritte Tag, an dem sie sich mit ihm unterhielt. »Woher kriegst du dein Geld, Pretty Baby? Ich kann sehen, dass du keins ausgibst.«

»Nenn mich nicht Pretty Baby.«

»Wieso? Du bist umwerfend.«

»Gibt es ernsthaft Mädchen, die dich mögen, wenn du sie so nennst?«

Er zuckte mit den Schultern und lachte. »Ja, gibt es.«

»Dann sind das nur dumme Mädchen.«

»Das sind alles nette Mädchen, so sieht's aus. Sie könnten dir zeigen, wie's läuft. Ist keine schwere Arbeit.«

»Na klar.«

»Du würdest clean bleiben. Du könntest dir ein paar hübsche Klamotten kaufen. Jeden Morgen ausschlafen.«

An diesem Tag hatte Julietta ihn stehen lassen, aber eine Woche später tauchte Neil wieder in der Kosmetikabteilung auf. Diesmal fragte er so höflich, dass sie sich in einem der Fast-Food-Läden zu einem Burrito einladen ließ. Sie setzten sich an einen winzigen Tisch neben einem Wasserbecken.

»Kerle stehen auf Frauen mit Muskeln, weißt du«, sagte Neil. »Nicht alle, aber eine Menge. Typen, die andere gern herumkommandieren, fahren meistens auf Mädchen ab, die wie du gebaut sind und die sich nicht Pretty Baby von ihnen nennen lassen. Verstehst du, was ich meine? Es gibt da einen bestimmten Kerl, ich könnte für dich eine gute Summe rausschlagen. Eine sehr, sehr gute Summe.«

»Ich gehe nicht auf den Strich«, erklärte sie ihm.

»Ist doch kein Strich, Anfängerin. Es gibt da ein paar Apartments mit Türsteher und Fahrstuhl. Whirlpools. Ein Wachmann patrouilliert in den Fluren, sorgt für die Sicherheit von allen. Hör zu, du hast es im Moment nicht leicht. Ich weiß, wovon ich rede, denn ich war auch mal an diesem Punkt. Ich hatte nichts und habe wie verrückt für ein besseres Leben geackert. Du bist ein Mädchen mit großer Klappe, ein wunderschönes, ungewöhnliches Mädchen. Du hast einen Hammerkörper, überall Muskeln. Und ich glaube, dass du etwas Besseres verdienst, als das, was du jetzt machst. Das ist alles.«

Julietta hörte zu.

Er sprach aus, was sie empfand. Er verstand sie.

»Woher kommst du, Julietta?«

»Alabama.«

»Du klingst wie aus dem Norden.«

»Ich habe meinen Akzent abgelegt.«

»Was?«

»Ich habe ihn ersetzt.«

»Wie?«

Die Typen im Fitnessstudio, in dem Julietta arbeitete, waren alt. Sie redeten nur von Trainingseinheiten und Meilen, Gewichten und Dosierungen. Sie waren die Einzigen, mit denen sie jemals sprach. Neil war wenigstens jung.

»Als ich neun war«, erzählte sie ihm, »hatte ich einmal … sagen wir einen schlechten Tag. Die Lehrer verlangten von uns, still zu sein. Schrien *mich* an, still zu sein. ›Halt den Mund, Kleine, du hast genug geredet.‹ Oder: ›Stopp, Kleine, hier wird nicht gehauen, du hast einen Mund zum Reden.‹ Und gleichzeitig *halt den Mund.* Sie zerquetschten einen. Sie wollten, dass man klein und still war. *Lieb* war nur ein anderes Wort für *wehr dich nicht.*«

Neil nickte. »Ich wurde auch immer ermahnt, weil ich zu laut war.«

»Eines Tages wurde ich nicht von der Schule abgeholt. Einfach so … es kam niemand. Das Sekretariat rief immer wieder bei mir zu Hause an, aber keiner holte mich ab. Die Nachmittagsbetreuerin rief Miss Kayla an, die mich schließlich nach Hause fuhr. Es war schon dunkel draußen. Ich kannte sie kaum. Ich bin in ihr Auto gestiegen, weil sie schöne Haare hatte. Ja, ziemlich dämlich, in den Wagen einer Fremden zu steigen, ich weiß. Aber sie war ja eine Lehrerin. Sie gab mir eine Schachtel Tic Tacs. Während der Fahrt redete sie und redete, um mich aufzuheitern. Und sie kam aus Kanada. Ich weiß nicht genau wo in Kanada, aber sie hatte einen Akzent.«

Neil nickte.

»Ich habe angefangen, sie zu nachzuahmen«, fuhr Julietta fort. »Ich war neugierig, warum sie manche Wörter so seltsam aussprach. Das nennt sich übrigens *Canadian raising*. Ist eine Verschiebung der Vokale. Und ich brachte Miss Kayla zum Lachen, als ich ihren Akzent nachmachte. Sie sagte, ich sei gut im Imitieren. Als wir bei mir ankamen, brachte sie mich zur Tür.«

»Und dann?«

»Die ganze Zeit war jemand zu Hause gewesen.«

»Krass.«

»Ja, sie hat ferngesehen. Sie hat nicht daran gedacht, mich abzuholen. Oder sie konnte nicht. Keine Ahnung. Egal wie, es war scheiße. Sie war einfach nicht an das dumme Telefon gegangen, obwohl die Schule so oft angerufen hatte. Ich drückte die Tür auf und trat ein. Ich fragte: ›Wo warst du?‹ Und sie sagte: ›Sei still, siehst du nicht, dass der Fernseher an ist?‹ Und ich fragte: ›Warum bist du nicht ans Telefon gegangen?‹ Und sie sagte: ›Halt den Mund, hab ich gesagt.‹ Noch ein *Halt den Mund und wehr dich nicht*. Also habe ich mir eine Schüssel trockenes Müsli zum Abendessen geholt und mich neben sie gesetzt. Wir haben eine Stunde oder länger ferngesehen, als mir diese Idee kam.«

»Was für eine?«

»Das Fernsehen kann dir beibringen, wie man redet. Nachrichtensprecher, Reiche, die Ärzte in diesen Krankenhausserien. Keiner von ihnen redete so wie ich. Aber die sprachen alle gleich.«

»Kann schon sein.«

»Ist wirklich so. Und ich dachte mir: Lerne *so* zu reden, vielleicht verlangt dann niemand mehr von dir, den Mund zu halten.«

»Du hast dir das selbst beigebracht?«

»Zuerst habe ich das ganz typische amerikanische Englisch gelernt. Das aus dem Fernsehen. Aber inzwischen kann ich auch die Akzente aus Boston, Brooklyn, von der Westküste, aus den Südstaaten, ich kann Zentralkanadisch, BBC-Englisch, Irisch, Schottisch, Südafrikanisch.«

»Du willst Schauspielerin werden? Ist es das?«

Julietta schüttelte den Kopf. »Ich habe Besseres im Kopf.«

»Dann muss es die Weltherrschaft sein.«

»Etwas in der Art. Ich bin gerade dabei, das herauszufinden.«

»Du könntest definitiv Schauspielerin werden«, sagte Neil grinsend. »Ich könnte sogar wetten, dass man dich eines Tages im Kino sehen wird. In einem Jahr werde ich sagen: Wow! Diese Julietta stand immer an der Chanel-Auslage und hat sich über das kostenlose Make-up hergemacht. Dieses Mädchen hat sich sogar ab und zu mit mir unterhalten.«

»Danke.«

»Du brauchst unbedingt schicke Klamotten, Miss Julietta. Du musst ein paar schwerreiche Kerle kennenlernen, die dir Schmuck und hübsche Kleider kaufen. Wie im Fernsehen zu reden ist eine Sache, aber im Moment sehe ich nur Trainingsanzug, Turnschuhe, billige Frisur. So erreichst du nie etwas.«

»Ich möchte nicht verkaufen, was du verkaufst.«

»Lass mal deinen Brooklyn-Akzent hören«, sagte Neil.

»Meine Mittagspause ist vorbei.« Sie stand auf.

»Komm schon. Dann eben Irisch.«

»Nein.«

»Na ja, wenn du irgendwann einen besseren Job als deinen jetzigen willst, hier ist meine Nummer«, sagte Neil und zog ein

Kärtchen aus seiner Hosentasche. Sie war schwarz, eine Handynummer in silberner Schrift stand darauf.

»Ich gehe jetzt.«

Neil hob seine Cola, als wollte er ihr zuprosten.

Julietta lachte, als sie ging.

Durch Neil fühlte sie sich schön. Er war ein guter Zuhörer.

Am nächsten Morgen packte sie ihre Sachen und stieg in einen Bus nach New York City. Sie hatte Angst davor, was aus ihr werden könnte, wenn sie noch länger blieb.

Jetzt war Jules Miete fällig. Sie hatte Ramen aus dem Supermarkt gegessen. Sie hatte nur noch fünf Dollar in ihrem Portemonnaie.

Kein Fitnessstudio in New York stellte eine Trainerin ohne Lizenz ein. Sie hatte keinen Highschool-Abschluss. Sie hatte keine Referenzen, denn ihren ersten und einzigen Job hatte sie hingeschmissen. In einem Fitnessstudio könnte sie am besten verdienen, hatte sie gedacht, sie wollte ein bisschen sparen und dann nach etwas suchen, das sie weiter nach oben bringen würde. Als niemand sie einstellte, hatte sie es in Kosmetikabteilungen versucht, bei anderen Jobs im Einzelhandel, sich als Nanny beworben, als Bedienung in Restaurants, um jede offene Stelle. Sie hatte sich auf die Suche gemacht, jeden Tag, den ganzen Tag. Es war nichts zu finden gewesen.

Sie machte im Joyful Food Mart unter ihrem Apartment halt. Es war voll. Leute, die von der Arbeit kamen, kauften sich Nudeln in Schachteln und Bohnen in Dosen oder spielten Lotto. Jule kaufte sich einen Becher Vanillepudding für einen Dollar und nahm einen Plastiklöffel mit. Sie aß den Pudding zum Abendessen, während sie nach oben in die Wohnung ging, die sie sich mit Lita teilte.

Die Wohnung war dunkel. Jule war erleichtert. Lita war früh nach Hause gekommen oder noch unterwegs. Auf jeden Fall musste Jule keine Ausreden erfinden, warum sie die Miete nicht hatte.

Am nächsten Morgen kam Lita nicht aus ihrem Schlafzimmer. Normalerweise war sie samstags wegen ihres Cateringjobs schon um sieben auf den Beinen. Um acht klopfte Jule an ihre Tür.

»Alles okay bei dir?«

»Ich bin tot«, rief Lita von drinnen.

Jule lugte hinein. »Du musst heute arbeiten, oder?«

»Um zehn. Aber ich habe die ganze Nacht gekotzt. Zu viele verschiedene Cocktails.«

»Brauchst du ein Wasser?«

Lita stöhnte.

»Soll ich den Job für dich übernehmen?«, fragte Jule, als ihr ein Gedanke kam.

»Lieber nicht«, sagte Lita. »Kennst du dich überhaupt mit Catering aus?«

»Klar.«

»Wenn ich nicht auftauche, feuern die mich«, sagte Lita.

»Dann lass mich gehen«, sagte Jule. »Das wäre für uns beide gut.«

Lita schwang die Beine über die Bettkante und hielt sich am Nachttisch fest, ihr war offensichtlich schlecht.

»Na gut, okay.«

»Wirklich?«

»Nur ... sag einfach, du wärst ich.«

»Ich sehe doch gar nicht aus wie du.«

»Ist egal. Sie haben einen neuen Cateringchef. Er wird den Unterschied nicht merken. Ist eine große Veranstaltung. Wichtig ist nur, dass du meinen Namen auf der Liste abhaken lässt.«

»Das krieg ich hin.«

»Und sorg dafür, dass du bezahlt wirst, bevor du gehst. Zwanzig die Stunde, bar auf die Hand, plus Trinkgeld.«

»Darf ich das Geld behalten?«

»Die Hälfte«, sagte Lita. »Ist schließlich mein Job.«

»Drei Viertel«, sagte Jule.

»Na schön.« Lita warf einen Blick auf ihr Handy und schrieb die Adresse auf einen Zettel. »Greenbriar School auf der Upper East Side. Du musst mit dem Bus zum Zug und dann in die U-Bahn umsteigen.«

»Was ist das für eine Veranstaltung?«

»Eine Party für Spendengeber der Schule.« Lita legte sich langsam wieder hin, als hätte sie Angst, sich den Kopf zu stoßen. »Ich sollte nicht mehr trinken, niemals. Oh, du musst ein schwarzes Kleid anziehen.«

»So was habe ich nicht.«

Lita seufzte. »Nimm dir eins aus meinem Schrank. Die geben dir dort eine Schürze. Nein, nicht das mit der Spitze. Das kann ich immer nur in die Reinigung bringen. Nimm dir eins aus Baumwolle.«

»Ich brauche auch Schuhe.«

»Gott, Jule.«

»Sorry.«

»Nimm die Absatzschuhe. Dann bekommst du mehr Trinkgeld.«

Jule quetschte ihre Füße in die Stöckelschuhe. Sie waren zu klein, aber sie schaffte es.

»Danke.«

»Du gibst mir auch die Hälfte des Trinkgelds ab«, sagte Lita. »Das sind meine guten Schuhe.«

Jule hatte noch nie so ein hübsches Kleid angehabt. Es war aus schwerer Baumwolle, ein Tageskleid mit einem eckigen Halsausschnitt und einem fließenden Rock. Sie war überrascht, dass Lita so ein Teil überhaupt besaß, aber Lita sagte, sie hätte es billig in einem Secondhandladen bekommen.

Jule trat in dem Kleid und ihren Turnschuhen auf die Straße, Litas Absatzschuhe steckten in ihrer Tasche. Der Geruch New York Citys in der Hitze des Frühsommers hing in der dicken Luft: Abfall, Armut, Ambitionen.

Sie beschloss, über die Brooklyn Bridge zu laufen. Dann könnte sie auf der Manhattanseite die U-Bahn nehmen und müsste nicht umsteigen.

Die Sonne funkelte, als sie losging. Die Türme zeichneten sich ab. Jule sah Schiffe im Hafen, die Spuren durch das Wasser zogen. Lady Liberty erhob sich stark und strahlend.

Es war seltsam, wie neu sie sich durch das fremde Kleid fühlte. Dieses Gefühl, jemand anderes zu sein, sich in jemand anderen zu verwandeln, schön und jung zu sein und diese berühmte Brücke auf dem Weg zu etwas Großem zu überqueren – das war der Grund, aus dem Jule nach New York gekommen war.

Bis zu diesem Morgen hatte sie diese Möglichkeit nie so deutlich gespürt.

19

DRITTE JUNIWOCHE 2017
CABO SAN LUCAS, MEXIKO

Etwas mehr als ein Jahr später im Cabo Inn stolperte Jule um fünf Uhr morgens ins Badezimmer, spritzte sich etwas Wasser ins Gesicht und schminkte ihre Augen. Warum auch nicht? Sie mochte Make-up. Sie hatte Zeit. Sie trug Concealer auf und Puder, fügte dunklen Lidschatten hinzu, dann Wimperntusche und einen fast schwarzen Lippenstift mit etwas Gloss darüber.

Sie rieb sich Gel ins Haar und zog sich an. Schwarze Jeans, Stiefel, dunkles T-Shirt. Zu warm für die mexikanische Hitze, aber praktisch. Sie packte ihren Koffer, trank eine Flasche Wasser und verließ das Zimmer.

Noa saß im Gang, mit dem Rücken an die Wand gelehnt, einen dampfenden Kaffeebecher in den Händen.

Wartete.

Die Tür fiel ins Schloss. Jule trat zurück und drückte sich dagegen.

Verdammt.

Sie dachte, sie wäre frei oder zumindest fast frei. Jetzt stand ihr ein Kampf bevor.

Noa wirkte selbstsicher, regelrecht entspannt. Sie blieb mit angewinkelten Knien sitzen. Balancierte den Kaffeebecher.

»Imogen Sokoloff?«, fragte sie.

Moment. Was?

Dachte Noa, sie sei Imogen?

Imogen, natürlich.

Noa hatte versucht, sie mit Dickens für sich zu gewinnen. Und mit einem kranken Dad. Und gottverdammten Katzen. Weil sie wusste, dass all diese Dinge *Imogen Sokoloff* in eine Unterhaltung verwickeln würden.

»Noa!«, sagte Jule lächelnd in ihrem BBC-Englisch, immer noch mit dem Rücken zur Zimmertür. »O wow, Sie haben mich überrascht. Ich kann nicht glauben, dass Sie hier sind.«

»Ich möchte mit dir über das Verschwinden einer gewissen Julietta West Williams reden«, sagte Noa. »Kennst du eine junge Frau mit diesem Namen?«

»Verzeihung, wie bitte?« Jule hängte sich ihre Handtasche schräg um, damit sie ihr nicht so leicht von der Schulter rutschen konnte.

»Du kannst den Akzent lassen, Imogen«, sagte Noa. Sie stand langsam auf, um den Kaffee nicht zu verschütten. »Wir haben Grund zu der Annahme, dass du Juliettas Pass benutzt hast. Die Beweise deuten darauf hin, dass du vor ein paar Monaten deinen eigenen Tod in London vorgetäuscht hast, nachdem du ihr dein Geld vermacht hattest, und dass du dann ihre Identität angenommen hast, vermutlich mit Juliettas Hilfe. Doch nun hat sie seit Wochen niemand mehr gesehen. Sie hat keinerlei Spuren hinterlassen, seit dein Testament vollstreckt wurde. Bis du angefangen hast, Kreditkarten mit ihrem Namen im Playa Grande zu benutzen. Kommt dir das bekannt vor? Ich würde gern einen Blick auf deinen Ausweis werfen.«

Jule brauchte Zeit, um diese neuen Informationen zu überdenken. Aber sie musste schnell sein. Sie musste jetzt handeln.

»Ich glaube, sie verwechseln mich mit jemandem«, sagte sie, ohne den BBC-Akzent abzulegen. »Es tut mir leid, dass ich nicht zum Trivia-Abend gekommen bin. Lassen Sie mich nur mein Portemonnaie herausholen. Ich bin sicher, wir können das alles sofort klären.«

Sie tat so, als müsste sie in ihre Tasche schauen – und mit zwei Schritten hatte sie sich auf Noa gestürzt. Sie trat von unten gegen den Kaffeebecher. Der Kaffee war immer noch heiß und spritzte der Frau ins Gesicht.

Noas Kopf flog nach hinten und Jule holte hart mit dem Koffer aus. Er traf Noa an der Seite ihres Schädels. Sie ging zu Boden. Jule holte noch einmal aus und ließ den Koffer auf Noas Schulter krachen. Wieder und wieder. Noa wand sich auf dem Boden und fasste mit der Linken nach Jules Knöchel, während sie mit der Rechten ihr Hosenbein abtastete.

War die Frau bewaffnet? Ja, da war etwas um ihr Bein geschnallt.

Jule trampelte mit voller Wucht auf Noas Hand. Ein knirschendes Geräusch ertönte, Noa schrie auf, aber mit der anderen Hand versuchte sie weiter, Jules Knöchel zu packen, um sie aus dem Gleichgewicht zu bringen.

Jule suchte Halt an der Wand und trat Noa ins Gesicht. Als sie sich zusammenrollte und die Hände hob, um ihre Augen zu schützen, riss Jule das Hosenbein von Noas Jeans hoch.

Eine Waffe war an ihre Wade gebunden. Jule zerrte sie heraus.

Sie richtete die Waffe auf Noa und wich rückwärts über den Flur zurück. Sie zog ihren Koffer mit, während sie zielte.

Als sie an der Treppe war, drehte Jule sich um und rannte die Stufen hinunter.

Draußen am Hinterausgang des Hotels scannte sie die Mülltonnen und Autos, die auf dem Hinterhof abgestellt waren. Fahrräder lehnten an der Rückseite des Gebäudes.

Nein, Jule konnte kein Fahrrad nehmen, sie durfte den Koffer nicht zurücklassen.

Etwas weiter den Hügel hinunter führte die Straße auf einen Platz mit einem Café.

Zu offensichtlich.

Jule rannte zum Parkplatz des Hotels. Als sie um die Ecke des Gebäudes bog, fiel ihr ein Fenster zu einem der Zimmer an der Seitenwand auf. Es stand oben offen.

Jule spähte in den Raum.

Leer. Das Bett war gemacht.

Sie riss das Fliegengitter vom Fensterrahmen und warf es ins Zimmer. Der Koffer passte gerade so durch die obere Öffnung. Sie warf ihre Handtasche hinterher und hievte sich durch die Fensteröffnung. Sie schrammte sich die Haut auf und landete hart auf dem Boden. Dann schloss sie rasch das Fenster, zog die Jalousie zu, zerrte ihre Sachen und das abgerissene Fliegengitter ins Bad und schloss sich darin ein.

Das Hotel war ganz sicher der letzte Ort, an dem Noa nach ihr suchen würde.

Jule setzte sich auf den Rand der Badewanne und zwang sich, ruhig zu atmen. Sie öffnete den Koffer und holte ihre rote Perücke heraus. Statt des schwarzen T-Shirts zog sie ein weißes Top an, dann setzte sie die Perücke auf und steckte die Haare an der Seite darunter. Sie machte den Koffer wieder zu.

Die Waffe schob sie hinten in den Hosenbund, wie sie es in Filmen gesehen hatte.

Ein paar Minuten später hörte sie, wie Noa am Badezimmerfenster vorbeiging. Sie ging langsam und telefonierte mit ihrem Handy.

»Ich weiß«, sagte Noa. »Ich habe die Situation unterschätzt, das ist mir klar.«

Eine Pause.

»Es war ganz einfach. Eine Erbin, die weggelaufen ist, okay?« Noa war stehen geblieben und gut zu verstehen. »Ein stinkreiches Mädchen, das ihren Spaß haben will. Bis jetzt deuten die Beweise darauf hin, dass sie und ihre Freundin einen Selbstmord vorgetäuscht haben, damit sie auf großem Fuß leben können. Die beiden haben sich überlegt, zusammen abzuhauen. Die übliche Geschichte – besessener Exfreund, kontrollsüchtige Eltern. Die Freundin dachte, sie würden sich das Geld teilen, aber die Erbin spielte ein doppeltes Spiel. Sie nahm wie geplant die Identität ihrer Freundin an, hat sie sich dann aber endgültig vom Hals geschafft … Wir gehen stark von einem Auftragsmord aus, wahrscheinlich in Großbritannien. Die Freundin gilt als vermisst, zuletzt wurde sie im April in London gesehen. In der Zwischenzeit hat die Erbin die Unterlagen ihrer Freundin benutzt, ist mit dem ganzen Geld untergetaucht und könnte jetzt ein unbeschwertes Leben führen, wenn es diesen besessenen Exfreund nicht gebe.

Er kann einfach nicht glauben, dass sie sich umgebracht hat, und nervt damit ständig die Polizei. Schließlich haben die sich gedacht, dass er vielleicht recht haben könnte. Sie haben sich den Fall noch einmal angesehen und herausgefunden, dass die Kreditkarte der Freundin in dieser Hotelanlage in Mexiko benutzt wurde.«

Noch eine Pause, während Noa zuhört. »Komm schon, ein Mädchen wie sie, eine vom Vassar, da erwartet man doch keine Gegenwehr. Niemand hätte das erwartet. Sie ist kaum eins fünfzig groß. Sie trägt Dreihundert-Dollar-Sneakers. Das kannst du mir nicht vorwerfen.«

Wieder eine Pause. Noa ging weiter und ihre Stimme wurde leiser.

»Okay, schick mir jemanden, ich brauche medizinische Versorgung. Die Kleine hat meine Waffe. Ja, ich weiß, ich weiß. Schick mir einfach irgendeine Hilfe aus der Gegend, *comprende*?«

Forrest hatte Privatdetektive engagiert. Jetzt kapierte Jule. Er hatte Immies Selbstmord nie akzeptiert, hatte Jule von Anfang an unter Verdacht gehabt. Und wohin hatten all seine bohrenden Fragen geführt? Ihm wurde gesagt, dass Imogen ihn reingelegt habe, um von ihm loszukommen, und dass die arme, tote Jule nichts weiter sei als ein gutgläubiges Opfer.

Jule kauerte sich unter das Fenster, um nach draußen zu spähen. Noa lief den Hügel hinunter und hielt sich dabei Arm und Schulter.

Ein Supercabos-Bus kam die Straße hinunter. Jule schnappte sich den Koffer und rollte ihn auf den Flur, dann verließ sie das Hotel durch den Seitenausgang. Sie lief ruhig zum Straßenrand und hielt den Arm raus.

Der Bus hielt an.

Sie atmete durch.

Noa drehte sich nicht um.

Jule stieg vorn in den Bus.

Noa drehte sich immer noch nicht um.

Jule bezahlte den Fahrpreis und die Türen des Busses schlossen sich. Ein Auto hielt neben Noa, die ihre gebrochene Hand hielt. Sie zeigte der Person im Auto kurz ihren Ausweis.

Der Bus fuhr in die entgegengesetzte Richtung los. Jule setzte sich auf den abgenutzten Sitz gleich hinter dem Fahrer.

Der Bus würde überall anhalten, wo sie aussteigen wollte. So funktionierten Supercabos-Busse.

»*Quiero ir a la esquina de Ortiz y Ejido. ¿Puedes llevarme cerca de allí?*«, fragte Jule. Ortiz y Ejido – der Portier hatte ihr gesagt, dass dort irgendein Kerl gegen Bargeld gebrauchte Autos verkaufte. Keine Fragen stellte.

Der Fahrer nickte.

Jule West Williams beugte sich auf ihrem Sitz vor.

Sie hatte vier Pässe, vier Führerscheine, drei Perücken, ein paar Tausend Dollar in bar und eine Kreditkartennummer von Forrest Smith-Martin, die sie benutzen konnte, um Flugtickets zu kaufen.

Eigentlich gab es eine Menge Dinge, die Jule mit Smith-Martins Kreditkartenummer anstellen konnte. Sie könnte Forrest den ganzen Ärger zurückzahlen, den er ihr eingebrockt hatte.

Es war verlockend.

Aber wahrscheinlich würde sie sich nicht die Mühe machen. Forrest hatte keine Bedeutung mehr für Jule, jetzt, da sie nicht mehr Imogen Sokoloff sein musste.

Die letzten Bruchstücke von Immie, die noch in ihr gewesen waren, glitten davon wie Kieselsteine, die von den Gezeiten vom Strand gespült wurden.

Jule würde jetzt etwas ganz Neues anfangen. Es würde andere Brücken geben, die sie überqueren konnte, andere Kleider, die sie tragen konnte. Sie hatte ihren Akzent geändert, hatte ihr ganzes Dasein geändert.

Sie konnte es wieder tun.

Jule nahm den Schlangenring aus Jade ab, warf ihn auf den Boden und sah zu, wie er zur Rückseite des Busses rollte. In Culebra fragte niemand nach einem Ausweis.

Die Waffe fühlte sich ganz heiß in ihrem Rücken an. Jule war bewaffnet. Sie hatte kein Herz, das gebrochen werden konnte.

Wie der Held in einem Actionfilm stand Jule West Williams im Mittelpunkt der Geschichte.

ANMERKUNG DER AUTORIN

Ich habe mich von unzähligen Büchern und Filmen beim Schreiben von *Bad Girls* inspirieren lassen: viktorianische Waisenerzählungen, Geschichten über Hochstapler, Antiheldenromane, Film Noirs, Superheldencomics, rückwärts erzählte Geschichten, Geschichten über soziale Mobilität und Bücher über das Leben übertrieben ehrgeiziger, unglücklicher Frauen. Der Roman, den ich geschrieben habe, baut sich für mich Schicht für Schicht aus entsprechenden Bezügen auf. Ich kann unmöglich all meine Einflüsse aufführen, aber ich stehe ganz besonders in der Schuld von Patricia Highsmith für *Der talentierte Mr. Ripley,* Mark Seal für *Der Mann, der Rockefeller war* und Charles Dickens für *Große Erwartungen.*

DANKSAGUNG

Ich danke meinen frühen Lesern für ihre detaillierte Rückmeldung: Ivy Aukin, Coe Booth, Matt de la Peña, Justine Larbalestier und Zoey Peresman. Ein noch größerer Dank geht an Sarah Mlynowski, die verschiedene Entwürfe gelesen hat. Der Fotograf Heather Weston hat eine großartige Reihe von Bildern kreiert, die von der Geschichte inspiriert wurden und meine Vorstellung von der Ästhetik des Romans wunderbar ergänzen. Zu Dank verpflichtet bin ich außerdem Ally Carter, Laura Ruby, Anne Ursu, Robin Wasserman, Scott Westerfeld, Gayle Forman, Melissa Kantor, Bob, Meg Wolitzer, Kate Carr, Libba Bray und Len Jenkin für ihre Unterstützung und Kritik. Meine Agentin Elizabeth Kaplan war eine Meisterin, ihr Assistent Brian McGuffog eine große Hilfe. Ich danke Jane Harris und Emma Matthewson bei HotKey und Eva Mills und Elise Jones bei Allen and Unwin für ihren frühen Enthusiasmus. Ich danke Ramona Jenkin für ihr medizinisches Fachwissen. Mein Dank geht auch an das unglaubliche Team bei Penguin Random House, insbesondere, aber nicht ausschließlich, an John Adamo, Laura Antonacci, Dominique Cimina, Kathleen Dunn, Colleen Fellingham, Anna Gjesteby, Rebecca Gudelis, Christine Labov, Casey Lloyd, Barbara Marcus, Lisa Nadel, Adrienne Waintraub – und ganz besonders an meine anspruchsvolle, geduldige und aufmunternde Actionheldenlektorin Beverly Horowitz. Ich danke meiner Familie, nah und fern, und vor allem Daniel Aukin.

LESEPROBE

E. Lockhart
Solange wir lügen
ISBN 978-3-473-58512-0

HERZLICH WILLKOMMEN BEI den wunderschönen Sinclairs.

Niemand von uns ist ein Verbrecher.

Niemand ein Abhängiger.

Niemand ein Versager.

Wir Sinclairs sind athletisch, groß und gut aussehend. Wir sind Demokraten aus dem alten Geldadel. Unser Lächeln ist breit, unser Kinn markant und unsere Tennisaufschläge sind aggressiv.

Es spielt keine Rolle, wenn eine Scheidung unser Herz zerreißt, sodass es nur noch widerwillig schlägt. Es spielt keine Rolle, wenn das Geld auf Treuhandkonten knapp wird, wenn Kreditkartenrechnungen unbezahlt auf der Küchenanrichte liegen bleiben. Es spielt keine Rolle, wenn auf dem Nachttisch eine Sammlung von Tablettenschachteln steht.

Es spielt keine Rolle, wenn jemand von uns hoffnungslos, hoffnungslos verliebt ist.

So verliebt,
dass hoffnungslos verzweifelte Maßnahmen
ergriffen werden müssen.

Wir sind Sinclairs.

Niemand ist schwach.

Niemand hat Unrecht.

Wir wohnen, zumindest in den Sommermonaten, auf einer Privatinsel vor der Küste von Massachusetts.

Vielleicht ist das schon alles, was ihr wissen müsst.

2

MEIN VOLLSTÄNDIGER NAME ist Cadence Sinclair Eastman.

Ich wohne zusammen mit Mum und drei Hunden in Burlington, Vermont.

Ich bin fast achtzehn.

Ich besitze nicht viel mehr als einen gut genutzten Bibliotheksausweis, obwohl ich in einem prachtvollen Haus voller teurer, nutzloser Dinge wohne.

Früher war ich blond, aber jetzt sind meine Haare schwarz.

Früher war ich stark, aber jetzt bin ich schwach.

Früher war ich hübsch, aber jetzt sehe ich krank aus.

Seit meinem Unfall leide ich an Migräne.

Schwachköpfe kann ich nicht leiden.

Ich mag es, wenn etwas mehrere Bedeutungen hat.

An etwas leiden, jemanden nicht leiden können.

Das Wort bedeutet in beiden Fällen fast dasselbe, aber eben nur fast.

Leiden.

Man könnte sagen, dass es ertragen heißt, aber auch das trifft es nicht genau.

Meine Geschichte beginnt vor dem Unfall.

In dem Sommer, als ich fünfzehn Jahre alt war, ist mein Vater mit irgendeiner Frau abgehauen, die er mehr liebte als uns.

Dad ist ein halbwegs erfolgreicher Professor für Militärgeschichte. Damals habe ich ihn vergöttert. Er trug Tweedjacken. Er war schlank. Er trank seinen Tee mit Milch. Er mochte Brettspiele und ließ mich gewinnen, er mochte Boote und brachte mir das Kajakfahren bei, er mochte Fahrräder, Bücher und Museen.

Hunde mochte er nie, und die Tatsache, dass unsere Golden Retriever auf den Sofas schlafen durften und er jeden Morgen fünf Kilometer mit ihnen spazieren ging, war ein Beweis dafür, wie sehr er meine Mutter liebte. Meine Großeltern mochte er auch nicht, und die Tatsache, dass er trotzdem jeden Sommer in Windemere House auf Beechwood Island verbrachte, wo er Aufsätze über längst ausgefochtene Schlachten schrieb und sich zu jeder Mahlzeit für die Verwandten ein Lächeln abrang, war ein Beweis dafür, wie sehr er sowohl Mum als auch mich liebte.

In jenem Juni, Sommer Fünfzehn, verkündete Dad, dass er uns verlassen werde, und zwei Tage später ging er fort. Er sagte meiner Mutter, dass er kein Sinclair sei und dass er auch nicht länger versuchen wolle, so zu tun. Er wolle nicht mehr lächeln, nicht mehr lügen, kein Teil dieser wunderschönen Familie in ihren wunderschönen Häusern sein.

Wolle nicht. Wolle nicht. Würde nicht.

Er hatte den Umzugswagen bereits bestellt. Er hatte auch schon ein Haus gemietet. Mein Vater verstaute einen letzten Koffer auf der Rückbank des Mercedes (er ließ Mum mit dem Saab sitzen) und startete den Motor.

Dann zog er eine Pistole und schoss mir in die Brust. Ich stand gerade auf dem Rasen und ich fiel. Die Einschussstelle klaffte weit auseinander und mein Herz rollte aus meinem Brustkorb ins Blumenbeet. In rhythmischen Stößen quoll Blut aus meiner offenen Wunde,

aus meinen Augen,
meinen Ohren,
meinem Mund.

Es schmeckte nach Salz und Versagen. Hellrot tränkte meine Scham, nicht geliebt zu werden, das Gras vor unserem Haus, die gepflasterte Auffahrt, die Stufen zur Veranda. Mein Herz zuckte zwischen den Pfingstrosen wie eine Forelle.